新潮文庫

けさくしゃ

畠中　恵著

新潮社版

10235

目次

戯作の序　これより、始まり、始まり、となりまする　7
戯作の一　運命の者、歩いて玄関よりいたる　13
戯作の二　世の中、義理と付き合いが、山とありまして　79
戯作の三　羨ましきは、売れっ子という名　137
戯作の四　難儀と困りごとと馬鹿騒ぎ　223
戯作の五　いや、恐ろしき　311
戯作の六　明日が知れぬ世であれば　399
戯作の終　これにて終わりまするとご挨拶申し上げ　486
解説　新井見枝香

けさくしゃ

戯作《けさく》の序　これより、始まり、始まり、となりまする

登場人物の説明、らしきもの。

ホントに、いろんな人がいるもんだ。

柳亭種彦《りゅうていたねひこ》さん
お江戸住まい。旗本《はたもと》のトノサマ。本名を高屋彦四郎知久《たかやひこしろうともひさ》って言う。

このお話のずーっと後、お江戸で、いや日の本で超有名戯作者《けさくしゃ》（作家）になる、運命のお人。

一応まだ若くって、妻の勝子《かつこ》さんが大好き。役者に似てるってぇから、見た目、いけてる男なんだな、これが。見た目は、だけど。

二百俵取りのトノサマだから、彦さん、死にものぐるいで内職に励まないと直ぐに飢え死にするほど、貧しくはない。

そのせいか、気力がない。

その上、出世の望みもキッパリなし。

当人はしょっちゅう寝ていて、それは体が弱い為だーって、言いつくろってい
る。戯作者になった後も、病気を理由に何回も締め切りに遅れ、本屋を怒らせた。
「作家が話をとっとと書けなくて、どーすんの。他に出来る事ないし、使《つ》っかえ
ないですよねー、彦さんてぇ」
いやしくもトノサマに、真っ正面からアホを言った本屋を、ぼこぼこに殴った
事はある。それでも相手はピンピンしてたから、よっぽど腕っ節が弱いんだと噂《うわさ》
されて、大迷惑。
そんな種彦さん。とにかく妻、勝子さんに惚《ほ》れてる。可愛《かわい》くてやさしくて、側《そば》
にいるだけで幸せになれる女なんだー、と言っている。
この言葉には、周囲から異議が出ていない。
そのいい女、勝子さんが、何で彦さんに嫁いだかは、不明。未調査領域。何で
かねー。

山青堂山崎平八《やまざきへいはち》

版元《はんもと》、つまり本屋。諸悪の根源。狸《たぬき》と呼ばれる事多き御仁《ごじん》。
何でこんな奴が版元なんだと、書き手達から、地の底から、クレームが湧《わ》き出

てくるという特技の持ち主。

元々は貸本屋《かしほんや》の世話人だった。あの性格で、どうやったら人の世話など出来たのかと、これまた、その事実で周りを悩ませている。

「いや、あたしってえ、仕事が出来る男ですし。いけてますからねえ、彦さんより」

切れやすい種彦にアホを言っては、懲《こ》りずに拳固《げんこ》や足蹴《あしげ》を喰《く》らっている。しかし殴られるのにも飽きたのか、最近は手代《てだい》を素早く身代わりに差し出す技も、身につけた模様。

こんな男がみじん切りにされて、金魚の餌《えさ》になっていないのは何故《なぜ》か。いやぁ、訳があった。

どういう訳か、山青堂が最初に本を出し、戯作者として世に出た種彦は、後に江戸の大ベストセラー作家となっちまった。

また後の世で、その名もめっちゃ高い滝沢馬琴《たきざわばきん》の『八犬伝《はっけんでん》』シリーズだが、最初の五輯《しゅう》二十五冊を出したのも、この山青堂なのだ。

嘘《うそ》のような恐ろしい話だが、つまりこの男、人を見る目があったりする。かかわった相手を、世の中でスタァにする力を、秘めているのだ。

信じたくないが、ホントウだ。
「当人のくっだらねー性格と、仕事で何が出来るかってことは、関係無いらしいや」
後年種彦が、人から聞いた話だと言って噂していた。当人談だとは、絶対に言わなかった。

今度はものごとの説明を致しまする。ああ、何と親切。

戯作者（けさくしゃ）
げさくしゃ、とも言う御仁。要するに、お江戸の作家。
原稿を遅らせ、出版社である版元を怒らせる技は、いつの世の戯作者も持っているらしい。もっともお江戸の戯作者は、原稿と引き替えに、最初に幾らかお金を貰《もら》ったら、それで終わりだったんだ。その後、版元がどれ程沢山、本を刷って儲《もう》けても、追加は無かった。（戯作者談）だからー、とっても可哀想《かわいそう》な立場だった。
（種彦曰《いわ》く、時々海に向かって、バッキャローと叫びたくなるという。ただし、

種彦が住んでいるお江戸御徒町《おかちまち》に、海はない）

版元

山青堂、お気に入りの職業。戯作者から原稿をむしり取り、山と本を刷って、金を儲けようと夢見る強突張《ごうつくば》り。ただし、お江戸の出版は厳しく、一冊しくじっただけで店を畳む羽目になった、可哀想な御仁も有り。

山気《やまっけ》と、くそ度胸がなくっちゃ、やっていけない仕事だなー。

本の種類

草双紙《くさぞうし》。

お江戸で出された、絵入りの楽しい本。

赤本、黒本、青本、黄表紙《きびょうし》、合巻《ごうかん》なんてぇのに分かれてる。

要するに、貸本屋で借りたりして、皆が楽しんでいた読み物だ。つまりお江戸の人達は、普通に娯楽本を楽しむ程、字が読めたんだ。

そいつは凄《すご》い事なんだ。日の本が誇れる事なんだぞーって、後年生まれた悪辣《あくらつ》な物書きが、天に向かって吠《ほ》えていたとか、いないとか。

とにかく沢山の読者がいたおかげで、版元（本屋）と戯作者（作家）が、この日の本に生まれた。

戯作の一　運命の者、歩いて玄関よりいたる

1

「おい、山青堂さん。今更聞くのもなんだが、どうしてあんたが、おれの屋敷にいるんだ？」

目の前の客に対し、我ながら妙だなと思いつつこう問うたのは、旗本《はたもと》屋敷の主《あるじ》、高屋彦四郎知久《たかやひこしろうともひさ》であった。

二百俵取りの旗本だが、種彦《たねひこ》は絵を描くし、古典をよく読み、その上瑠璃《じょうるり》の事もよく知る趣味人だ。趣味事の同好者の集まりである連《れん》では、気軽に彦さんとか種彦どのなどと呼ばれている。つまり種彦は日頃、町人達と親しく付き合っているのだ。それで連の顔見知りには、くだけた口調で話しかけるのが癖になっており、今日もつい、途中から、旗本の殿様らしからぬ言葉が口をついて出たわけだ。

「山青堂、それがし思うに、そちとは薄き御縁と存ずるが……ええい、つまり、先だって連で、一回顔を合わせただけだよな」

その赤の他人の商人が、わざわざ手代まで連れて、屋敷へ種彦を訪ねてきたのだ。ひょっとしたら、狂歌《きょうか》の師が用でもあって、使いに寄こしたのかもしれない。そう思ったから、種彦は山青堂を屋敷へ上げた。

だが山青堂は、物珍しげに旗本の屋敷内を眺めるばかりで、全く師の話などしない。どうやら種彦の推測は、外れたようであった。

「で、お前さんの用件は、何なんだ」

こちらも忙しい故《ゆえ》、さっさと話を切り出せと言ってみる。すると山青堂山崎平八《やまざきへいはち》は、急に、にやりと人の悪そうな笑みを浮かべた。そして種彦を見習ったのか、己《おのれ》も連の内のように、遠慮もない喋《しゃべ》り方で話し出した。

「殿様、いや彦さん。あのですね、余り忙しいと、人に言わない方がいいですよ。何しろ彦さんは旗本の殿様ですけど、小普請組《こぶしんぐみ》ですからねえ」

小普請というのは、無役の旗本や御家人《ごけにん》のことだ。つまり決まった仕事のない武士、要するに、禄《ろく》を頂いている浪人みたいなものであった。種彦は誰もが承知している、天下御免の暇人なのだ。

「つまり彦さんがそんなことを言うと、間抜けな言い訳にしか聞こえませんから」

山青堂が、明るくそう口にした途端、種彦は思わずぐっと拳《こぶし》を握りしめた。だが、殴りかかる事無く、ゆっくり手を膝《ひざ》の上に置いた。

怒りを止めたのは、父を失ってから、種彦が大いに温厚になったからだ。とにかく今は、旗本の当主であった。市井《しせい》の者に、簡単に怒りを向けたりはしない。よって種彦は、三つ数えた後、山青堂を睨《にら》むだけで己を押さえた。

「お前さん、おれはあんたに彦さんと呼ばれるほど、親しくないぞ。それに、間抜けなどと言うもんじゃない。おい、こっちが怒らない内に、さっさと用件を言いな」

用がないなら、早々に帰れとまで付け足すと、山青堂は少しだけ慌《あわ》てて、ではと話を始める。

「彦さん、突然ですが、戯作者になりませんか？」

「は、戯作者？」

どんな用があるにせよ、こんな話が飛び出してくるとは思ってもみなかったから、種彦は一寸《ちょっと》黙り込む。すると山青堂は調子よく、どんどんと言葉を連ね出した。

「あのですね、私は今、貸本屋《かしほんや》の世話役をしております。まあ、生粋《きっすい》の商人と申しましょうか、金儲《かねもう》けが大好きでして」

「そりゃ、正直な事だな」

「お褒《ほ》め頂いてどうも。で、商売が得意でありますし、もっと手広く商いを始めようと考えましてね」

山青堂は華やかな事が好きであったから、絵草紙屋《えぞうしや》をやろうと思い立った。

「錦絵《にしきえ》など、色鮮やかな一枚絵を店の前面に並べたら、そりゃ目立ちます。若い娘さん達も山と買いに来て、楽しいでしょうからねえ」

ところが。

「せっかく仕事を頼んだのに、有名どころの絵師達は、忙しいとか言いまして。こちらの都合通りには、注文を受けてくれません」

おまけに、山青堂が絵草紙屋をこれから始める所だと聞くと、法外な前金を要求してきたのだという。

「そりゃ、おれだって、そうするだろうなぁ」

「その上、です」

どうやら一枚絵を売る商いには、山青堂が考えていなかった、煩《わずら》わしさがつきまとっていたのだ。絵を一々肝煎名主《きもいりなぬし》達に見てもらい、お上《かみ》の許しを得てから、売らねばならなかった。

「ということは、です。これなら売れるっていう思い切った絵は、出せないということで」

山青堂はそれが大いに不満らしく、口を尖《とが》らせている。種彦は腕を組み、苦笑を浮かべた。

「おい、一体どんな危ない絵を、店で売る気だったんだ？　ご禁制に引っかかりそうな絵だな。きっと色気が売り物の春画《しゅんが》だろう」

「あたしは、人様が欲しがる一枚絵を、出したかっただけですよ」

色っぽいものが売れるなら、それは皆が待ち望んでいるからに違いない。山青堂はしゃあしゃあと言って、恥じる様子は無かった。

だがとにかく山青堂の心づもりは、当てが外れてしまったのだ。するとその興味は、一枚絵からちょいと逸《そ》れてしまった。絵草紙屋に置く他の商品、例えば戯作などに目が向いたのだ。

「これから書くとなると、流行《はや》りの読本《よみほん》ですかね。勧善懲悪《かんぜんちょうあく》、伝奇《でんき》ものなんかで、挿絵も楽しいあれです」

これまた、当たれば利が大きいに違いない。勇んだ山青堂は、まずは滝沢馬琴に、新しい話を頼んだのだという。

「ですが、あちらは既に名も出ている戯作者ですからねえ。頼みはしましたが、これまた思うようには書かせられないときた」

よって山青堂は、一つ、己が新しき書き手を見つけてやろうと、思い立ったのだ。

「で、彦さんの所へやってきました」

どうやら、武士から町人となった馬琴より下に見られたと分かり、種彦の表情に怒りが浮かぶ。山青堂は平気で言葉を重ねた。

「それに、先だっての狂歌の会で、彦さん、面白い話をしてましたから」

先の狂歌連でのこと。ある御家人の妻が、猫又《ねこまた》に祟《たた》られて困っているという話が、座の途中で語られたのだ。ほとんどの者は、その男に同情を寄せ、そして慰めていた。

「だけど彦さんは、猫又の祟りをお話にして、あの場で語り出しましたよね」

「まあ、殿はどんな話をなさいましたの？」

そこに種彦の妻勝子《かつこ》が、従えた女中に茶を運ばせ、部屋に現れた。勝子も連の師匠とは親しくしており、その使いと思ったのか顔を見せてきたのだ。綺麗《きれい》なその姿を見ると、山青堂はにこりと笑って、名のり、きっちりと挨拶《あいさつ》をした。それから大いにうけたその話を語ったのだ。

「彦さんは、勝手に御家人の母、姑《しゅうとめ》を話に登場させまして。実はその姑が猫又の偽物《にせもの》を操っていた話を、作り上げたんですよ」

姑は隣から借りてきた猫を、猫又の代わりに使った。終《しま》いに本物の猫又まで出て来て、種彦の語りは面白かった。嫁、姑を勝手に座興にされ、当の男は渋い顔だったが、連に集まった者達は、作り話を大いに楽しんだのだ。

「おまけにですね、あの猫又の話には、後日談がありましたから」

「後日談？」

それは知らなかったので、種彦はちょいと身を乗り出す。すると山青堂は、種彦の推測が、当たっていたと言ったのだ。

「あら、猫又話、本当に姑の嫁いびりだったんですか」

「奥様、彦さんは誠に鋭かったんです」

連の男は、種彦の話に不安を覚え、家で母親を問い詰めたらしい。すると母親は、嫁が気に食わぬ故《ゆえ》、灸《きゅう》を据えたと白状した。

「それを耳にした嫁御が、黙っちゃいなかったそうで、面白い。何しろ嫁は、大枚《たいまい》の持参金を持ってきていた。大人しくはしてません」

世には夫が妻を離縁する、三行半《みくだりはん》なる書面がある。つまり江戸の世は、一見男に有利であった。だが世の中、片方ばかりにうまい話は、そうそう無い。種彦が眉間《みけん》に皺《しわ》を寄せた。

「離縁となったら、旦那《だんな》は嫁の持参したものを、全《すべ》て返さにゃならんからなぁ」

借金返済などに嫁の持参金を使ってしまったら、亭主は離縁もままならない。

「つまりあの男も、持参金はとうに使った口か。姑もそれを承知故、猫又なんて話をこさえて、離縁できない嫁をいびってたんだろう」

種彦が話をくるると、山青堂は大きく頷《うなず》いた。そして、この出来事ならば、そのまま本に出来る。もう元の話はあるのだから、後日談まで付け加えて、一冊にまとめてくれと言い出したのだ。

「嫁と姑と猫又の話とくれば、世間は楽しんでくれましょう。彦さん、書けば暇つぶしが出来ますよ」

山青堂が連の者達に聞いた所、種彦はこれまでも、色々話を作っては、語っていたらしい。

「どうせ作るんなら、本にしてみましょうよ」

だが。暇と言われたのが気にくわなかった種彦が、きっぱりと首を振る。第一、狂歌連での話を世に出したら、連に行きづらくなるではないか。

「よって却下だ。ふん、話は承知してるんだから、山青堂、お前さんが書けばいいのさ」

絵草紙屋兼戯作者。聞かぬ話ではなかった。しかし山青堂は、うんと言わない。

「勿論《もちろん》あたしは、才に溢《あふ》れちゃいますがね。口から出任せ、嘘《うそ》八百話を作るのは、彦さんの方が向いてると思うんですよぉ」

そう言った途端、ごん、と不吉な音がして、瘤《こぶ》を作った山青堂が頭を抱える。

「あら殿、駄目ですよ、お怒りになっちゃ」

「ごめんよぉ、恐かったかい、お勝。山青堂、帰れ！」

それ以上言葉を続けるのも面倒になり、蹴《け》る素振りをして、山青堂を追い出しにかかる。すると絵草紙屋を開きたい商人は、情けのない声を出し、一転、種彦に縋《すが》ってきた。

「そんなに怒らず、話を書いて下さいな。貸本屋達の世話を任せていたのは、こちらにいる手代の長介《ちょうすけ》なんです。ですがこの男、もうすぐ勤めを辞めるって言うんですよ」

勿論、次の奉公人を探してはいるが、貸本屋の世話役を任せられる者は、なかなか見つからない。だが絵草紙屋ならば、仕事を押っつけられる手代が、いそうなのだ。

「だから彦さん、書いて下さい」

「阿呆《あほう》か。横にいる手代に、辞めないでくれと言えばいいだろが」

そして、地道に今の世話役を続けるのだ。だがこの勧めを聞き、当の手代長介が、素早く首を横に振った。

「わたしは近々、嫁を貰《もら》う約束になってまして。そしてそのお仙《せん》と、小さな団子屋を出そうと、約束しております」

その為に、既にお仙へ虎《とら》の子《こ》の金子《きんす》を預けてある。長介は、山青堂を辞めるときに貰う筈《はず》の金も、当てにしているのだ。

「主と違って、私は地道が大好きでしてね。自分の小店で可愛《かわい》い妻と働き、幸せに暮らしたいんです」

「まあ、随分と物堅い考えをなさるのですね」

勝子が優しい口調で歳《とし》を問うと、手代は恐縮した顔で、二十三だと答えた。すると己と同じだと言って、種彦は手代を改めて見る。

「一緒になるお仙さんという娘は……ほお、十七ね。町名主の屋敷勤めとな。へえぇ」

若い二人がどこへ、幾らかけて店を出すのかと、種彦は遠慮もせずに問う。一寸言いよどんだ長介が、渋々話し出した。

「浅草《あさくさ》の門前町《もんぜんまち》、賑《にぎ》やかな辺りに、一軒の団子屋を構える手はずです。あれこれ合わせて七両かかります」

すると、それを聞いた種彦は、寸《すん》の間《ま》目を見開いた。それから、口の端をくいと引き上げる。

「長介さんや、今日まで気の毒にも、この無遠慮な山青堂の下で働いていたんだ。大変だったろうから、一つ、お前さんの為に話を作ってやろう」

これはただの作り話、物語だと言い、婚礼の祝いだとも付け加える。そして種彦は、団子屋を目指す、若い男と女の話を始めたのだ。

2

お江戸に、長介という奉公人がいた。

大してご面相は良くなかったが、生真面目《きまじめ》が取り柄の人柄で、小金をため込んでいた。何しろ、ある山気《やまっけ》の強い主の店に手代として勤めていたものだから、長介は若いのに、日々の平穏無事ばかりを願うようになっていたのだ。

「長介さんてば、おじいさんみたいな考え方、するのねえ」

江戸町名主の屋敷の庭で、長介にそう笑いかけたのは……何てぇ名だったっけ、そう、女中奉公しているお仙だ。絵草紙屋になりたい山青堂が、一枚絵を見て貰う為、町名主の屋敷へ顔を出すものだから、お供の長介と屋敷の女中お仙は、よく話すようになったのだ。

お仙は可愛かったし、十七だったし、長介に優しく笑いかけてくれた。だから突拍子もない主を持って随分疲れていた長介は、あっという間に、お仙恋しやという気持ちの中に、落っこちてしまったのだ。

お仙を一目みたい。

お仙に会って、話がしたい。

お仙と恋仲になりたい。

お仙と所帯を持ちたい。

段々募《つの》る思いは、やがて山青堂にすら見え見えとなり、長介は毎日からかわれた。だがここで、話は思わぬ方へと転がっていった。お仙が、手代さんのことを憎からず思っていると、そう話したのだ。

長介の人生で、一番幸せな日々が始まった。地道に貯《た》めていた四両全てをつぎ込んで、お仙がやりたいと言った団子屋を始めることにしたのだ。露地店ではなく、ちゃんとした一軒の店だ。

「店を出すなら、人の集まる門前町がいいです」

お仙がそう言ったので、浅草の門前に一軒持つのが、長介の夢ともなった。お仙は店の場所を見て回り、二人はお仙が貯めた一両と、山青堂を辞めるとき、主が長介にくれる約束の一両も、新しい商いに充《あ》てることにする。

ところが。あと一両欲しさに、最後の奉公をしていると、とんでもない御仁が長介の目の前に現れたのだ。

山青堂に、突然戯作者になれと言われた、ある殿様だ。無礼だと、殿様は最初怒っていたが、話は戯作から直ぐに逸れ、長介の恋の噂《うわさ》になってゆく。そして殿様はお屋敷で、驚くようなことを言い出したのだ。

「そのお仙ちゃんとやら、実は長介の他に、真剣に思う相手がいるんじゃないか？」

長介は笑って取り合わなかったが、殿様は譲らない。

「だってなぁ、浅草の門前町で、しかも人通りの多い場所へ一軒の団子屋を出そうと思ったら、七両ぽっちじゃ、とても足りないぞ」

何しろ、一等地であった。食べ物を商うには絶好の地なのだ。

「へっ？　足りない……？」

長介が黙り込むと、殿様は更に、娘に金を預けていないか聞いてくる。

「ああ、預けてるのか。ひょっとしたら証文も取ってないのかな？　そりゃ怪しい」

ならばその金は今頃、娘が真に恋している男が使っているだろうと、殿様は言う。

「ははは、まさか」

長介は笑い飛ばした。だがその声は、情けないほど力の無いものであった。その内そわそわし始め、じきに腰を浮かすと、旗本屋敷から飛び出しお仙のもとへ走り出す。何故《なぜ》だか、殿様と山青堂まで付いてきて、三人は町名主屋敷へと駆け込んだのだ。すると。

「ひええっ」

長介は短い悲鳴と共に、台所の土間に座り込む羽目になった。お仙は、先を約束した町名主の手代と、親戚《しんせき》が暮らすという土地に旅立った後であったのだ。長介の金も、二人と一緒に江戸を発《た》っていた。

「手代さんと夫婦になり、団子屋をやるんだって。お仙さん、そう言ってました」

教えてくれたのは、屋敷の下男だ。田舎であれば、数両もあれば小さな店を開けるのだろう。確《しか》とした行方は分からず、長介は暫《しばら》くそのまま、土間から立ち上がれなかった。

「わぁーっ、何てことを言うんですかっ」

種彦が話を終えた途端、旗本屋敷の一間で、長介が悲鳴を上げる。

「お仙がわたしを裏切るなんて。そんなことを言われても、信じませんからね！」

長介は身を乗り出し、相手が旗本の殿様であるにも拘《かか》わらず、睨んでくる。当の種彦は、思い切り苦笑を浮かべていた。

「おいおい。ついさっき、念を押したばかりじゃないか。今話したのは、おれが作った話だ。山青堂が書かせたいと思っている、戯作だよ」

お前さんの名前と立場を借りたから、本当の出来事と混同したかなと、種彦がゆったり言う。一つ間を置いてから、長介は「あれ？」と言い、表情をゆるめた。

「戯作……そう、そうでした」

あらかじめちゃんと、作り話だと言われていた。なのに話を聞いている内に、見事に混同してしまったのだ。「お恥ずかしい」そう言うと、長介は頭を掻《か》く。横で聞いていた勝子が、感心して言った。

「殿の物語は、いつも本当の出来事のように聞こえますわねえ」

すると山青堂が、やはり種彦は戯作者に向いていると言い、大きく頷いたのだ。

「今の長介の話など、鋭い洞察力のたまものですな。いや、今頃本当にお仙が江戸を離れていても、この山青堂、驚きませんよ」

「だ、旦那様、止めて下さいまし」

安心したと思った途端、主が嫌なことを言い出したものだから、長介がふくれ面《つら》となる。だが山青堂は、心配を募らせるような話を止《や》めなかった。

「長介、お前さん、彦さんの話の肝心な点を、聞いてなかったのかい？　浅草門前町の団子屋は、七両ぽっちじゃ持てないんだよ」

「だ、だって今の話は、戯作、作り話だって言いましたよね？」

「お前さん、絵草紙屋の手代になるってぇのに、話作りのことが、分かっちゃいないね」

山青堂は狼狽《うろた》える手代に、何故だか落ち着いて、本の書き方の〝こつ〟を教え始める。

「例えば団子は四文、蕎麦《そば》は十六文だ。それは、皆が知っているよね？」

話をするのに都合がいいからと、団子を一串一両と書いたところで、読む人は承知してくれないし、楽しんでもくれない。しらけるだけであった。

そして、門前町に団子屋を開こうとしたら幾らかかるか、承知している者も多いのだ。

「戯作者は物の値など、色々調べて書くもんだ。そうすると、話を信じてもらいやすくなるからね」

山青堂が機嫌良く語る間に、手代の表情は不機嫌なものに変わってゆく。山青堂は、長介を見ながら言った。

「お仙は店を開きたいと、真面目に考えてたんだろう？　なのにどうして七両と言ったのかね」

建物を借り店の中を整え、団子を焼く器具を揃《そろ》える。金品を持って、近所や町名主や同じ商いの者達へ、挨拶もしなければならない。寺の門前であれば、あれこれ利権がからむだろうから、新参者は、そちらへの支払いも考えなくてはならなかった。

勿論団子を作る為の、仕入れの金子も要りようだ。直ぐに暮らせる程、稼ぎがあるとは限らないから、少しは余裕の金子を持っておきたいところだろう。

「どう考えても、足らねえのに」

種彦が手代へ目をやると、段々顔を赤くしてきた長介は、物語と同じように立ち上がった。

「そんなこと、私には分かりませんよ。だから理由はお仙に聞きます。ちゃんと訳を教えてくれる筈ですから」

とにかく、これから町名主屋敷へ行くと、長介は言い出した。すると山青堂と種彦も、話と同じく長介に付いて行く事にした。

「だってさ、お勝。おれは己の話の始末がどうつくのか、見届けるべきだと思うのさ」

「手前は、手前の店の手代が、心配ですから」

そう言ったものの、二人は目にきらきらとした光を宿しているから、やはり男女の成り行きに、興味津々《しんしん》なのだ。

「お早いお帰りを」

「うん、後でお勝にも、顚末《てんまつ》を話してあげるからね」

別人かと思う程、妻には優しく話しかけた後、種彦は山青堂らと屋敷の外へ出て行く。しかし、であった。話であれば、直ぐに町名主屋敷へ着いたとなるが、実際にはせっせと、埃《ほこり》っぽい道を歩まねばならない。道中、強《こわ》ばった顔つきの長介の横で、山青堂と種彦は楽しげに言葉を交わしていた。

「彦さん、先程のお話で、お仙の相手を町名主さんの手代としたのは、どうしてです？」

お仙に男がいたとしても、もう少し派手に、例えば役者とかにした方が、話としては面白かろうと山青堂は言い出した。種彦が笑う。

「ああ、あれはお仙さんが、手代さんが好きだと言ってたっていうから」

つまり手代が二人いるとすれば、言葉の誤解がきっかけで、恋のさや当てが始まる話が出来上がる。

「で、もう一人の手代は、誰かなと考えると」

種彦は、お仙が勤める町名主屋敷にも、手代が居るはずだと気がついたのだ。

「なるほど、なるほど」

やっと町名主の屋敷へ着くと、長介は慣れたもので、さっさと台所の奥へと入ってゆく。すると視線の先、井戸端近くで、男と寄り添っているお仙を、三人は見つけたのだ。

「長介、待ちなさいっ」

「こらっ、女に拳を振り上げてどうする。山青堂、早く止めねえかっ。ああ、そらみな、逆に殴られちまって」

怒る長介、逃げるお仙。町名主の手代はお仙を庇《かば》い、終いには長介を殴る。その長介を救い出しにかかる山青堂と、どういう訳だかそれに手を貸すことになってしまった種彦が、裏庭を駆け回っていた。

最初は力ずくで、争う長介や手代を止めようとした種彦だったが、いざ向き合うと手代は強く、簡単に振り払われてしまう。やはりというか、武士ながら種彦は病弱であったので、力ではさっぱり敵《かな》わなかったのだ。

勿論山青堂には、調子の良い事を言う口はあっても、腕っ節はない。誰も事を押さえられぬまま、町名主屋敷の庭は大騒ぎになったのだ。

「長介、止まれ。とにかく止まれ。言うこと聞かんと、一両など絶対にやらんぞ！」

山青堂の一声に、長介が思わず振り向いたところへ、種彦が必死に手を伸ばし、その着物を摑《つか》む。地面に尻餅《しりもち》をついた長介は、座り込んだまま、情けなくも真っ赤な顔でお仙に食ってかかった。

「お仙、わたしを騙《だま》したね。他に男がいたのに、わたしに気のあるふりをして！」

「あたしは長介さんを、騙したりしちゃいませんよ。確かに、好きな手代さんがいるって言いました。でもそれが長介さんだとは、一言も言ってませんから」

「おい、人の女に手を出したのか。ただじゃ済まんぞ！」

長介が己よりも弱く、種彦や山青堂はもっと弱いと分かったのだろう。町名主の手代、孝三《こうぞう》と名乗った男がお仙を背に隠し、仁王立ちになっている。

「ふん、長介さんとやら。小せえ背丈で、女にもてねえ面してやがる。貢《みつ》いだあげくに振られたのは、お前さんの甲斐性《かいしょう》が無かったってことさ」

すっぱり女も金も、諦《あきら》めるんだなと言い放つと、孝三は三人をきつい目で見る。とっとと帰れと言われたのだから、殿様も奉公人も、あったものではなかった。

「おれとお仙はじきに、余所《よそ》へ行って団子屋を開くんだ。邪魔してくれるな」

長介は半泣きの声を上げ、種彦は眉間にぐっと皺を寄せる。腕っ節は弱くとも、種彦は、気が弱い訳ではなかった。

「この手代、無礼ではないか」

思い切り孝三に腹を立てると、種彦はここで、裏庭を覗《のぞ》き込みにきた女中に声を掛ける。とにかく種彦は腐っても鯛、小普請で暇でも、旗本の殿様であった。

「町名主を裏庭へ来させなさい。こういう小金のいざこざを玄関で裁定するのも、町名主の仕事の筈《はず》だ。己の手代のこととて、きちんと見極めてもらおうではないか」

ぴしりと言うと、お仙達も寸の間黙り込む。やがて姿を現した四十ほどの町名主山《やま》田太郎兵衛《だたろべえ》は、睨み合う五人を見て、大きく目を見張った。

「これは……一枚絵の許しを取りに来た、山青堂さんじゃありませんか。何の騒ぎですか。改めて来られても、駄目と言われた春画に、売る許しは出せませんよ」

長介とお仙達が揉《も》めているというのに、太郎兵衛は、真っ先に山青堂へ言葉を向ける。種彦は思わず、うんざりした表情を浮かべて連れを見た。

「おいおい、山青堂。町名主と、揉めてたんじゃないだろうな」

「一枚絵のことで、あれこれお願いはいたしましたよ」

山青堂はそっぽを向いたまま言う。

「ですが、それと長介の話は関係ありません」

「おっと、そうだな」

とにかく町名主を呼びつけたのは己だと言い、種彦がかいつまんで、皆が何で揉めているのかを話す。すると太郎兵衛は、一層当惑した顔を種彦達へ向けた。

「お仙と孝三、そしてそちらの手代長介さんの話合いが、喧嘩《けんか》に化けたと。そうですか、分かりました」

しかし納得はしたものの、太郎兵衛は己の手代に、がつんと言ったりはしなかった。

「わたしは町名主でございまして。その、色恋沙汰《ざた》の裁定はいたしません」

「旦那様、勿論そうでございますよ」

途端、ぐっと落ち着いた孝三が、口の端を引き上げ長介を見てくる。その口調が、滑らかになった。

「大体、男と女の話を、町名主様に聞かせる方が、どうかしているんです」

すると、下を向いた長介に代わり、種彦が慌てて言葉を継いだ。これは金子の問題でもあるのだと、そう言い立てたのだ。

「金子？　色恋に金がかかわっていると？」

「太郎兵衛殿、長介はお仙と一緒になる気だった。二人で団子屋を始める為、ええと、本当はいくら渡したんだ？　そうか、四両の金をお仙に預けてたのさ」

だがお仙には孝三という、別の恋しい男がいると分かった。

「ならばその金は、長介に返してもらうのが当然だな」

「お仙……本当にわたしと、団子屋を開く気はないのかい？」

女を取り戻すのは無理と踏んだ種彦が、金だけでも取り返そうとする横で、長介は未練がましい声を漏らしている。

ところがここでお仙が、その未練をばっさりと斬《き》って捨てたのだ。

「あたしは長介さんからお金なんて、預かっちゃいません」

「えっ……」

長介の顔が強ばり、総身に震えが走った。だがお仙はその様子を見ても、ひるみもしなかった。

「あたしが団子屋を、いつか開きたいと思っているのは本当です。でも、浅草に店など欲しくはありません。それは長介さんの夢で、あたしとは関係無いんです」

今手元にあるのは、己が働いて貯めた金だと、お仙は言う。すると横から孝三が、またまた見下すように言った。

「金には名など書いてない。さてどれが己の金子か、お前さんには分かるのかな」

「お仙が、長介さんの金を盗《と》ったという確証があれば、玄関で裁定いたしますが」

太郎兵衛の言葉は、一見優しそうに聞こえた。だがその実、証文など取っていなかった長介を、突き放すものでしかなかった。

3

一時の後、何故だか種彦と山青堂と長介は、一緒にまた、旗本屋敷へ戻ってきていた。三人は、確かでない話をしたとして、町名主の屋敷から追い出されてしまったのだ。

「酷《ひど》いですよぅ。お仙も金も、団子屋の主になるって夢も、みんな消えちまった」

長介はずっと、さめざめと泣き続け、種彦はそれを見て口元を歪《ゆが》めている。

「何でお前らまで、当家に戻って来るんだ？」

「そりゃ、このまま引き下がったんじゃ、長介が可哀想《かわいそう》だからでございますよ」

山青堂の言葉は一見慈悲深かった。だが。

「あの手代に、あたしだけでは抗《あらが》えません。だから彦さん、長介を助けてくださいまし」

　あっさり本音を付け加えたものだから、種彦は眉根《まゆね》を寄せる。つまり山青堂は事の始末を、種彦につけさせるつもりなのだ。

　だが当の手代は、連れの二人を頼もしいとは思ってないのか、もう無理だと言い泣いている。

「長介、泣くな！　涙は綺麗なおなごがこぼすもんだ。男の泣き顔なぞ見るに耐えんわ」

「殿、長介どのは色々失ったのに、そうおっしゃっては可哀想ですよ」

　皆にまた茶を出してくれた勝子が、優しく言う。しかし種彦は、色恋沙汰にはいい加減飽きたと言い、珍しく渋い顔のままであった。

「殿、せめて長介どのの金子、四両だけでも取り戻せないのですか」

「ああ、お勝は本当に優しいねえ」

　勝子の望みであれば、長介の金も名誉も取り戻してやりたいとは思う。大体、町名主の手代孝三は大いに無礼だった故、見逃すのも業腹《ごうはら》なのだ。お仙と孝三が長介から巻き上げた金子で、団子屋を開く事も腹が立つ。

種彦は、部屋から出て行く妻の後ろ姿を見ながら、大きく一つ息をついた。

「だが、どうしたらいいんだか。確かに小判には、名前が付いてないからな」

するとそのつぶやきを聞いた山青堂が、種彦の方へちょいと身を乗り出す。そして、種彦に聞いてきたのだ。

「もし、です。この話を戯作にするとしたら、彦さん、どう結末をつけますか？　金をだまし取った二人が、楽しく旅立ちました、なんて話じゃ、本は売れません」

勿論、当然、読み手は悪い二人が痛い目にあうという、気分がすっきりする最後を望んでいる筈であった。絶体絶命の立場に追い込まれた主人公長介を、いかに助け勝たせるか、それが戯作者の腕の見せ所なのだ。

「きっと彦さんなら、思いも掛けない案じを考えつきますよ。そうしたらこの山青堂、思い切り褒め称《たた》えます。本当です」

いや何しろ種彦は、山青堂が戯作者にと見込んだ男であった。きっときっと、その内江戸では知らぬ者がない、高名で売れっ子の戯作者になる殿様なのだと、言い切ってくる。

「だから彦さんは、直ぐにありがたい結末を思いつくでしょう」

「やれ、褒め言葉の先払いかい。参ったな」

こそばゆい気はするし、おだてられている事も分かっている。だがそれでも、山青堂の明るくさっぱりとした言い方は、嫌ではなかった。やる前から出来ぬと諦められるより、きっと成せると、信じて貰える方が力になる。

「今回の件が戯作であったら、話を、どうまとめるか、か」

種彦はぐいと茶を飲んでから、試しに物語だとして、三人の話を思い浮かべてみた。

(あるいい女が、小金を貯めている男を騙し、別の男と逃げるための金子を手に入れた)

男二人に女一人。三角の関係は珍しくもない。だがお仙はまだ若い娘なのに、四両の巻き上げ方には何とも迷いが無かった。あれはそう、敵役《かたきやく》だ。読み手に悪と思われる女だ。

(あの年で、随分と金に執着したものだ)

お仙は一体、どんな育ちをしてきたのか。町名主屋敷で、何年も躾《しつ》けられたようには見えぬと考え、種彦はふと、山青堂の方へ目を向ける。

思いついた事があった。

「山青堂、お前さん、貸本屋達の世話人だったたな」

「はい、そうでございますよ。ええ、そりゃ大勢の貸本屋さんがたと懇意でして」

山青堂は自慢げに頷く。江戸では多くの貸本屋達が、日々得意先を回っているのだ。

「何しろあたしは、そりゃ面倒見が良いので、みんな慕ってくれまして」

ここで山青堂が己を褒め始めたものだから、種彦はその胸ぐらをひっ摑み、早々に話の腰を折る。そして貸本屋達に、聞いて回って欲しいことが出来たと言ったのだ。

「何しろ貸本屋達は、家々へ上がり込み、喋くった上で本を貸すのが仕事だ。色々な事が耳に入ってくるわな」

長年顔を合わせていれば、客と信頼関係も出来ているだろう。仕事以外の話もする筈だ。間違いなく貸本屋達は、世情に通じていた。

「手を貸してもらってくれ。長介を助けるためだ」

「あたしの為なら皆、喜んで手伝ってくれましょう」

山青堂は請け合った。

「長介には、早く金を取り戻してもらいたいんですよ。さっさと立ち直り、絵草紙屋の仕事を始めてもらわねば」

「おい、結局己の為か？」

溜息《ためいき》が出たが、それでも今、山青堂が長介を助けようとしているのは確かなことだ。

(長介が店をもう辞めていたとしても、山青堂は力を貸したんじゃないかな)

何となくそう思った。妙な男ではあるが、それでも山青堂には何か、頼り頼られたいと思えるような所があるのだ。

「町名主屋敷の近くを回っている、貸本屋に頼んでくれ。それと……銀の小粒を一つ寄こせ」

ここで種彦は、山青堂の眼前に手を差し出す。露骨に冷たい視線だけが返ってきた。

「はい？　彦さん、どうしてあたしに、金子が欲しいなんて言うんですか？」

「阿呆、おれへの金じゃないわ。貸本屋達が話を集めている間、お仙達が逃げちまわないよう、うちの中間に町名主屋敷を見張らせる。目端がきく善太《ぜんた》って奴がいるから、そいつを向かわせるが、ただじゃ働かんぞ」

「ああ、仕事への礼ですか」

山青堂はその手を、問題を起こした当人、手代の前に向けた。

「ひえっ、わたしはもう、すっからかんです」

長介がまた泣き出しそうになると、山青堂は首を振る。そして、この後しっかり働いておくれと言ってから、小粒銀を一つ己の紙入れからつまみ出した。種彦が頷く。

「それで、貸本屋達に調べて貰いたいことなんだが」

何を聞いて回って貰うか、種彦は手短に話し始める。半時の後、二人が帰るのと入れ替わりに、善太が殿様の部屋に呼ばれた。

三日経《た》って、山青堂と長介が貸本屋達を連れ、再び下谷御徒町《したやおかちまち》にある種彦の屋敷へ顔を出した。山青堂は到来物だがといって、水羊羹《みずようかん》を持参してくる。お勝の好みの菓子であった。

「あら、美味《おい》しそうですこと」

お勝が嬉《うれ》しそうな顔で台所へゆき、当然種彦の機嫌もぐっと良くなる。じき、小皿に載った羊羹と茶が並べられ、皆で貸本屋達から拾い集めた話を聞く事になった。

「最初にご挨拶を。手前は良三《りょうぞう》と申します」

一人目の貸本屋はぺこりと頭を下げると、お仙を町名主へ世話した口入屋《くちいれや》に、出入りしていると語り出す。

「殿様は、お仙さんの生い立ちを知りたいとの事でしたね？　はい、聞き出してきました。あの娘さんは房州の生まれとか」

親は竹駕籠《たけかご》を商っていると聞いた。だが父親が病で倒れ、生まれ故郷の店は苦しいらしい。それでお仙は、同じ在の者が世話になっていた、江戸の口入屋を頼ったのだ。

「年頃のお仙さんが嫁に行かず、十五で江戸へ奉公に出たのには、そういう訳があったのですか」

長介がつぶやくと、良三がすっと声を落とした。

「口入屋さんの話じゃ、お仙さんは自分から江戸へゆきたいと言ったとか」

「知らぬ土地で奉公したいと？」

種彦が首を傾《かし》げると、良三は口元を歪めた。

「家に金が無かった。お仙さんは、家族に女郎として売られかねないと、怖くなったようで」

山青堂が、片眉をぐっと吊《つ》り上げる。

「お仙は綺麗で若い娘だ。その竹駕籠屋、娘を金持ちに嫁がせ、たっぷり援助して貰おうとは、思わなかったんでしょうかね」

娘一人奉公させたとて、手に入る金子は知れているのにと、商人はいう。種彦は苦笑気味に、その顔を覗き込んだ。

「山青堂だったら、上手《うま》いことやって、さっさとお仙を縁づけただろうな」

しかしお仙の親兄弟は、上手く立ち回る事が出来なかったらしい。故郷は江戸のような、大きな町ではない。都合良く、妻のいない金持ちが見つからなかったのだろう。

「町名主さんのお屋敷が、お仙さんの初めての奉公先です。他へは勤めてません」

良三が知っていたのは、その辺りまでのようであった。

話が終わると、山青堂は側《そば》に置いていた風呂敷をほどき、中から何やら取り出した。良三達貸本屋の目が輝くのを見て、山青堂がにやりと笑う。

「貸本屋の方々。こいつが約束のお礼だ。町名主さんが売っちゃ駄目だと言った、幻の一枚絵ですよ」

「おお、こりゃ驚きだ。確かに、こいつを売るのは難しいかもしれませんねえ」

「へっ？」

驚く種彦の前に、鮮やかな色彩の、思い切り危ない絵が広げられてゆく。

「おお、山青堂。こいつは……恐ろしく色っぽい春画だな。こりゃ町名主が売るのを許さない筈だ。こんな絵を持っていった山青堂の事は、そりゃよく覚えているわけだ」

良三は、蛸《たこ》がおなごに絡《から》みついたような、凄《すご》い体勢の一枚を選び、絵のことは他言しないと約束してから、早々に帰ってゆく。

ここで種彦が、半眼を山青堂へ向けた。

「おい山青堂、貸本屋達はお前さんの為なら、一肌脱いでくれるんじゃなかったのか？」

なのにどうして、このような礼がいるのか。

「勿論、皆さん快く働いてくれましたとも。ただ、あたしは太っ腹。気前がいいんですよ」

渡す礼が、出せなくなった春画とはご愛敬だが、男らにとっては嬉しい品に違いない。次は貸本屋多吉《たきち》が、町名主の近くの店に、出入りしていると話し始めた。

「そこのおかみさんは、人情本が好きでして。その方によると、町名主さんの女中お仙さんにゃ、嬉しくない身内がいるようで」

少し前、お仙の身内が江戸へ訪ねてきた。その男は町名主屋敷の玄関先で、大声でお仙の給金のことをわめいたのだ。

「その時お仙さんは、やっと貰った給金を、半分以上身内に取られたみたいです」

お仙の一年の給金は二両。その身内はその金が出る頃を見計らって、江戸へ出て来たらしく、半分では足りないと騒いだという。どうやらお仙は、最初の年の奉公代はそっくり、家に渡していたようであった。

「江戸へ出て、もう売られることはないと、ほっとしたのもつかの間だな。お仙は家の者達から、逃げ切れてはいなかった訳だ」

種彦は山青堂と、顔を見合わせる。長介の声は低かった。

「だからお仙さんは団子屋になって、町名主屋敷から出たかったんでしょうか」

多吉も、首を振っている。

「お仙さんは、綺麗な娘さんだそうで。でもおかみさんは、あれじゃ縁談は持って行けないと、言ってました」

お仙と添ったら……まず間違いなく、今度は夫婦で、身内から金の無心を受けるようになるからだ。それでは、己達の子供を産み育てる金子さえ、取られかねない。

「お仙さんは、並の暮らしがしたいって、時々こぼしていたそうです」

多吉はそう話をしめると、赤い蹴出《けだ》しが目立つ春画一枚をくるりと巻いて、嬉しげに袂《たもと》に落とす。種彦達に一つ頭を下げて部屋から姿を消すと、残った貸本屋は梅助《うめすけ》と名乗った。

「あっしは、ある湯屋が立ち寄り先でして。そこのご隠居さん、本の事そっちのけで、うわさ話をすることが多くてね」

何しろ暇を持てあましているから、貸本屋は良き話し相手であった。

「ご隠居によると、先《せん》に湯屋の二階で、危うい話を聞いたとか。思わぬ相談事をしていた二人が、いたというんでさ」

ある男が、身内に金をむしられ困り切っている娘を、助けたいと口にしたのだ。相談を受けた方は、ならば嫁にすればいいと答えたが、それでは収まらない話らしかった。

「どうやら房州の身内が、娘さんにたかっているらしくてね。娘さんの稼ぎを当てにして、奉公先に来るんだと」

男は孝三と呼ばれていた。孝三はその娘を助けるためならば、手代という仕事を捨て、娘と一緒に逃げてもよいと言ったのだ。

「おお、あの手代も、お仙に随分と惚《ほ》れていたんだな」

種彦がちらりと長介に目をやる。

「だがその孝三さんとやらは、余り蓄えが無いらしい」

奉公先から逃げるにしても、二人には先立つものが無かったのだ。ここで梅助は、ちょいと眉間に皺を寄せた。

「ご隠居曰《いわ》く、その孝三さんはとにかく急ぎ、金が欲しいと繰り返していたとか。博《ばく》打《ち》でもするかとか、借金して踏み倒せばいいとか、段々無茶な考えを口にし始めたというんです」

心配になってきて、隠居がその場から離れられないでいると、孝三はその内、ろくでもないことを言い出した。最近娘に話しかけてくる、若い者の事を口にしたのだ。

勿論孝三は、その若い者が気にくわない。だからいっそ、そいつを騙して女に貢がせようと、そう言い出したのだ。

「若い奴なら、金はまた貯められる筈だ。人助けだと言ったそうです。ご隠居は、大層心配されたとか」

しかし、だ。突然二人の前に出ていって諫《いさ》めたところで、冗談だと言われればお終いだ。それに、少しばかり怖くなった隠居は、何も出来なかった。男達はじきに湯屋から出て行き、それきり顔を見せない。

「何もなければいいがと、ご隠居は言っておられました。ええ、いいお人なんですよ」

話はそこで終わり、梅助はぺこりと頭を下げる。それから選んだ一枚に手を伸ばした。

「そいつは、思い切った図柄だねえ」

山青堂がにやりと笑うと、梅助も堪《こら》えきれぬ笑いを返す。絵を前に、二人があれこれ言い出した横で、長介が長く息を吐いた。

「お仙は酷く困ってたんですね」

こういう話を聞いたからには、必死に貯めた金ではあるが、四両、諦めた方がいいのではないか。長介はそう言い出したのだ。すると種彦は、残りの春画を揃えて丸めると、手代の頭をぽんと叩《たた》いた。

「馬鹿を言っちゃいけない。あの娘は今、危ない縁《ふち》に立ってるんだぞ」

己が困ったら、人を騙してもいい。嘘をついてもいい。その方が得になる。そういう経験を、まさに積もうとしているのだ。

「ここでお前が金を差し出したら、悪事も有りだと、お仙はそう思っちまうだろうが」

だがそれで、長い一生を無事過ごせる筈がない。世の中そんなに甘くはないのだ。

「お仙は並の暮らしが欲しいんだろう？　馬鹿をすりゃ、並はお仙から遠ざかるぞ」

「……そう、ですよね」

長介の声は細い。多分お仙は、人を信用していないのだ。苦労続きだったせいか、頼むから助けてくれと、周りに言う事が出来ない。それが哀れだと長介は言った。

「もし本気で頼んでくれていれば、振られたって……きっと幾らか出していたと思います」

「だよなぁ。お前さんは、お人好しだから」

言葉はきついが、種彦の言い方は優しかった。さてお仙の件、話の最後をどうするかなと言いつつ、種彦は癖が付くからと、丸めていた春画をひょいと伸ばす。すると男二人はその絵を見て、「おお」と声を上げたのだ。

4

大川《おおかわ》をさかのぼる猪牙舟《ちょきぶね》の上を、冷たい川風が吹き抜けている。

しかし手代の長介をつれた山青堂は、いつもと変わらぬ元気な様子で、言いたいことを口にしていた。

「彦さん、まだ水練には早い季節ですよ。川に落ちるなんて、間抜けをしましたねえ」

連れの種彦はずぶ濡《ぬ》れで、舟の上で震えていたのだ。濡れた猫より機嫌を悪くした旗本の殿様は、身分にあるまじき悪態をついた。

「おれがこんな目に遭《あ》ったのは、山青堂が悪い！　長介が悪い！　でもって、おなごがこの世にいるのがいけないんだ！」

その愚痴もくしゃみで途切れ、自称病弱な種彦はまた身を震わせる。そして、もし妻の勝子がここにいてくれたら、とうに暖かい着物に着替え、生姜《しょうが》の効いた甘酒でも飲んでいるはずなのにと、泣き言を並べ始めた。

「ああ、お勝が側にいないだけで、おれは不幸だ」

「ほんと、奥様は良きお方ですよね。なのに殿様の方は、残念なお人というか」

「な、なにおうっ」

思い切り言い返そうとしたが、種彦の口から飛び出したのは、またくしゃみであった。

「やれやれ」すると山青堂が、己の羽織をひょいと脱いで、種彦の肩に掛けてくれる。

「こ、こいつは済まない」

思いがけない羽織の暖かさに、種彦はおずおずと山青堂に頭を下げる。するとこの時、横から言葉を差し挟んできた者がいた。

「お二方、言い合いは終わりましたか」

種彦と山青堂が横を向くと、町名主山田太郎兵衛が、舟の舳《へさき》に近い方で、苦り切った表情を浮かべている。その斜め向かいでは、お仙と孝三が、旅姿で寄り添っていた。

「ではそろそろ、お聞きしてもいいですかね。一体どうして皆で、舟に乗る事になってしまったのでしょう」

いや太郎兵衛とて、舟に己で乗った事は承知している。しかし問題はその訳であった。

「そもそも何で孝三とお仙は、突然屋敷を出たのでしょうか」

太郎兵衛は今朝、奉公人二人が屋敷から抜け出たことに気がつき、急ぎ後を追って……お仙達と共に、舟に乗り込む羽目になってしまったのだ。先《せん》から、黙って屋敷を出た理由を聞いているが、二人共、ほとんど返答をしない。それで種彦達に問うてきたという訳だ。

「その、お三方が急に船着き場へ現れたので、二人が黙り込んだ気がするのですが」

何故三人で、朝っぱらからお仙らを追いかけてきたのか問われ、またくしゃみをした種彦が、口元を歪める。

「太郎兵衛さん、お前さんが玄関できちんと裁定しないから、いけないんだ！」

「は、はあ？」

「ああ、寒いぞ。直ぐにもこの舟から降りて、乾いた着物を着たい」

しかし猪牙舟には、ありんす国への急ぎの品が積まれていて、それを早く届けるのを第一としていた。だから山谷堀《さんやぼり》に着くまで、船頭は舟を岸に寄せる気は無いのだ。

少し前、山青堂が小銭を出し、頼んでみたが無駄であった。

「くしゃっ……ええい、しばし暇があるな」

そして舟には見事に、四両と関わりの者達が全員揃っている。ならば。

「ここで太郎兵衛さんに、今回の子細《しさい》を語ってしまおうか」

まさかこんな寒い川面で話す事になろうとは、種彦とて思ってもいなかった。しかし寒さと暇をただ持てあますよりは、さっさと事を終わらせた方が、早く勝子とくつろげるに違いない。

「おや、彦さん、話を思いつきましたか」

笑みを浮かべた山青堂を無視し、種彦はちらりとお仙達を見た。そして舟にいる者達に、一度己の戯作を聞いてみないかと声を掛けたのだ。

「はい？　戯作でございますか？」

「そう、手代二人と、若いおなごの出てくる話だ」

「えっ……」

くしゃんっ、と、くしゃみを一つ挟んだ後、ちゃっかり聞き耳を立てているらしい船頭へ目をやった種彦は、これは戯作、つまり作り話だと念を押す。そして気の毒な殿様が川へ落ちた話を、語り始めたのだ。

「登場する手代の名は長介と孝三、女はお仙。太郎兵衛さんという、町名主も関わっている」

戯作だと言ったにもかかわらず、語られた名は、猪牙舟にいる者達と同じであった。顔を強ばらせた孝三が、思わず立ち上がった途端、舟が大きく揺れ、船頭が孝三を睨《にら》み付ける。種彦は、さっさと話を進めた。

「長介と孝三は、お仙というかわいいおなごに惚れた。ま、良くある話だな」

種彦は、皆が承知しているところは、ぽんぽんと話を飛ばしつつ語った。お仙は二人の男の内、町名主の手代孝三を選び、長介は振られる。そして物語は直ぐに、肝心な金子の話へと行き着いたのだ。

「長介は、お仙と団子屋を開く気だった。だから、四両の金をお仙に預けたのさ」

しかしお仙は、そんな金は知らぬと言いきった。さて、どちらの言い分が正しいのか。

「そんな時、だ。たまたま、この騒動に巻き込まれた殿様がいてな。大層慈悲深くていい男だったんで……こら山青堂、何でいきなりそっぽを向くんだ？」

「いえ別に。これは戯作、作り話ですから、そういう筋になることもありましょう」

「けっ」

とにかく立派な殿様は、町名主の太郎兵衛に、事の次第を訴えたのだ。だが太郎兵衛は確たる話ではないとして、きちんと玄関で裁定をしなかった。お仙と孝三は、町名主屋敷の奉公人だ。これでは金を失った長介に、身贔屓《みびいき》と取られても仕方ない。

「わ、私は贔屓などしておりません」

「だから太郎兵衛さん、語ってるのは戯作だと、つい今、言ったばかりだろうが！」

話の腰を折られた種彦が、濡れた扇子で舟の縁を叩くと、町名主はばつの悪そうな顔をして黙る。種彦はまたくしゃみをしてから、岸に並ぶ蔵を見つつ話を継いだ。

「長介は気の小せえ男だし女にもてないし、情けないが……嘘《うそ》つきじゃない。殿様はそのことを、ようく承知していた」

では、お仙が嘘をついたのか。そこでいい男の殿様は真実を知ろうと、山青堂の知り人である貸本屋達に、助力を頼んだ。彼らにお仙のことを、あれこれ調べて貰《もら》ったのだ。

「まあっ」お仙の口から、驚きの声が漏れる。そしてお仙にまつわる話は、結構集まった。

「最初に聞いたのは、お仙は今の町名主の屋敷が、初めての奉公先だって事だ」

「あ、ああ。そのはずだ」

ここで返答をしたのは、下を向いたお仙ではなく、孝三だ。皆、種彦から何度も戯作だ、作り話だと言われているのに、それでもつい、返答をしてしまう。己達の名で知っている話が進められてゆくと、どうも余所事だとは思えなくなるらしい。

「ある貸本屋によると、お仙が奉公したのは二年前とのこと。房州の家に借金があったんで、一年目は給金を前借りし、全《すべ》て家に残して江戸に来たんだ」

次の年、お仙はやっと給金を手にしたが、身内に取られ、残ったのは一両に満たないはずであった。

「これは、人の懐《ふところ》に詳しいことで」

孝三が怒りの表情と共に、ぐっと眉を上げる。すると山青堂が小さく「戯作」と言ったので、太郎兵衛が咳払《せきばら》いをして孝三を止めた。ぼちゃんと、川面で水音がした。

「つまり、だ。もし誰からも、何も盗ってはいないと言うのなら、お仙が今持っている金子は、一両以下の筈《はず》なんだよ」

ならば、お仙の紙入れを確かめねばならぬという話になり、長介と殿様、それに山青堂は揃って、御徒町の屋敷から町名主の屋敷へと向かった。

だがそこで、三人は孝三から笑われてしまった。お仙には他にも、金子を手に出来る機会があるというのだ。

「お仙は綺麗《きれい》だから、勝手に、色々贈ってくる男がいるんですよ」

そういう贈り物を売れば、お仙の金は増える。手持ちの金子が幾らあるかなど、分からないと言い切ったのだ。黙り込んだ三人の様子を見て、孝三は余分な言葉を付け加えた。

「こんな事を言いに、わざわざ町名主屋敷へ来るなんて。旗本の殿様ってぇのは、余程暇なのかね」

すると、ここでもまた暇と言われた殿様は、もの凄く傷ついた。傷ついたが、腕力では孝三に敵わず、斬りかかる程の剣の腕も無い。それが分かっているものだから、余計に己が嫌になった。

町人の奉公人から馬鹿にされ、思い知らせる事も出来なんだ話など、かわいくて優しい妻に、言えぬではないか。

「こうなったら調べるぞ。何が何でも、お仙が手にした金子、全部調べ上げてやる！」

町名主屋敷からの帰り道、殿様は決意を固めた。幸い、お仙が江戸へ出て来てから、まだ二年だ。また貸本屋達の世話になると言うと、山青堂が商人らしい言葉を付け足した。

「お仙に得意の技でもあって、別の稼ぎがある場合もございます。そっちも、ちゃんと押さえておかねばなりませんな」

口は悪く、ついでに訳が分からぬ性格ながら、山青堂は金子大好きな商人であり、その点に関しては抜かりがない。しかし手代の長介は、弱気な言葉を口にした。

「ですがその……お仙に、誰が何を贈ったかなど、分かるものでしょうか」

二年といえば、短いようで長いではないか。だが長介がそう言った途端、山青堂が、ぺちりとその額を叩いた。横で殿様が苦笑する。

「長介、お仙が誰と顔見知りだったかなんて、確かに調べられないだろうよ」

殿様はあっけらかんと言う。

「じゃあ、どうするか、だが」

お前さんには分かるかと、殿様が不意に山青堂を見る。すると商人はにやっと笑った。

「そりゃ、手前は出来る商人でございますから。彦さんはきっと、古道具屋と質屋を調べる気なのでしょう？」

「お仙はおなごだ。その二つの他に、古着屋も押さえておきたいところだな」

「へっ？」

長介が目を見開くと、殿様の顔が楽しげなものに変わった。

「男が若い女に贈るなら、甘いものか、櫛《くし》、簪《かんざし》などの小物だ。金持ちなら着物かね」

だが、誰から何を貰おうと、それを金に換えようと思ったら、売らねばならない。

「そして売る先は、限られるのさ」

町名主屋敷には、お仙の貰い物を欲しがるような、若い娘は他にいない。お仙は奉公人だから、気軽に遠出は出来ない。よって贈られた品物を売るとしたら、近所の店になるはずであった。

町名主の屋敷から近い質屋や古道具屋は、そう多くはあるまい。調べられるはずだと殿様が言うと、長介が頷《うなず》き山青堂が息をついた。

「長介、これから絵草紙屋を開くんだから、しっかりしておくれよ。色恋は分からなくても、金の流れくらい承知していなくては」

「おいおい、若い男が、色恋に不得手のままでいいのかい？」

殿様が呆《あき》れると、山青堂は構わないと言い切った。

「なに、その内良き相手がいたら、手前が世話しますから」

山青堂が、かわいい娘がいいですねえと言うと、長介は俄然《がぜん》元気な様子となる。そして三人は道々、これからやるべき事を話していった。

すると。三日の後、殿様は明け六つ前、中間善太に叩き起こされたのだ。

「な、何が起こったんだ？」

中間に、早く起きろと言われる旗本の殿様が、他にいるだろうか。薄暗い中、寝ぼけたまま思い切り混乱していると、夢かと思う程手早く着替えた奥方が現れ、善太と話し、種彦を救ってくれた。

「殿、なんでも町名主屋敷のお仙さんという方が、先程手代さんと屋敷を出られたとか」

「えっ」つまり目の前の中間は、以前渡した一分の手間賃で、今までお仙達のことを見張っていてくれたのだ。

「御両人とも旅姿で、舟に乗るという話をされていたそうです」

それで善太は、これからどうするべきなのか聞くため、急ぎ屋敷へ戻ってきたらしい。

「こいつはご苦労なこった。いや、本当にありがたい」

思わず感謝の言葉を口にし、勝子に着替えの用意を頼む。そして善太と二人残されると、当の中間は、にっと明るく笑った。

「殿様、おれは随分がんばったと思うんですけど、どうでしょう」

「あ……ああ。よくやった。助かった」

己を売り込んでくる言葉を聞き、種彦は一つ首を傾げたあと、部屋の隅から、巻いた紙を取り出した。

「少し金子を追加してもいいが、こっちが好みなら、こいつを礼にしてもいいぞ」

山青堂特製の春画をちょいと見せると、善太が迷わずその一枚を手にしたものだから、男二人、にやりと笑い合う。それから殿様は善太に小銭も握らせ、このことを近所の山青堂へも知らせてくれるよう頼んだ。

殿様が身支度《みじたく》をし、大川への道を急いでいると、程なく後ろから山青堂と長介が、走って追いついてくる。

「殿様、驚きましたねえ」

「ああ、まさかお仙と孝三が、こんなに早く屋敷を出るとは、思っていなかった」

先だって殿様達が、お仙が持つ金子の額に目をつけたのが、余程怖かったのだろうか。奉公人の荷物など大して多くはないし、着物や髪まで調べられたら、金子を隠しきれないと思ったのかもしれない。手軽に小金を預けられる所など、なかなかありはしないのだ。

だが山青堂は、ここで首を振る。

「いや、手前が驚きましたのは、殿様の考えが当たったたってことで」

その上、わざわざ中間を見張りに付けたことが、見事に役立った。

「戯作や狂歌などは上手く作れても、実際に動く事は、とんと不得手かと思っておりました。いや殿様は、思ったより間抜けではなかったというか」

「……山青堂、てめえっ」

元々気の短い殿様が、こめかみに剣呑《けんのん》な青筋を浮かべたのを見て、山青堂達は大川へ向け遁走《とんそう》し始める。

「待ちやがれ」

殿様も駆け出したが、いかんせん病弱なものだから、足は大して速くない。殿様は二人を捕まえられないまま、それでも追い続け、一同は随分と早く川岸へたどり着いた。ついでに息が切れたからか揉《も》め事も収まった。殿様は大きな流れを目の前に、眉《まゆ》を顰《ひそ》める。

「さて、お仙達は新大橋へ向かったか、両国橋《りょうごくばし》へ向かったか」

舟に乗るなら船着き場へ向かうだろうが、その方向が分からない。寸の間、道をどちらへ曲がるか決めかねていたが、じきに殿様が向かう先を決めた。

「両国橋の方へ行くぞ」

理由は、お仙が房州の身内を厭《いと》うて、少しでも房州から遠ざかりたいのではと考えたからだ。

「良き案じとも思えませんが、否《いな》と言う理由もありません。いいでしょう、行きましょう」

「山青堂、お前さんは素直に、はいと言えないのか？」

「彦さんの言うことを聞いてたら、その内とんでもない事になる気がしまして、ねえ」

また要らぬ言葉が飛び出て、大川沿いの道を歩みつつ、殿様が山青堂に拳固《げんこ》を振るう。長介が溜息をついたその時、上流の方から、揉める声が聞こえてきた。

殿様達が足を止め、耳を澄ます。

「あれは、お仙の声です」

長介がそう請け合い、三人は足を速めた。直ぐに見えてきた光景に、皆、首を傾げることになった。

「ありゃ、どうしてあのお人が、ここにいるのかね」

殿様達は、岸辺に見える猪牙舟の側に、四人の人が居ることに、まず驚いた。一人は当然船頭だが、目当てのお仙と孝三の他に、何と町名主の太郎兵衛までいて、殿様達よりも先に揉めていたのだ。

「孝三、そりゃ私は、お前さんが辞める時には、金子を包むとは言いましたよ」

太郎兵衛の声が強ばっている。

「だが何故《なぜ》、主《あるじ》が寝ている間に、金箱から小判を取り出したんです？　女中と共に黙って、屋敷から出てもいいとは言ってません」

どういう事なのか、きちんと説明しろと言い、太郎兵衛は孝三の着物を掴《つか》んでいる。しかし、お仙と孝三はいい加減じれていた。船頭が、吉原へ届ける急ぎの品を抱えているから、直ぐに出ると言い出したのだ。

そしてその時、お仙の目が急に見開かれる。舟を目指し、土手を駆け降りてくる殿様や長介達の姿を、目にしたからだ。

「船頭さん、舟を出して下さい。急いで」

「おや、いいのかい？　じゃあ遠慮無く」

舟に移った船頭とお仙を追い、孝三も乗り込む。その身を引き戻そうとする太郎兵衛を、孝三が突き飛ばした。するとその体が、直ぐ後ろに迫っていた殿様に当たってしまい、殿様が飛ばされる。よろけた殿様は船着き場から、水しぶきを立てて、川の中へと転がり落ちてしまったのだ。

「殿様っ」

あっと言う間に、流れに持って行かれたものだから、慌《あわ》てて太郎兵衛や長介が舟に乗り込み、殿様へ手を伸ばす。届かないと見ると、山青堂も舟に乗り、船頭に船賃だと言って金子を摑ませた。そして殿様が流れている方へ、舟を進めてくれと頼んだのだ。

「ほいさ、あの男を土左衛門にしちゃ、気の毒だしな」

船頭は、手の中で小粒銀を転がすと、舟を岸から離した。じき殿様は猪牙舟の上に引っ張り上げられる。ずぶ濡れとなった殿様が震えていると、山青堂が羽織を貸してくれた。

「殿様は、やれやれと言いました」

種彦はまた、大きなくしゃみをして、一旦《いったん》話を切った。

5

太郎兵衛は先程から、顔を強《こわ》ばらせていた。種彦の語りが、戯作と言いつつ、事実に近い話であることに気がついたからだろう。

「あの、それで殿様方お三方は、今戯作に出て来たように……お仙が品物を売った店を、見つけたのでしょうか？」

種彦はここで、真っ直ぐ太郎兵衛の顔を見た。

「お仙は二軒の店で、簪と半襟《はんえり》二枚を売っていた。手に入った金は、全部で二分だ」

お仙は綺麗だったが、妙な身内につきまとわれ、近所で噂《うわさ》になっていた。そのせいか、貰い物は少なめだったらしい。

「お仙に、内職を世話した者はいなかったな」

ここで種彦は、舳近くで身を縮めているお仙を見つめる。そして、きっぱりと言った。

「町名主屋敷から出たんだから、手持ちの金子を全て身につけているはずだ。だからもし今、一両二分に満たぬ金子しか持っていなければ、お仙は長介の金を盗ってはいない」

しかしひょっとしたら、もっと多く持っているのではと、殿様は思っているのだ。多分長介がお仙に預けた金とほぼ同額、四両ほど多く入っているのではないかと。

「お仙、その、どうなんだい？」

町名主が気遣わしげに尋ねるが、お仙は黙ったままでいる。しかし舟の上であれば、逃げ出す事はできない。船縁《ふなべり》を摑むお仙の手に、力が込められていた。

いきなり目の前で、その身が浮き川の方へよろけた気がして、種彦が顔を引きつらせる。

しかし。孝三がお仙の腕を、しっかりと握りしめた。孝三は唇を、血が出るほど噛《か》みしめていた。


「あたし、子供を持ちたいんです」

しばしの後。お仙が肩から力を抜き、舟の縁にもたれ掛かると、孝三も手を離した。

「長屋《ながや》暮らしでも、真面目《まじめ》に働けば暮らしてはいけます」

子も持てる。長患《ながわずら》いの病人がいたり、博打や酒で身を持ち崩したりしなければ、皆、結構それなりにやっていけるのだ。

「でも今のままじゃ、無理なんですよ」

実家の者は、お仙の幸せなど欠片《かけら》も考えてはくれないのだ。江戸の男達とて、優しいのは最初だけ。兄が江戸まで給金を取り立てに現れると、潮が引くように離れていった。

「何であたしだけ、こんな暮らしなんだろうって思いました」

だが孝三だけは事情を知っても、お仙から離れないでいてくれたのだ。二人で、江戸を出ようという話も出た。やっと幸せを摑めるかに思えたが、旅に出るには金子が結構必要だ。二人にはその金が無かった。

「そんなとき、長介さんと出会いました」

長介がお仙の、手代という言葉を取り違えたのが、全ての始まりだったのかもしれない。団子屋をやりたいと夢を語ると、長介は簡単に、四両もの大金をお仙に預けてきた。

「その時思ったんです。時にはあたしが金を取る側に回っても、良いんじゃないかって」

その金子を己の懐に入れれば、お仙は生まれた家から逃れられるのだ。母にだってなれるかもしれない。その望みがいけないものだとは、どうしても思えなかった。

「簡単な事に思えたのに……何であたしは、逃げ切れなかったんでしょう」

お仙が問う。種彦が黙ったまま手を出すと、お仙は一瞬泣きそうな表情を浮かべた。それから背筋を伸ばし、帯の間から紙入れを取り出す。小判と、二朱銀や一分金、小粒が幾つか入っていた。小判は四枚あった。

「後、一時早くお屋敷を出れば良かった。そうしたら今頃、お殿様とは会ってませんよね」

あの律儀者の中間善太が、一時早く種彦を叩き起こしただけの気もする。だがお仙は、運が悪かっただけだと思いたいのだろう。

(やっちゃいけない事をしたとは、今でも考えちゃいないな)

しかし、どう言ったらお仙が後悔してくれるのか、種彦には見当がつかなかった。

とにかく小判を取り返し、長介に差し出す。山吹色の金を手にした手代は、川風に吹かれつつ、妙に寂しげな様子だ。それを見て、山青堂が種彦の顔を覗《のぞ》き込んできた。

「これが彦さんの思い描いた、戯作の結末ですか？」

悪い娘は捕まり、手代に金子が戻って幕引きだ。納得出来ない結末ではない。しかし、何かしっくり来ないと山青堂は言う。

「戯作が平凡というか、きらめきが無いというか」

この話を本にしたら数百部が売れ、山青堂の名が江戸に轟《とどろ》くだろうか。

「うーん、難しい気がしますねえ」

悩みどころが、何となくずれている気もするが、とにかく山青堂が満足していないのは、確かであった。

「戯作だったら、この結末は読み手に受けないか」

「さて、どうかな」

苦笑が、種彦の口元に浮かんでくる。寒いし、熱い茶もないし、勝子も側にいない。いつもであったら絶対、他の結末など考えないところであった。

しかし今、種彦は舟から降りる事が出来ない上、他にすることもない。口に出して認めたくはないが、要するに種彦は、暇を持てあましつつ震えていたのだ。

「読む者に受ける戯作、か……」

男二人に女一人の結末を、他にどう収めたら良いのだろうか。「くしゃっ」またくしゃみをすると、種彦はくいと片眉を上げた。そして、思い切りにやっと笑みを浮かべた。

「おんや、彦さん。何か思いつきましたね」

山青堂がずいと身を寄せてくる。太郎兵衛は、事ここに至って何がどう動くのか、考えもつかないのだろう、眉間《みけん》に皺《しわ》を寄せた。お仙は、興味なさげに川面を眺めている。

種彦が新たな戯作の結末を、語り始めた。

「男二人に女一人。恋慕と金が絡《から》んだ話は、おなごが金子をねこばばした事が知れて、とにかく解決したんだ」

しかし、だ。事を見抜いた殿様は、寛大で優しくっていい男で……誰が何と言っても、いけてる男だったから、気を落とした若い娘に優しかったのだ。

「それで、だ。殿様は舟の上にいる二人に、ある話を持ちかけたんだな」

「二人？」

すると種彦はまず山青堂へ、お仙の話を買わぬかと、そう言い出したのだ。

「話を、買う？」

「お仙達の騒動を、そっくり本にしようと、考えてたじゃないか。おれは聞いたぞ」

だが、読んだ人が知り人だった場合、すぐに誰だか分かる話を勝手に使われては、当人はたまったものではない。

「昔話を焼き直すんじゃないんだ。名前代、三両寄こしな」

「よく聞く名前に、三両とはべらぼうな」

山青堂は口を思いきりへの字にしたが、その内、仕方がないですねえと降参し、長介から小判を借りると、お仙にひょいと差し出す。

「では一両なら出しましょう。けちるなって？　いや、後の二両は太郎兵衛さんが、辞めてゆく孝三さんへ渡す金として、出して下さるでしょう」

その分は既に、孝三が屋敷から持ち出しているんですよねと言われ、一瞬、目をぱちくりとした町名主が頷く。

「孝三はわが屋敷から、一両と二分、持ち出したと思います」

孝三が、おずおずといった仕草で、持ち出した金を手に載せると、太郎兵衛は寸の間顰《しか》め面《つら》を見せた。だがその後、これまでは真面目に奉公していたからと、その金はそのまま持たせると口にした。種彦は口の端を上げる。

「これで、お仙の持つ一両二分と合わせて、五両ほどの金を二人は用意できたという訳だ」

その後種彦は、お仙達二人が往来手形《おうらいてがた》を持っているかどうかを問うた。

「往来手形ですか？」

孝三が懐から取り出してみせると、種彦は太郎兵衛の方を向き、その名前を書き直してくれるよう頼んだのだ。

「往来手形の名前を、変えるのですか？」

今度は太郎兵衛だけでなく、お仙と孝三が目を見開く。種彦はあっさり頷いた。

「山青堂が話を世に出したら、そいつを知り合いが読むかもしれない。万に一つ、逃げた先を身内に知られたら、お仙は嫌だろうが」

名前を変え年を重ねて行けば、何かの拍子に知り人と行き会っても、他人のそら似で押し通せる。お仙は正真正銘、新しい暮らしを始められるのだ。

「名前一つで、お仙は心底ほっと出来る。太郎兵衛さん、手形を変えちゃくれないか?」

太郎兵衛は町名主故《ゆえ》、この話には、直ぐにうんとは言わなかった。しかし山青堂がにこりとして、戯作の中の事じゃないですかと、そう言い出したのだ。

「戯作の中の話?」

「そう、殿様は今、戯作の話をしているんですから。だから太郎兵衛さんが手形を書き換えても、それは戯作でのことですよ」

段々と、現実と戯作が入り交じり、つい今話していた事が、どちらのことであったか、判然としなくなってきていた。太郎兵衛はちらりとお仙を見てから、じき、筆の入った矢立《やたて》を取り出した。

「なるほど、そうやって事を済ませようとおっしゃるんですね。ええ、私も戯作の中であれば、こういう事をしたりもしましょう」

太郎兵衛はここで、先に町名主屋敷へ顔を出したという、お仙の兄の事を話し出す。

「房州のお仙の実家は、商売が長年上手《うま》くいっておらず、それは苦しいのだそうで」

そのせいかお仙の兄は、金に酷《ひど》く固執していた。毎年給金を一文残らず取られては、お仙が暮らしていくのに困る。町名主屋敷の者達が揃《そろ》って止めても、兄は給金の全部を取り上げようとして粘ったらしい。

「私は、今の商いが立ちゆかぬのなら、他の商売を考えてみてはどうかと、その兄に言ったのです。ですが、殴られましたよ」

さて、二人の名は何としましょうと太郎兵衛が聞き、皆の目が若い二人へ向く。二人が直ぐに答えられずにいたので、結局種彦が、清八《せいはち》とお梅《うめ》という名をつけた。太郎兵衛がさらさらと書き、手形をこしらえていった。

「おや彦さん、近松がお好きなのですか？」

やはり戯作がお好きな人は、浄瑠璃《じょうるり》なども好みですよねえと、山青堂が嬉《うれ》しげに言う。

「せっかく一両も出して、話を買ったんです。早々に、戯作にして下さいね」

「だから山青堂、お前さんが己で戯作にすればいいだろうが。人に頼んで、これ以上金子を払う事はないぞ」

「なんと彦さん、ただで書いてくれるんですか？」

金子が節約できて、嬉しいですねと山青堂が言う。種彦は黙ったまま拳固を突き出したが、狭い舟の内なのに逃げられてしまった。

「山青堂、おれはさっきから、お前さんを川に突き落としたくて、たまらねえんだが」

「きっと反対に、自分が落ちる羽目になりますよ。彦さんてば不器用そうですからねえ」

種彦の堪忍袋《かんにんぶくろ》の緒が、いい加減切れそうになったその時、船頭がじき山谷堀だと、皆に声を掛けてきた。大きな大川から細い堀へと乗り入れた舟は、すいと一旦岸に着く。陸に上がった種彦は川風から解き放たれ、心からほっとし、岸辺で着物を絞った。

山青堂が、浅草寺《せんそうじ》の横手に知り人がいる故、そこで一休みし、着物を乾かさせて貰おうと言ってくる。長介や太郎兵衛も同行する事になり、お仙達とは早、堀の岸で別れる事になった。二人は舟で更に川を上り、その後、中山道から上方へ向かうといった。

「道中に遠縁がおります。まずはそこを頼ろうと。あの、その……」

ありがとうございましたと、孝三改め清八が、皆へ深く深く頭を下げる。お梅と名を変えたお仙は、未《いま》だに驚いた顔のまま、舟の中で座っていた。気がつけばお仙は、騙《だま》した長介や迷惑をかけた町名主、それに知り合ったばかりの者達から、助けられていたのだ。

「あの、あたし……」

そんな経験は、初めてだったに違いない。

「お仙、元気で。幸せになっとくれ」

最後に長介からそう言われると、ようよう悪い事をしたと思い始めたのか、お仙の顔が赤くなってくる。生まれて初めて、返せぬ程の恩を貰った事が、分かってきたらしい。

じきお仙は、どうしたらよいのか分からぬ表情となった。そして、ただ涙を流し始める。それから皆へ深く頭を垂れ、小声で礼を口にしたのだ。

「ああ、先程のような終わり方なら、良き戯作となりますよ」

山青堂は上機嫌で山谷堀を後にし、浅草の方へと歩を進める。二人を見送った後、種彦らは山青堂の案内で、同じ道を、これから吉原へと向かう男らとは、反対の方へと歩いていた。

ここで太郎兵衛が、大きく息をつく。

「先の話は、戯作との事でした。それに種彦さんというか、高屋様が全てをご存じだったとは思えない。確かに話は少し、私が知っている事とも違っておりました」

だが語られるものを聞く内、事実か否か混乱する程、真に迫る話でもあった。

「戯作というのは、思いがけない程、引きつけられるものですな」

「そうでしょう、私も大好きなのですよ」

山青堂は楽しそうに、そう返答をする。しかし太郎兵衛は種彦の方を向くと、小さく首を振った。

「しかし高屋様は、旗本の殿様です。多分、関わらぬ方がよろしいと思いますが」

強く人の気持ちを動かすものには、いつの世でも、お上から目が向けられる事になる。それは時として、危うい運をもたらすことになるのだ。

「太郎兵衛さん、脅かしっこ無しですよ」

たかが楽しむ為の作り話に対し、大げさなと山青堂は言う。しかし種彦は、太郎兵衛の心配が大仰だとは思えなかった。

風が吹いて、未だずぶ濡れの総身が、酷く寒かったからかもしれない。

早く、勝子に会いたかった。

戯作の二　世の中、義理と付き合いが、山とありまして

戯作《けさく》の始めに、説明の一言、かな。

小普請《こぶしん》

武士には間違いないし、一応禄《ろく》っていう収入はあるんだけど、お仕事のない人。この暇人、そりゃたっくさんいて、多いとき小普請は十二組にも別れていた。今、種彦《たねひこ》さんの仲間は十組あり、自称病弱な種彦さんは、暇ーな小普請だから、戯作《けさく》を書けたとも言える。けど、暇人と言われるのが嫌いで、版元の山青堂としょっちゅう喧嘩《けんか》してた。

すとれす発散、じゃれてる、とも言うか。

小普請組支配

要するに、お暇な小普請達の上役。三、四千石クラスの旗本《はたもと》がなるお役だったから、二百俵の種彦さんがなりたーい、と言っても、まずなれない立場。

配下に、小普請組支配組頭とか、小普請支配世話役とかいた。この御仁《ごじん》達、お仕事欲しー人々、つまり、はろーわーく通い中である小普請組の面々の、査定役だった。胸三寸で、次に誰をお役につかせるか決められたから、けっこー威張ってたらしい。

気力のない彦さん、出世には興味なく、つまり上役へ、大して気を遣っていなかった。まあだから、彼らの愚痴も言わなかった。

けど、闇夜《やみよ》であれば彼らに石を投げたい小普請組の者も、いたとか、いなかったとか。

真っ暗な中で投げても、多分当たらないから、悲しかったと思うんだけど。

手鎖《てぐさり》

庶民が喰《く》らった刑罰。鎖や手錠《てじょう》で、両方の手を縛るってやつ。三十日とか、五十日とか、百日間の刑で、その間、ずーっと両の手を離せないのだから、真面目《まじめ》にやっちゃうと、もの凄《すご》く大変。しかし、勝手に外したのがばれると、とーぜんというか、罪が重くなるから溜息《ためいき》。

この刑、けっこー出版関係の御仁も喰らってる。高名な戯作者の山東京伝《さんとうきょうでん》とか。

理由は、お上の気に入らない本を出したからだ。

お江戸では、ある意味、本を書くのも出すのも命がけ。本を出したばっかりに、首が胴と離れ、獄門台の上でぐらつかぬよう味噌《みそ》の塊に据えられても、誰も不思議には思わない世界だったのだ。

これが冗談にならないってぇところが、怖い、怖い。

1

「山青堂、てめえっ、勝手なことしやがったなっ」

種彦が己《おのれ》の屋敷で、顔を真っ赤にして、版元の山青堂を追いかけ回していた。殿様が発したとは思えぬ怒声を浴びせられた山青堂は、ぺろりと舌を出すと、ひょいひょいと器用に廊下を逃げてゆく。ついでに言い訳することも、忘れなかった。

「だって彦さんが、なかなか戯作を書いてくれなかったんで」

先だって、せっかく面白げな、お仙《せん》と二人の手代の話を買ったのに、ものぐさな種彦は筆をとらない。話の代金一両を回収したい山青堂は、仕方なく、種彦が語った話を思い出しつつ、己で物語にしてみたのだ。

「〝お江戸《えど》三人物語《さんにんものがたり》〟という題名にしました。しかしですね。あたしも初めて書いたんで、売れる代物《しろもの》かどうか分かりません」

それで山青堂は、肉筆で書いた〝お江戸三人物語〟を糸で綴《と》じ、一冊の本にした。そして種彦も入っている狂歌連《きょうかれん》の面々、歌が得意な連中に、読んで貰《もら》ったという訳だ。

「ところが、です。悲しい事に、受けが良くありませんでした」

器用に種彦の拳固《げんこ》を避けながら、山青堂は溜息をつく。

「話を直したのがいけなかったんですかね」

あの時、町名主太郎兵衛《たろべえ》は、後から考えてみたら、種彦が語った戯作には、事実と違ったところがあると言っていた。山青堂は、それなら真実の方が受けるだろうと、太郎兵衛から話を聞き、〝お江戸三人物語〟をあちこち書き換えたのだ。

ところが。

「不思議な事に、何というか、妙につまらない話になってしまったようで」

山青堂は縁側を逃げつつ愚痴を漏らす。こうも不評では、本を出す訳にもいかない。一両丸損というわけで、悲しんでいるのだ。

「でもあたしが〝お江戸三人物語〟を書いたのは、彦さんがそうするように言ったからです。怒らないで下さいよ」

「阿呆《あほう》！　おれが怒っているのは、お前さんが勝手をしたことだ。おれの名を、〝お江戸三人物語〟の作者として使っただろっ」

山青堂はなんと書き下ろした本に、戯作者として種彦の名を書き入れたのだ。おかげで種彦は狂歌連で、下手な話の感想を、あれこれ言われる羽目になった。

「書いてもいない本のことで、大恥をかいたじゃないかっ。山青堂の間抜けっ」

「でもあの話、彦さんが語った話を下敷きにしてるんですよ。あたしはそりゃ律儀《りちぎ》なんで、彦さんの作としました。ああつまり、話が下手なのも彦さんのせいですな、きっと」

山青堂は堂々と口にした。走り回っていい加減、息が上がってきた種彦は、その言いぐさを聞きやけくそになると、文机《ふづくえ》の上にあった本を投げつける。これが珍しくも命中し、山青堂がぎゃっと大げさな声を上げた。

すると、茶を持った女中と部屋に現れた勝子《かつこ》が、二人の間に入ってやんわりと言う。

「殿、駄目ですよぉ、物をお投げになっちゃ」

山青堂さんが、痛そうなお顔をなさってますよと、優しい勝子は止めてくる。これではまるで、己が山青堂を虐《いじ》めているかのようではないか。種彦は頬を膨らませた。

「お勝、虐められてるのは、こっちなんだよぉ。山青堂ときたら、皆も認める下手な戯作の作者として、おれの名を使ったんだ！」

「まあ、殿。それは驚かれましたねえ」

勝子はいつも種彦に優しい。すると山青堂は、勝子の後ろに隠れつつまた、言い訳を始めた。

「彦さん、そう怒らないで。本は一冊しかないし、読んだのは連の方々くらいですよ」

本は今、回し読みされているが、じきに忘れられてゆくに違いない。

「ちょいと残念ですけど」

山青堂は惜しげに言ったが、種彦はこの言葉を聞き、何とか怒りを収めた。それから、勝子が出してくれた茶の前に座ると、山青堂に、どうして己が戯作を書かないのか、語り始めたのだ。

「おれは確かに才に溢《あふ》れている。狂歌もたしなむし、絵も描ける。古典も学んでいる上、浄瑠璃《じょうるり》のことも詳しい。だから山青堂が、戯作を書かせたいと思うのも分かる」

大きく頷《うなず》いた種彦は一口茶を飲むと、ちょいと口元を歪《ゆが》めてから、言葉を継いだ。

「だが今時、本を出すって事は、下手をしたらお上から睨《にら》まれるって事でもあるからな」

以前、黄表紙《きびょうし》を書いて売れっこととなった恋川春町《こいかわはるまち》は、種彦と同じく武家であった。だが、本の事でお上から呼び出しを受けた直ぐ後、病となり亡《な》くなっている。己で命を絶ったのではという噂《うわさ》が、今でも消えていなかった。

「特に、武士の戯作者に対して、お上の目は厳しいってことだ」

だから己は狂歌を作る時でさえ、種彦という戯号を使っている。

「おれは一に旗本高屋《はたもとたかや》家の当主で、勝子の夫だ。危うい事には首を突っ込まないんだよ」

すると湯飲みを手にしていた山青堂は、口をへの字にする。

「確かに、絵や本にかかわると、危うい立場になることがありますねえ」

山青堂は今日この後、許可が下りなかった春画を、こっそり彫って売った彫り師源《げん》三《ぞう》を、訪ねる所なのだ。その彫り師、手鎖の刑を喰らってしまっていた。

「しかし、ですよ」

山青堂は、ここでまた要《い》らぬ事を付け足す。

「彦さん、彫り師の源三さんは、正面から町名主さんの裁定に、たてつきました。そして、恋川春町は大層売れてました。だから、お上に目を付けられたんだと思います」

だが種彦は、売れるどころか、まだ一冊の本も出していないではないか。

「睨まれる心配など、欠片《かけら》も要らないですよ」

「まあ殿、良かったですねえ」

勝子は素直に喜んだが、大した者ではないと言われたみたいで、種彦は何とも奇妙な心持ちになる。するとその時縁から、種彦を呼ぶ声が聞こえてきた。

「あら、善太《ぜんた》。なんでしょう」

勝子に名を呼ばれたのは、お仙の件でも役に立ってくれた、律儀者の中間《ちゅうげん》だ。少し前から屋敷に仕え始めた者で、博打《ばくち》を打つより、主《あるじ》の無茶に付き合う方が面白いという変わり者であった。

その善太が、今日は少し強《こわ》ばった声で、客人が屋敷へ来た事を告げる。

「客人？　どちらの方か？」

種彦が問うと、善太は眉尻《まゆじり》を下げた。

「殿様、何かしくじりをなすったんですか？　小普請支配世話役、鈴木《すずき》久次郎《ひさじろう》様ですよ」

「世話役？」

それは御家人がなるものだが、小普請達の間抜けな行いを、小普請組支配組頭に報告したりするお役だ。煙ったい役目である故《ゆえ》に、力を持っている。ないがしろにできる相手ではなかった。

「あれ、今日は組頭に会わねばならない、十日か晦日《みそか》だったかな？」

種彦は思わず、己が上役との面会日を忘れ、世話役が注意をしに押しかけて来たかと、顔色を変える。何しろ種彦はいかに暇であろうとも、本物の旗本であった。

だが、勝子がゆったりと首を振る。

「殿、今日は、お出かけになるご予定の日では、ございません」

「ああ、そうだな。勝子がいれば、おれが日を違《たが》えるなんて、ないわな」

しかし、ならば何故《なぜ》、久次郎が屋敷へ来たのだろうか。

数えた事などないが、小普請組の者は、うんざりする程いるのだ。よって小普請組支配の補佐、組頭とて総勢十人、世話役は今、全部で三十人もいる。たまたま見知ってはいるが、久次郎は種彦の世話役ですらなかった。

「善太、久次郎殿は用向きを言われたか？」

「いえ、何も。何だか心配ですね」

障子を少し開け、顔を見せた善太が首を振ると、山青堂も気遣わしげな目を向けてきた。

「大丈夫ですか、彦さん。何だか胃の腑《ふ》でも痛いような顔、してますよ」

「ふん、病弱はいつものことだ」

勝子がいたから一応強がってはみたが、何だか嫌な予感がしてきていた。それでも世話役を、会わずに追い返す事など出来はしない。種彦は仕方なく立ち上がると、客を通した部屋へと向かった。

すると種彦はそこで、とんでもないものを目にすることになったのだ。

「これは久次郎殿、お久しゅうございます」

向き合って座ると頭を下げ、まずは当たり障《さわ》りのない話を始めようとしたその時、種彦は久次郎の横に、薄い本が一冊置かれている事に気がついた。目を向けると驚いた事に、表には覚えのある題名が書かれていた。

(ありゃ……〝お江戸三人物語〟じゃないか!)

ひやりとし、目を凝らしてみる。すると本の隅に、確かに己の名があった。

(ど、どうして……山青堂が一冊だけ作った本を、久次郎殿が持参してきたんだ?)

種彦は言葉に詰まってしまう。すると久次郎は、落ち着いた素振りで本を手にした。

「いや、狂歌をたしなむ知人が、良き本があったと言い、これを貸してくれまして」

本当に、なかなか興味深い話であったと、久次郎は柔らかに笑った。

(仲間内でも不評の話が、良き本?)

種彦が更に顔を強ばらせると、久次郎は機嫌の良い表情を近づけてくる。

「彦四郎殿、それがし、この話で非常に気に入ったところがござった」

中に出てくる旗本の殿が、事実のはっきりしない事を調べ、本当は何があったのか、突き止めるというところだ。実は今、久次郎は子細あって、歌や話作りに強い者を探していたところだという。それで、狂歌好きの知人にも声を掛けたところ、たまたまこの〝お江戸三人物語〟のことを教えて貰ったのだ。

「その知人、作中と同じ名の町名主を知っておりましてな。その町名主の屋敷に、お仙《せん》と孝三《こうぞう》という奉公人がいたというのですよ」

狂歌連の知人は本を読んだ後、話が本当かどうか確かめたくなったらしい。よって、その町名主太郎兵衛に会ったようなのだ。

「確認すると、太郎兵衛殿は、話のほとんどが事実であることを認めたとか」

しかしお仙と孝三は、既に江戸を発《た》っている。出来れば実際の話であることはご内聞にと言って、太郎兵衛は頭を下げたという。

「いや作中で謎《なぞ》を解いた殿様は、大層な眼力の持ち主だ。素晴らしいですな」

「久次郎殿、それはただの作り話、戯作です」

「ご謙遜《けんそん》めされるな。作中の殿様は彦四郎殿、いや種彦殿の事だと既に存じております」

「い、いや、違うのです」

種彦は大いに焦《あせ》った。確かに話の中の殿様は、種彦のように粋で頭がいい。だが話は阿呆の山青堂が書き換えてしまったため、殿様はあり得ぬ程、完璧《かんぺき》に真実を見通した事になっているのだ。種彦は必死で真実を伝えた。

「その話、知人が書いたものなのです。勝手に我が名を使われ、困っております」

だが久次郎は納得しない。そして強引に話を進め、ある歌のことで種彦に、力を貸して欲しいと頼んできた。

「歌？」

「随分前に詠《よ》まれた歌なのです」

最近、故人の遺品の中から、見つかったものであった。

「その亡きお人が、歌を誰におくるつもりであったのかが分かりません。そのお人や歌の意味を、何とか知りたいのです」

そんな折り、久次郎は〝お江戸三人物語〟を読んだのだ。

「この作中の殿様ならば、私の願いを叶《かな》えて下さるでしょう。そのはずです」

「ですからその本は、作り話なのです。話が真実だと町名主が言ったのは、版元が後から事実を調べ、辻褄《つじつま》を合わせたからです」

だが、ここまで分かりやすく説明したのに、久次郎は引かなかった。それどころか、大層嬉《うれ》しそうに、こう付け足してきた。

「おお、種彦殿は、分からぬ事を調べてくれるお仲間をお持ちか。なるほど、戯作者は日頃から、そういう者を使っているのですな」

ならば今回も、その者達に協力してもらえばよい。久次郎は勝手に独り決めすると、手をさっと前に上げ、種彦の抗議を止めた。

「実は、歌の意味を知りたいと思われているのは、それがしではござらん。小普請組支配、二千石の酒井《さかい》様なのですよ」

上役の、更に上に立つ御方であった。久次郎としては、是非お役に立ちたい。

「さすれば後々、小人目付《こびとめつけ》などに出世できましょうから」

「これは……何とも分かりやすい話で」

種彦は思わず引きつった笑みを浮かべる。

(久次郎殿は、山青堂の遠縁じゃないだろうな。露骨なところが似てやがる)

もっとも山青堂は商人だから、お金大好きでも嫌みな感じはない。出世大好きな久次郎の方は、もっとうんざりする相手であった。

「種彦殿、ここで酒井様のお役に立てれば、心強い後ろ盾を得る事になりますぞ」

旗本の小普請組は、十年一日のごとき暮らしぶりと言われる。だが、甲府流しという言葉もこの世にはあると、久次郎は言う。

「酒井様であれば、そういう恐ろしい決定からとて、救って下さいます」

根回しとか、袖《そで》の下とかいうのが嫌いな種彦が、唇を噛《か》む。するとその時、襖《ふすま》の向こうから、山青堂の必死の声が聞こえてきたのだ。

「突然ご無礼つかまつります。たまたま居合わせた、この家の客でございます」

驚く種彦を他所《よそ》に、山青堂は襖の隙間《すきま》から、真剣に問うてくる。

「あの、小普請組支配様であれば、手鎖の刑から人を解き放つ事が。出来ましょうか」

知り人の彫り師が、刑を喰らい困っている。職人には、五十日の刑期の間、仕事をせずに暮らせる程、蓄えがなかった。

「もし、もしお話の件、こちらの殿様が委細を突き止めましたなら、知人の手鎖を、解いて頂けますでしょうか」

「お、おい。勝手な事を言っちゃ……」

すると久次郎は、大きく頷いたのだ。

「酒井様ならば、きっと可能ですよ」

種彦が歌を調べ、どこの誰へ送る筈《はず》のものだったか報告してくれれば、望みは叶うと、久次郎は請け合った。

山青堂が喜び、種彦は眉尻を下げ唇を噛む。つまり、顔も知らない職人の為に、久次郎の頼みを断れなくなったのだ。

2

「彦さん、お役もなく暇なのに、上役の使いっ走りをするのは嫌なんですね。なら、武士など辞めたらどうですか？」

山青堂が、明るい声で勝手を言う。そして、このまま戯作者になればいいと続けたのだ。

「あ、でもですね、源三を助けてからにしてくださいね」

隣を歩む版元へ目をやり、種彦は溜息をついた。

「山青堂の阿呆！　おれは町人などにはならん。ああ、お前さんが勝手な事を言い出すからこんなはめに」

とにかく源三を救う為、種彦は歌の謎を解き、説明しなくてはならないのだ。

「なあ山青堂、彫り師を救いたければ、お前さんが代わりに、手鎖を引き受けたらよかったんじゃないか？」

そうすれば歌を調べずに済むのにと、種彦は道々愚痴を言う。山青堂は、彦さんながら歩きながらでも謎解きは出来ますよと、大勢の行き交う通りを歩きつつ、ほざいた。

「さて問題の歌は、どんな難物なのですか。あの後、子細を久次郎様から聞かれたのですよね？」

「いや、それがな」

種彦はここで一寸《ちょっと》、言葉を途切らせる。

「実は、簡単そうな歌なのだ。久次郎殿が意味を摑《つか》みかねているとは、思えないんだが」

なのに何故、その歌をおくる筈だった相手が、分からないのか。とにかくと言い、種彦はゆったりと一つの歌を口にした。

「経を読む寺で人の来るを待つ　思うは春告ぐみどりなりけり」

「おや、恋の歌ですね」

山青堂から直ぐにこう返答があり、種彦も頷いた。

「詠《うた》ったのは、以前酒井様が入っておられた連歌の会の師匠、柴山《しばやま》殿の娘御みつ殿。

柴山殿は、御浪人《ごろうにん》だそうだ」

だが、歌は文箱《ふばこ》の中に入れられたまま、相手におくられることはなかった。みつは、若くして亡くなったと聞く。

みどりは黒髪、つまり女人のことだろうか。みつと相手はきっと親しかったのだろうと言うと、山青堂も頷いた。

「二人はいつも、馴染《なじ》みの寺で待ち合わせしていたんでしょうね。そこまで分かって て、どうして相手が知れないんです？」

連歌の会へ行って聞けば、まず分かるだろうにと、山青堂が歩きながら首を傾《かし》げる。それ故《ゆえ》二人は確証を得る為、両国橋に近い連歌の師匠宅へ、向かっている所なのだ。

酒井は、歌が己へ当てたものであればいいと思いつつ、確証がなくて、他の者に確かめさせているのだろうか。おれは上司への追従《ついしょう》は苦手なんだと言い、種彦が口を尖《とが》らせた。

「とにかく、歌は恋歌だ。さっさと意味と相手をはっきりさせ、源三を助け出すぞ」

ところが。柴山師匠の小体《こてい》な二階屋へ着いた後、二人は今回の一件が、簡単ではない事を思い知らされた。

「そちらは、種彦さんとおっしゃるのか。ああ、狂歌の会の方ですね。友が狂歌をたしなみまして、噂は伺っております」

現れた師匠は、四十半ばくらいの、至って落ち着いた風貌《ふうぼう》の男であった。二人が、みつが残した歌の事で訪れたと切り出すと、少し待ってくれと言い、奥へ声を掛ける。子守女を呼ぶと、柴山は四つほどに思える男の子を、外へ遊びに出した。

「あの子は孫で、吉十郎《きちじゅうろう》と申します」

種彦達を奥の一間へ通した後、師匠は妻も娘も身罷《みまか》り一人だからと言い、手ずから茶を出してくる。それから、二人がみつの残した歌について、子細を知りたがっているのを確かめた後、落ち着いた様子で反対に尋ねてきた。

「で、お二人は三人の内、どなたに頼まれておいでになったのかな？」

「は？　三人？」

珍しい事に、この時は種彦だけでなく、山青堂も目を丸くした。柴山は恋歌を詠んだみつの父親なのだ。だから、娘の相手について尋ねたら、怒るかもしれぬと思ってはいた。

しかしいきなり、三人という言葉が出るとは、種彦も考えていなかったのだ。

「その……娘御には三人の、お相手がおいでだったのでしょうか？」

聞きづらい質問を、横から山青堂があっさり口にする。すると柴山は、この世には阿呆な男が多くてと、顔に似合わぬ辛辣《しんらつ》なことを言った。

「それがし、主を失い浪人などいたしております。それで一人娘のみつには、堅実な暮らしを手に入れて欲しいと、常々思っておりました」

だから娘の相手は、武家でなくとも構わなかった。とにかく、いつか柴山が亡くなってもみつを守ってくれる、岩のように確かな相手が良いと、そう娘に言ってきたのだ。

しかし親の希望は、なかなか叶うものではない。

「連歌の師匠をしております関係で、我が家には武家も、大店《おおだな》の商人も来ておりました。そしてみつは、器量の良い娘だった」

つまり親の知らぬ間に、多くの男達がみつへ言い寄っていたのだ。そして、最初は男の優しい言葉と顔に目が行っていた娘も、段々と現実を知る事になる。

「一番にみつへ声を掛けたのは、小普請組支配、二千石の酒井様でございました。おお、種彦さんは、酒井様のお使いでしたか」

使い、と言われて面白くなかった種彦は、手鎖を塡《は》められた刷り師の話を、口にする事になる。早く助けてやりたいのだと山青堂が言うと、柴山が苦笑を浮かべた。

「やれやれ、酒井様も、しようのないお方だ。みつの歌のことくらい、ご自分で確かめればよいものを」

みつと酒井は恋仲になったが、酒井は二千石の旗本、殿様だ。屋敷へゆく場合、妾《めかけ》奉公だと父に言われ、みつの目が覚めた。

「二千石か。凄い禄ですが、微妙な石高でもありますな」

種彦は二百俵取り、鳥を飼うのが趣味だという旗本酒井の暮らしぶりに、詳しい訳ではない。だが二千石ほどだと、大名家のように奥と表が分かれていない事は、知っていた。

多分なし崩しに一緒になっても、みつは殿様の手が付いた、奉公人のような扱いになっただろう。父親は重い息を吐いた。

「みつは物知らずな若い娘でしたから、最初は旗本の御側室などという夢を、見てしまったのかもしれません」

その後、泣きべそをかいた娘を慰める役として、二人の男が近づいてきたのだ。共に、柴山の連歌の弟子であった。

「お一方は、お武家です。辺見長祥《へんみながよし》様と言われて、三十過ぎでした。あの頃は小普請でしたな」

みつのことは、酒井より前から気になっていた様子であったが、何しろ長祥はお役につく為、好きな菓子も絶って、必死になっていた時であった。優しい事は言っても、到底浪人の娘との縁組を考えられる筈もなく、この縁も短い間に切れてしまった。

「最後の方は、油問屋の次男坊でした」

戸田屋次郎兵衛《とだやじろべえ》は金もあり、みつに、根付けなどを贈っていたようだ。だが親は次男を、しっかりした店へ養子に出す腹づもりだったようで、みつの嫁入りを承知する筈もなかったのだ。

「戸田屋さんは、兄御が病で突然亡くなられて、連歌を止めました。兄の残した妻を娶《めと》ったと覚えております」

そして皆が去った後、みつに子が生まれた。連歌の会で噂になったから、もちろん三人の男達も、子の事は承知していた筈であった。

「え、御子？」

歌の話をしにきたら、子が現れたものだから、種彦は声を失う。

（では、先程の子供は……）

「種彦さん、もし御身に娘御がおられて、責任なく言い寄る男がいたら、どうなさいます？」

「ぶち殺す！」

妻に近寄る阿呆も容赦しないと種彦が続けると、己もそんな調子だったと言って、柴山は苦笑を浮かべた。しかし、己が父だと名のり出る者はいなかった。当時は、娘のお腹《なか》の子の父親が誰かを知りたくて、みつに随分ときつく聞いてしまったのだ。

「その態度のせいでしょうかね。みつは、腹の子は誰の子でもない。自分一人の子だと言って、相手の名を言いませんでしたよ」

柴山は困り果てたが、とにかくみつは喋《しゃべ》らない。娘の体調は思わしくなく、柴山は仕方なく、みつが身二つになってから、後の事を考えようと決めた。すると。

「お産の時、みつは身罷ってしまいました」

男の子が一人、柴山の手に残された。他に身内もおらず、柴山は赤子の吉十郎を育てることだけを張り合いに、今まで何とか暮らしてきたのだ。

「それは……大変でしたでしょう」

種彦は段々、何を言ってどうしたらいいのか、分からなくなってきていた。今戯作を書いたら、泥沼のように男と女が入り乱れる話になってしまいそうであった。

すると山青堂がまた、横から質問を始めた。先程から、気になっていることがあると口にしたのだ。

「柴山さんは、我らが三人の内、誰に頼まれて来たのかと、先程問われましたよね？

つまり、みつさんのお相手だった三人が、こちらへ来るかもしれないと、そう思っておいでだったんでしょうか？」

先にすれ違った子の歳《とし》を考えれば、何があったにせよ、もう何年か前の話だと思われる。

「なのに、どうして今、みつさんと縁のあった三人が、この家へ来るかもしれぬと、そう思われたのですか？」

みつの詠んだ歌が見つかったことと、それは関係があるのだろうか。

すると、その問いを聞いた柴山が、大きな笑みを浮かべ、良き質問だと山青堂を褒めた。

「まあ、殿はわたくしに言い寄る御仁がおられたら、ぶち殺すんですか」

旗本屋敷へ帰り、柴山家での話を一通り聞かせたところ、勝子が真っ先に言ったのは、その一言であった。種彦は、その声にくすぐられたかのように笑う。

「まず、そこが気になったなんて、お勝はかわいいなぁ」

やはり自分は幸せ者だと種彦が口にすると、隣で山青堂がごほごほと咳き込み、夫婦の幸せを邪魔する。版元は無粋の塊らしく、話を鬱陶《うっとう》しい歌の事へと移し、楽しい一時から現《うつつ》へ引き戻してしまった。

「そのですね、勝子様。柴山さんはつい最近文箱の中に、みつさんの残した歌を見つけたそうなのです」

誰に当てたものであるかは、やはり分からなかった。しかしみつの歌を読んだら、吉十郎の父親が名乗り出て来るかも知れぬと、柴山は思ったのだそうだ。

「それで柴山さんは、歌の写しを、縁あったお三方へおくったとか」

その文を見て酒井は動揺し、それを知った久次郎は、上役に取り入る好機と判断したのだ。もっとも久次郎は、己で事を解決する事が出来ず、種彦がその役回りを押っつけられる事になった。

「あらまあ、話が通りましたわね」

勝子に種彦が頷くと、横で山青堂が片眉を上げた。

「もし、ですよ。柴山さんが、己と吉十郎さんの事は放っておいてくれという意向であったのなら、久次郎様への知らせをどうするかは簡単に決まるんですがねえ」

「あら、どうなさるのかしら」

勝子が興味津々《しんしん》な様子をみせたので、山青堂に良きところを攫《さら》われるのは我慢出来ない種彦が、先に答えを喋る。

「お勝、そういう落としどころならば、簡単に作れるんだよ」

つまり、だ。みつの本当の相手は三人の他にいたと、男達に信じさせればいいのだ。

「例えば、見つかった恋歌の最後に、みつ殿の字を真似《まね》て、別の男の名を書き足しておけば、それで事は済むだろうな」

何にせよ、昔の話であった。放っておかれた恋の話を蒸し返すには、苦労が伴う。

「出世に繫《つな》がらず納得出来なくとも、久次郎殿には、何が真実なのか調べようがないからな。ならば全《すべ》ては闇《やみ》の中。勝手に子の父親をでっち上げても、誰もその相手は違うとは言いだすまい」

それで安らかな日々が来るはずなのだ。ところが、だ。

「今になって昔の事を表に出したのは、柴山さんの方なんですよねえ」

吉十郎が大きくなることだけを楽しみにしている祖父が、孫の父親探しに動いたのだ。

「柴山さん、労咳《ろうがい》にでもかかってるんでしょうかねえ」

「あら山青堂さん、柴山さんは咳でもなさっておいででしたか」

「いや、しゃっくり一つ、しなかったたな」

種彦が返答をし、にたっと笑う。山青堂は、意地になったのか、様々な病の名を言い始めた。

「では、心の臓が悪いとか」

「そんな話は、誰もしちゃいなかったぞ」

「脚気《かっけ》かも」

「健脚に見えたがね」

面白がって、ぽんぽん言い返していたら、山青堂は子供のように口を尖らせ、ならば種彦が、柴山の奇妙な行動の訳を当ててみろと、そう言い出した。

山青堂は何故だか、畳を踏みならしつつ話すものだから、どうにも子供っぽいと種彦が言うと、更に怒っている。いい男は常に落ち着いているものだと勝子に説明してから、種彦は、柴山が歌を男らへおくった理由を、己も考え始めた。

「さて、物語であったら、ここでどう話を運ぶかな」

先程は茶化したものの、山青堂が思いついたように、柴山が病に冒されているというのは、確かに上手《うま》い話の運びであった。

「おや、そう思ってるんですか。彦さん、勿論《もちろん》そうですよ。その通りです」

急に表情を明るくした山青堂が、大きく頷く。柴山は孫と二人暮らしなのだ。浪人である為か、近くに身内がいる様子もない。もし万一己が倒れたら、幼い孫が孤児になってしまう。それは、大層不安な事に違いない。

「となったら、娘を見捨てた憎い男でも、父親は父親。己が寝込む前に親子の名乗りをさせ、その男に孫を託そうという気にも、なりますよねえ」

大いに、あり得る話であった。しかし、だ。

「拙《まず》いことに、今の所柴山殿は、病人とは思えないんだよな」

なあ、山青堂と声を掛けると、威勢の良かった版元が、急にしぼんだようになる。直ぐに元へ戻ると承知しているから、種彦はそれをうっちゃったまま、考えに浸った。

それから不意に顔を上げると、かわいい妻の顔を見つめる。

「なあお勝、お前さん文箱は幾つ持ってる？」

「殿、嫁入りの時持って参りました、一つだけですが」

勝子は、国学者加藤宇万伎《かとうまき》の孫娘であるからか、書きものを入れる文箱は大きめで、立派な蒔絵《まきえ》の物を持たせてもらっている。だがそれでも文箱は、幾つも持つような物ではなかった。

「多分亡くなったみつさんも、自分の文箱は一つだったろうな」

ええと返答してから、どうしてそんなことを聞くのか分からないようで、勝子は首を傾げている。種彦は、疑問を口にした。

「みつさんが書いた歌、文箱に残っていたそうだが……何故最近まで、見つからなかったのかね？」

故人の書き残したものなどがあるとしたら、文机の上か、文箱に入っていることが多かろう。柴山が娘の相手を知りたいと思っていたとしたら、亡くなった後まず最初に、文箱を見たはずだと思うのだ。

「なのに柴山殿は、歌は最近見つかったという。さて、どうしてだ？」

山青堂と勝子が顔を見合わせている。どちらもすぐには、口を開かなかった。

3

柴山の家に行ってから、四日経《た》った日の事。種彦と勝子は本当に珍しくも、屋形船で遊ぶことになった。山青堂と一緒に、本作りに関わっている者達から、招かれたのだ。供には、中間の善太を連れていった。何しろ気がきく男故、最近種彦はつい、善太を供に選んでしまう。

三人は神田川岸で待ち合わせると、小舟で大川へ向かい、その後、大きな屋根付きの船に乗り換えた。勝子は、数人の船頭らが屋根の上から竿《さお》を操るような船は初めてらしく、乗り込むとき寸《すん》の間《ま》、屋根に乗っているいなせな男達を、眩《まぶ》しそうに見ていた。

船にはもう他の客人達が乗っており、三人を見ると、頭を下げてくる。一同の中心にいた身なりの良い男が、今日の船遊びを考えてくれた紙問屋の主、稲田屋《いなだや》であった。

「高屋様、奥様……はい、では連の時のように、種彦さんとお呼びしましょう。それに山青堂さん、今日はおいで頂き、ありがとうございます」

屋形船が川の流れへとこぎ出すと、稲田屋が挨拶《あいさつ》をし、船内にいる他の客を紹介する。刷り師や彫り師、老齢の版元桂堂《かつらどう》、貸本屋や絵師《えし》の北斎《ほくさい》など、本に関わる面々の中に馴染みの顔を見つけ、山青堂が破顔一笑した。

「おお、源三さん。ちゃんと手鎖を外してもらえたんですね。良かった」

「山青堂さん、また仕事を始めてます。殿様……いえ、彦さん、本当にありがとうございました」

彫り師の源三は傍らに来ると、泣かんばかりの勢いで手を握りしめてくる。

小普請世話役の久次郎は、口ばかりの男ではなかったのだ。みつの歌について、種彦はまだ何も報告していないのに、彫り師は早々に手鎖を外してもらえたのだから、ありがたい。すると善太が、にやりと笑った。

「殿様、これで、何も分かりませんでしたとは、とても報告出来なくなっちまいましたね」

もっとも、源三が早くに助かったおかげで、種彦達は源三の友が、その暮らし向きを心配し集めた金子《きんす》で、楽しく遊ぶことになったのだ。

「大川は、相変わらず水量が豊かだな」

種彦は、日の光が跳ねる川面を見つつ、目を細めた。船の内を、風が心地よく吹き抜けてゆき、何とも爽快《そうかい》であった。

岸には名の通った寺が散在しており、後で船を岸に着けるというから、そぞろ歩くのも楽しみだ。今日一行は船の中でくつろいだ後、岸近くにある三囲稲荷《みめぐりいなり》、長命寺《ちょうめいじ》などへ足を伸ばし、ついでに桜餅《さくらもち》を買って帰る心づもりであった。

天気が良いせいか、他にも屋形船や屋根船が川を行き来している。やがてそれらの船めざし、物売りの小舟が近づいてきた。種彦達が乗る船にも、あっという間に二艘《にそう》ほど寄ってくる。餅や酒、饅頭《まんじゅう》に天ぷらなどの品物を見て、勝子が面白がった。

「まあ、色々なものを売ってますのね」

「物売り舟は川をうろつくんで、うろうろ舟とも呼ばれています。船遊びをするときには、便利ですよ」

ちょいと得意げに蘊蓄《うんちく》を傾けた後、稲田屋は小舟から、気前よくあれこれと買っている。持ち込んだ重箱が広げられ、酒のちろりも出ると、気のきく善太がさっそく皆に声をかけつつ、酒杯を満たしてゆく。船の中で話が弾み出し、稲田屋は種彦達に銚《ちょう》子《し》を差し出しつつ、源三のことで礼を言ってきた。

「源三さんは、うちの番頭の弟でしてね。手鎖の刑になったと聞いた時は、そりゃあ心配しました」

一旦《いったん》戒めを付けられたら、時が来るまでまず外しては貰えない。暮らしに困るからと、こっそり外す者もいるらしいが、不法を人に知られると、罪が重くなる。それを気に病み、体を壊す者がいるという。

「旗本の殿様であられる種彦さんが、ある頼みを引き受けるのと引き替えに、源三を助けて下さったと聞きました。本当にお優しいと感服致しました」

なかなか出来る事ではないと持ち上げられ、総身がいささかこそばゆくなってくる。種彦は、是非源三を助けたいと言ったのは横にいる山青堂だと言い、田楽をせっせと食べている版元へ、褒め言葉を押っつけた。

すると褒められた山青堂は、にっと笑って種彦を指さすと、この殿様は才ある戯作者なのだと言い出した。近々、山青堂が始める絵草紙屋《えぞうしや》から本を出す。その縁で彫り師のことを助けたのだと、勝手なことを口にする。

「なんと、彦さんは本を作るお人、我らのお仲間でありましたか」

船の客達は話を聞いた途端、ぐっと打ち解けた表情を浮かべた。北斎と名乗った絵師など、その内仕事でよろしくと、種彦に挨拶をしてきたものだから、横から山青堂が割って入り、画料の話をし始める始末であった。

「ですがねえ、彦さんは今、例の御武家からの頼み事と格闘中で。一向に戯作を書き進めてくれないんですよ」

山青堂は、せっかくの機会故、今日は大いに気散じをして、明日になったら、さっさと頼み事を片付けて下さいと、また勝手を言う。すると稲田屋が、心配そうな表情を浮かべた。

「おや、きっと大変な頼まれ事なのですね。その、大丈夫なのでしょうか」

何か力になれないかと言われ、種彦は心配ないと頭を振った。しかし周りの客達が、真剣に助力を申し出てきたので、名を伏せた上で事情を話すことにする。

「手鎖を招く危険があるゆえ、他言は無しだ」

「おや殿様、他言できない話とは、剣呑《けんのん》な」

善太がにっと笑うと、種彦は、武家がかかわっているから用心しているだけだと口にする。そして、例の歌を聞かせた。

「経を読む寺で人の来るを待つ　思うは春告ぐみどりなりけり」

それから、歌は数年前におなごが詠んだ事。そして、残された子供や縁あった三人の男と、娘の父親の事を伝えたのだ。

「おれは、娘と縁のあった男の知り人から、さっきの歌の意味を知りたいと言われたのだ。その御人は、歌が誰におくられる筈だったか、つまり、子の父親の名を知りたがっている」

おや父親探しかと、船内から声が上がる。だが調べている内に、種彦はある疑問にぶつかって、立ち往生しているのだ。本作りの面々から、何に悩んでいるのかを聞かれ、種彦は素直にそれを告げた。

「ほうほう、亡くなったおなごの父親が、最近急に歌を見つけた事が、理解できないと」

おなごの父は、娘の歌を読んだら、孫の真の父親が名乗り出るかも知れぬと思い、歌を男らにおくったのだと種彦に言った。だがその話を聞いた船の客達は、首を傾げる。

「おや……もしやその父親は、体でも壊し、孫を預ける先を探しているのですか？」

「ああ、それと似たようなことを、私も以前、考えたのですが」

山青堂が苦笑を浮かべる。しかしその考えは、違うと答えが出ていた。

「それは残念」

するとほろ酔いの面々が、川風に吹かれつつ、次々に己の思いつきを口にし始める。本に関わる者達は、いつもは彫り師や刷り師、版元であっても、突然戯作者に化けたりする。話を考えるのが得意な者が多いのだ。

「では、そうですね。最近水害がありました。それに巻き込まれ、祖父と孫は暮らしに困り、実の父親の援助を求めているとか」

しかし柴山は、暮らしに窮している様子などなかった。よって種彦は首を横に振る。

「じゃ、子がやんちゃで、育てるに困って……えっ、困っていない。そうですか」

「殿様、こういうのはどうです？　孫がいるからには、その祖父はつまり高齢だ。今日は良くとも、明日生きてるかどうか分からねえ。だから今の内に、孫の父親をみつけたいんじゃ」

「善太、祖父と言っても、まだ四十半ばだったが」

「……若いなあ」

奉公人だとなかなか嫁取りという話にならないから、そのくらいの年齢で最初の嫁取りをする者もいるほどであった。

するとここで刷り師の一人が、思いついたことありと言って、酒杯を掲げる。刷り師が考えたのは、大いに恐れられた病の事だった。

「ほら少し前に、高い熱が急に出る風邪が流行《はや》って、大変だったわな。その祖父、あれを目にして、怖くなったんじゃなかろうか」

あの風邪は、本当に質《たち》が悪かった。刷り師のところの長屋でも、何人もが亡くなったのだ。特に子供は助からない者も多かったと言い、皆も頷いている。

「で、己が元気な内に、亡くなった娘が本当は誰を思っていたのか、知りたくなったとか」

「そいつはありそうな考えだ。子供だって、父親とは会いたかろう」

周りから賛同する声が上がる。だがこの時、種彦は眉間《みけん》に皺《しわ》を寄せた。今聞いた言葉の何かが引っかかり、頭の中を駆け巡ったのだ。水の音と、周りの話し声が、耳から遠ざかって行く。頭の中の考えにだけ、気持ちが全て寄り集まっていった。

(吉十郎か。あの子は父親と会いたいのだろうか?)

多分まだ幼いから、今は祖父の柴山が、父親という感じなのだろうと思う。

（だが三人の男達の方はどうだ？　吉十郎が実の子と分かったら、会いたいだろうか？）

数年も放っておいた子供だ。かわいくて仕方がないという親ではないように思う。しかし、別の考えも浮かんでくる。ちらりと恋女房の顔を見て、種彦は優しく笑った。

（おれは一人っ子だからな。お勝は祝言《しゅうげん》の時、早く子をと、親戚《しんせき》連中から言われてた）

この先暫《しばら》く子が出来なかったら、煩《うるさ》く言う者も出てくるだろう。いざとなれば、養子を取る家も珍しくはないのに、それでもしたり顔で、嫁に説教めいたことを口にする輩《やから》は、ごまんといるのだ。

子供は家の跡取りであるからだ。家を続けてゆくのに、必要な者だからだ。武家でも商家でも、跡取り息子は大事にされる。

（少し前に、怖い風邪が流行った。子供が大勢亡くなった……三人の男達の家では、どうだったんだろうか？）

「彦さん？」

三人とも、子がいるような年の筈だ。そして、己の子がいるかどうかで、吉十郎に対する思い、いや各家の者が吉十郎をどう思うかが、随分と変わってくるように思う。

「種彦さん、聞いてますか？　彦さん？」

（歌が誰におくられたか考えるより先に、三人の男達のことを、摑んでおくべきだった）

　すると、気を入れて考えているのに、煩わしい声が聞こえてきて、邪魔をする。

「ああ、何も耳に入ってない。戯作者って、時にこういう調子になるんですよね」

「またですか。やれ、困ったお方ですねぇ」

（山青堂と……善太だな）

　嫌みな声だから、きっとそうだと思う。声に邪魔された種彦は、大事なことを忘れぬよう、矢立《やたて》と綴じた紙を取り出し、あれこれ書き留め始めた。

（相手は三人いる。おれ一人じゃ大変だわな。誰に動いてもらおうか……）

「おや種彦さん、何を書き出したんですか？」

　酔っぱらいの言葉が周りに集まってきて、一層堪《たま》らない。だがそれを、山青堂のやんわりとした声が押しとどめる。己の考えに夢中になっていた種彦の頭に、段々と周りの言葉が届き始めた。

「皆さん、彦さんときたら、そりゃあれこれ思いつく、面白い戯作者なんですよ。はい、この山青堂が請け合います」

しかし、だ。

「そもそも戯作者なんてぇ御仁は、気まぐれで人付き合いが下手なのが、相場なんですよぉ。考えたり書き始めたりすると、周りで何が起こってるかなんて、頭から吹っ飛んじまう輩が多くってねえ。彦さんも、そうでして」

そして必死になっている時、それを邪魔されると、戯作者達は大概、濡《ぬ》れた猫よりも不機嫌になる。

「誠に迷惑千万、鬱陶しい御仁達でして」

だが常識が大事だと教え、戯作者に世間並みの気遣いをしろと強いたりすると、何故だか、ろくなものを書かなくなるのだ。

「ここは皆さんの広ーい心で、戯作者の気まぐれを堪忍《かんにん》して下さると、助かります」

「はは、確かに売れる戯作者ほど、堪忍してくれと言いたくなる御仁が、多いですよねえ」

いや、大いに分かりますぞと言い出したのは、酔っぱらった稲田屋だ。

「でも種彦さんに、聞いて欲しい考えが浮かんだんです。あの歌のことです。我ながら、これはいけると思いますよ」

「ああ稲田屋さん、良き思いつきがあるんですね。ならばこの山青堂が伺いますよ」

話がちゃんと聞こえてくるに連れ、腹も立ってくる。山青堂と稲田屋が意気投合すると、何と勝子が、済みませんねえなどと言い、頭を下げているではないか。

(おれの恋女房に、何させるんだっ!)

癇癪《かんしゃく》が、種彦を正気に引き戻す。目を三角にして船内を見渡すと、稲田屋が素晴らしい思いつきとやらを、皆に披露しているところであった。

「経を読む寺で人の来るを待つ　思うは春告ぐみどりなりけり。種彦さんが意味を解いて欲しいと言われたのは、この歌ですよね?」

間違いないと山青堂が請け合うと、稲田屋は深く頷き、余程自信があるのか胸を張った。そして、思いも掛けない考えを披露したのだ。

「この歌ですが、実は恋の歌ではありません」

「はぁ?」

「おや、同意頂けませんね。ですがこの歌、実は……菓子の歌なんです!」

「食い物の歌?」

皆が呆然《ぼうぜん》とする中、稲田屋は歌の真実とやらを、とくとくと述べ始める。それによると、歌はうぐいす餅を示しているのだという。

「うぐいす餅、ですか？」

「分かりませんか。経読鳥《きょうよみどり》、人来鳥《ひとくどり》、春告鳥《はるつげどり》、みな鶯《うぐいす》のことです。別名ですよ。そして鶯は、みどりの鳥ですよね？」

よってこの歌は鶯揃《ぞろ》えとなるが、名前を並べただけではひねりがない。若い娘が歌の中で、思う、と言っているのだ。何かを好んでいるのだ。つまり。

「きっとこれは、甘い菓子のことです。つまり、うぐいす餅のことですよ」

酒のせいか、己の思いつきが誇らしいからか、稲田屋は頬を赤くしている。だがそこへ、種彦の機嫌の悪い声が割って入った。

「煩い声で、人の考えを邪魔したと思ったら、くっだらねえことほざいてやがる」

殿様が思いきり不機嫌なのを見て、勝子が困惑した顔で、止めに入った。

「殿、招いて下さった稲田屋さんに、そのようなことを言われては……」

「ああ、勝子はいつも優しいなぁ」

妻の微笑《ほほえ》みのおかげで、少しばかり気を鎮《しず》めた種彦は、これまたいらつかせてくれた山青堂へ、罰だと言って指示を始めた。

「小普請組支配の酒井様と、辺見長祥殿、それに油問屋、戸田屋次郎兵衛の家族について調べてくれ。特に、子供の事だ」

すると驚いた事に、戸田屋の事ならば調べるまでもないと、船中から声がしたのだ。

「戸田屋は、おれが住んでいる長屋から、目と鼻の先にあるんでな」

話し出したのは絵師北斎だ。結構噂が絶えない店なので、よく分かっていると言う。

「今、戸田屋の家族は六人だよ」

「おや、子が生まれていたか」

種彦がそう言うと、北斎はにっと笑い首を横に振った。戸田屋一家は当人と両親、年上の妻、そして……妾が二人だという。

「おや、ま」

家の内に妾が二人いるとは、いい度胸だと、山青堂が笑い出してしまう。

「毎日いがみ合いが、凄そうです」

「主に子がいねえ。何としても跡取りが欲しくって、若い女を迎えたらしいぞ」

真似出来ねえやと北斎が言う。

「子供はいないという訳か」

種彦の声が低い。山青堂が、後の武家二人を共に調べてくれる者を求めると、源三など数人が手を挙げる。ここで手を挙げなかった稲田屋が、拗《す》ねるように言った。

「種彦さん、うぐいす餅の歌だという私の思いつきが、どうしてくっだらないのですか？」

どうやらそう言われた事が悔しくて、稲田屋は力を貸そうとしないらしい。未《いま》だ機嫌が麗《うるわ》しくない種彦は、稲田屋の考えの足らぬ所を指摘し、ばっさりと、うぐいす餅を斬《き》って捨てた。

4

種彦が久次郎の屋敷へ、みつの歌の件を報告に向かうと、山青堂が一緒についてきた。源三を助けてくれた礼を、申し上げたいのだという。今日も供は善太だ。

「まあ、上等な羊羹《ようかん》付きの客人なら、久次郎殿も否《いな》とは言われぬだろうよ」

そういう気配りは立派だと褒めると、山青堂は商人ですからと言い、特に人付き合いが上手いのだと己を褒める。それから種彦の方へ視線を向け、今日はどういう話をするのかと、何気なく聞いてきた。

すると種彦は答える前に、まずは山青堂に対し、溜息《ためいき》をついたのだ。

「そもそもお前さんが、〝お江戸三人物語〟なんてぇものを書いて本にするから、こんな騒ぎになったんだぞ」

山青堂はぺろりと舌を出してから、言い返してきた。

「彦さん、はっきり申し上げますが、今回の困りごとは、お武家絡《がら》みの話でございますよ」

町人の山青堂に言わせると、種彦が武家でなかったら、出くわさなかった騒動であった。

「そ、それはその……そうだが」

「いい機会です。彦さん、はっきり言いますがね。本気で武士を辞めたらいかがですか？」

「山青堂、その話は前にも……」

「まあ、お聞きなさいませ」

通りのざわめきの中、二人の話は風に紛れて消えるし、善太以外聞いている者などいない。山青堂は歩きつつ遠慮無しに喋ってゆく。

「彦さんは、話を作ることが好きでしょう？　戯作者にはならないと言いながら、お会いしてからも、話作りを止《や》めてないですから」

金にならなくても、読んだ人から冷たい感想を言われても、書くのを止めない戯作者は多い。いや、止められないのだ。

「あたしがこれと見込んだ戯作者は、そういう御仁がほとんどですね」

しかし、だ。種彦は武士であった。

「そのせいですかね、たった一冊、種彦と名が入った本を作っただけで、早々に困りごとが、先方から押しかけて来ちまった」

多分種彦が武士である限り、そのごたごたから逃げる事など出来ないのだ。

「だから思い切って町人になるのも、一つの手だと思うんですがねえ」

武士を辞めればもう、ほとんど付き合いの無い上役から、やりたくもない頼まれごとを押しつけられずに済むではないか。

「彦さんは、これから戯作を世に問うんです。売れるかどうか、心配かもしれません」

だがなに、この山青堂が見込んだ戯作者なのだから大丈夫だと、大口たたきの版元が、あっけらかんと言う。

「へえ、そんなにすぐ売れるんですか」

「善太さん、彦さんですから大丈夫ですよ」

余りにも簡単そうに言うので、一瞬、本当にあっさり売れっ子になれそうな気がしてきて、種彦は己を笑うしかなかった。

「ばぁか言うんじゃねえ。本てぇもんは、そんなに売れるもんじゃないわさ」

そもそも戯作に対し、版元が筆料を払い始めたのは結構最近の話だと聞いている。昔は、戯作者への礼など、一席設け、飲み食いさせるくらいだったのだ。

「実際このお江戸で、本の筆料だけで食べている戯作者なんて、いるのかね」

何冊も何年も、売れ続ける戯作者がいただろうか。いや、いたとしても、種彦は武士を辞めようとは思わないのだ。

「おや、そこまで武士にこだわりますか」

「山青堂、勿論さね」

何故《なぜ》なら高屋家には、二百俵の禄《ろく》があるからだ。その家の妻でいる限り、勝子は暮らしに困らず、生きて行く事が出来る。高屋家は大身《たいしん》ではないが、とにかく旗本であった。

「おれが病になって若死にしても、妻の先々を心配せずに済むからな」

「へえ……殿様は何より、戯作を取ると思いましたが。奥様を取られるんですか」

「善太、羨《うらや》ましかろ」

種彦がにやっと笑うと、善太が眉尻《まゆじり》を下げ、横で山青堂が笑っている。じき、道の先に久次郎の屋敷が見えてきたところで、種彦はつぶやくように言った。

「実はな山青堂。今回の件、もう既に、けりは一回ついてるんだ」

「はい？」

「おれはあれからもう一度、連歌の師匠、柴山殿に会ってきた」

「おや、また何で？」

問いと共に、二人は門番もいない鈴木久次郎の屋敷の潜《くぐ》り戸《ど》を抜けたので、後は無駄話も出来ず黙り込む。御家人の組屋敷は、旗本屋敷よりもぐっと狭いから、二人はご新造《しんぞう》様に挨拶をすると、玄関から直ぐの間で久次郎を待つ事になった。善太が入れるのは、ここまでだ。

「山青堂、礼の品持参とは気遣いさせたな」

土産の羊羹は気に入られたようで、山青堂は久次郎に笑顔で迎えられた。種彦はというと、これから世話役がどういう顔をするか、ちょいと怖いような気持ちにもなっていた。

(だがまあ、黙っている訳にもいくまい)

仕方なく腹を決めると、種彦は早々に、件《くだん》の、みつの歌のことを話し始めた。

「その、ですね。例のあの歌の意味が、分かりもうした」

「おお、種彦殿、それはでかしましたな」

久次郎が目を輝かせ身を乗り出してきたので、種彦は用意の答えを口にする。

「あれは、うぐいす餅の歌でございました」

「は？　菓子の歌だったと？」

「へっ？」

横で山青堂が、目を白黒させている。先日稲田屋が、あれをうぐいす餅の歌だと言ったとき、種彦がくだらぬと言い捨てた事を、山青堂は覚えているからだ。それを無視し、種彦は先を続けた。

「鶯の別名を連ね作られた、他愛もない歌でした。そして歌をおくった柴山殿も、そのことを承知なさっておいでのようでした」

「そ、そんな……」

この時、表情を強《こわ》ばらせた久次郎の向かいから、山青堂が口を挟んでくる。疑問が山と重なったせいだろうが、いい年をして、堪《こら》え性《しょう》のない男であった。

「みつ様の歌は深い意味などない、鶯の歌だった。彦さんは、そう言うんですね？」

「し、しかし……ならばどうして柴山殿は、急にあの歌を酒井様に届けたのだ？」

久次郎が、うわずった声で問う。答えたのは、もう遠慮がなくなった山青堂だ。

「いや歌は、酒井様だけじゃなく、辺見様や戸田屋にも届いた筈《はず》ですが。え、柴山様が歌をおくった意味ですか。彦さん、意味を尋ねておられますよ」

「阿呆《あほう》、おれに代わって返答するなら、最後まで引き受けろ！」

種彦は口元を歪《ゆが》めて答える。

「歌をおくった理由ですがね。つまり、歌を受け取ったお三方がどう動かれるか。柴山殿は、それが見たかったのだと思います」

「どう、とは？」

「歌に深い意味は無いと気づき、気にしないでいるか。それとも歌の中に、吉十郎さんとの縁を、強引に見つけようとするのか」

実際辺見や戸田も、柴山の所へ歌の意味を問うてきたらしい。しかしどちらも、吉十郎が我が子だという確証がもてず、動けずにいるようだ。

「吉十郎殿のことを調べたのか。種彦殿……御身、かのお子のこと、どう思った？」

久次郎が身を乗り出し、真剣に聞いてくる。辺見長祥も戸田屋も、後を継ぐ子がいない。だから二人はかなり以前から、吉十郎を気にしていたらしい。そこへ厄介な風邪が流行って、酒井までもが跡取りの子息を失ってしまった。

「吉十郎殿は、どの家の跡取りなのだろう」

するとまたまた、山青堂が割って入った。今度は笑っている。

「やはり酒井様は、吉十郎さんがご自分の子かもしれぬと、考えておいでなんですね」

しかし、だ。もし、みつの歌が鶯の事を詠《よ》んだものだとしたら、吉十郎の父親の名が、あの歌で分かる筈がない。そう言われると、久次郎が半泣きの顔になる。

「父親が誰か、何とか分からぬのか？　もしはっきりすれば、吉十郎殿は旗本か大商人、人の羨む家を継げるのだぞ」

だがこのままでは、後を継がせたくとも、どうにもならない。強引に吉十郎を引き取っても、親戚達が納得しないだろう。種彦は重々しく首を横に振った。

「柴山殿こそお三方に、誰が孫の父親なのか、尋ねたいと思っておられるのでしょう。多分、それで歌をおくったのだと思います」

つまり柴山と三人の男達は、互いに相手へ、真実はいかにと、聞きたがっていたのだ。久次郎が唸《うな》る。

「ううむ、吉十郎殿の父御は、あの歌では分からないのか。残念な。本当に残念な」

己の出世が遠のいたと思ったのか、久次郎はうなだれている。話はそこで途切れ、やがて屋敷の主が溜息をつくと、種彦と山青堂は早々に鈴木家を離れた。

重しの砂が入った徳利が、門番の代わりに木戸を閉め、供の善太と三人通りへ出る。するとと山青堂が善太へ事の次第を話し、二人は、直ぐに種彦の方へ顔を向けた。

「彦さん、彦さんっ。先日言っていた事と、今日の話、違ってませんでしたか？」

「しっ、声がでかいわ」

種彦は山青堂の額を扇子で叩《たた》くと、急ぎ御家人の組屋敷から離れた。不忍池《しのばずのいけ》の方へ、かなり歩いたところで、種彦はつい今し方己が言った言葉を、堂々と否定した。

「あの歌が、鶯の事かどうか聞いてんのかい？　あんなぁ、違うってこの前、はっきり言っただろうが」

「でも彦さん、さっき久次郎様には鶯だって、言ったじゃないですか」

山青堂がふくれ面《つら》をすると、種彦が「ふんっ」と言い、舌を出した。

「久次郎殿の上役酒井様は、子が出来るようなことをしといて、みつ殿を嫁にはしなかったんだ。人に、自分達にだけは誠実に対応しろと言ったって、無理ってもんさ」

「彦さん、大嘘《おおうそ》をついたってことですか？」

「山青堂の阿呆。戯作者は嘘を書くのが、商売だろうが」

「ありゃあ、やられた！」

何で、何が、どうなってるんですかと、いい年をして急に目を輝かせた男が、道々種彦に聞いてくる。やはり山青堂は版元であり、真っ当な報告よりも、謎《なぞ》の後に謎が現れるような、心躍る話が好きなようであった。善太も、聞き耳をたてている。

「山青堂。みつ殿の歌が、うぐいす餅の歌じゃないってことは、船遊びの時、皆に説明したよな」

みつの歌のおかしな点は、どこか。

「彦さんは、みどり、という言葉が変だと言いましたね。春、桜の木などで見かける、みどり色の鳥はめじろ。鶯は違うって」

「鶯の別名の一つは、黄鳥《こうちょう》だ」

つまり本物の鶯は、緑というより黄粉《きなこ》に似た色をしているのだ。種彦贔屓《ひいき》の菓子屋でうぐいす餅を買うと、黄粉にまみれたのが出てくる。

「なのに鶯だらけの歌に、みどり、と出てくる。つまりみどりは、鳥のことじゃない」

ならば何か。一つには、みどりの髪をしたみつの事かもしれないし、もう一つには、嬰児《みどりご》、吉十郎の事かも知れない。

「あの歌は、子の父、みつの恋しい男に当てられたものなのさ」

「えっ、えっ、本当ですか？　彦さん、それじゃ相手の名、分かったんですか？」

山青堂が勢い込んで聞くと、種彦は何と、喋り疲れたと言い出した。版元は急ぎ、道端の甘酒屋から一杯買い、渡してくる。種彦は美味《うま》そうに飲んでから、話し出した。

「みつの歌には、吉十郎の父の名が示してあったよ」

「ですが、名など、どこにも無かったじゃないですか」

歌は短く、名を隠すのは難しい。さて、どこにそんな名があったかなと、山青堂は顰《しか》め面だ。種彦はちょいとじれ、連れをぽかりと殴ってみた。

「酷《ひど》いですよぅ。何するんですか」

「答えはもう、出てるだろうが。それが分からんからだ」

視線の先に不忍池が見えてくる。種彦は先に見送った二人の事を、思い起こしていた。

「みつ殿の歌はうぐいす餅の歌だと、何度も稲田屋が言ってただろうが」

「は、うぐいす餅？　もしかしてもち殿が、吉十郎さんのお父上だとおっしゃるんで？」

はて、もち好きの御仁は誰かと、山青堂が大真面目《おおまじめ》に言ったので、種彦はまた一発喰らわそうとして、山青堂に逃げられる。この男、吉十郎の父親の名は分からぬくせに、拳固《げんこ》が降るのを感づくのは上手《うま》いらしかった。

「柴山殿は連歌の会の師匠だぞ。三人の男とみつ殿は、会で知り合った筈だ」

ならば呼び合う名は、雅号《がごう》だろう。するとここで、善太が、あっと声を上げた。

「殿様、もしかして……雅号に、もち、の字が含まれる名。その名の御仁が、吉十郎殿の父御なんですね」

山青堂が目を丸くし、狸《たぬき》そっくりの顔となった。

「あ……高望《たかもち》とか、友近《ともちか》なんていう名ですね」

「屋敷で会った時その考えを話したら、柴山殿には心当たりがある様子だった」

多分、三人の内一人の雅号が、当てはまっていたのに違いない。

「それで、どなたが父親だったんです？」

興味津々《しんしん》、山青堂が聞いてくる。種彦はあっさり、首を振った。

「聞かなかった。知ってしまったら、いつか義理から、誰かに話さなきゃならん時が、来ちまうかもしれんからな」

知らなければ話せない。種彦は、それがいいと思ったのだ。

「つまらないですね」

「山青堂、特にお前さんに話すと、戯作になって、江戸中に広まりかねない。物騒だ」

池之端《いけのはた》に着くと、団子屋が店を出していたので、江戸から逃げていった若い二人を思い出す。山青堂が団子を求め、少し離れて座った善太にも一本渡すと、側の床机《しょうぎ》に腰を落ち着ける。種彦は、池に見える蓮《はす》と鳥に語りかけるようにして言葉を続けた。

「柴山殿は孫と、上方へ発《た》ったよ。おれは高輪《たかなわ》の木戸まで見送った」

教えると、山青堂は目を見張っている。柴山は、吉十郎の実父が、子を引き取りたいだろう事を承知で、江戸を去った訳だ。

「吉十郎さんの父かもしれぬお三方は、皆立派な立場の御仁ばかりですよ。しかも皆さん、跡取りを欲しがっているのに」

なのにどうして、父親の名が分かった途端、上方へ逃げるのか。山青堂は首を傾《かし》げたが、種彦は分かる気がすると言い出した。

「実はおれは、父上が四十七歳の時の子だ」

「おや、そうでございますか」

それが何かと言いかけ、山青堂は口をつぐむ。酒井達三人は全員、種彦が生まれた時の父よりも若かった。

「今、吉十郎が実の子だと言われた男は、喜んで跡取りに迎えるだろう。だがな」

引き取った後で、間違いなく己の子だと確信できる子が生まれたら、どうなるだろうか。父親は、吉十郎が他の二人の子かもしれぬという疑いを、持たずにおられるだろうか。

「その内、吉十郎を疎《うと》むようになるかもな」

他に子がいたり、生まれるかもと思っていた時は、三人とも吉十郎を屋敷に迎えようとはしていなかった。柴山はその危うさを、推測出来たのだ。

「娘に続き、孫の人生まで振り回されちゃ、かなわない。ごめんだろうさ」

だから柴山は、地位は要らぬ、金も要らぬ、きっぱり孫の父と関わらぬ道を選び、江戸を離れたのだ。連歌の師匠なら、どこの地でも生きてゆけると腹をくくったのだろう。

「浪人は、こういうとき身軽でいいですね」

善太が、ぼそりと口にする。山青堂が明るく言った。

「この筋書きは、悪くないです。惜しいのは、武家絡みじゃ本には出来ない事です」

お仙達の話のように、金子で買うことなど無理な話であった。ついてませんねえとぼやきつつ、それでも山青堂は、今回の話を戯作にしたらどうなるかと、床机の上で話し始める。

「色っぽいおなごは、話に欠かせません。みつ様を多く登場させたいですねえ」

それを聞いた種彦も、つい、戯作作りに加わってしまう。不思議なほど、止められなかった。

「吉十郎と実の父の、対面と別れの場面が欲しいな。うん、絶対に欲しい」

どんなに熱心に作っても、出せる筈のない話であった。なのに山青堂と種彦は、細かい所まで戯作を作り上げて行く。餅を食べる場面を作り、着物や、帯の柄まで決めていった。その内善太まで、口を出す。

話は弾み、三人は随分と長く池の岸辺にいた。

戯作の三　羨《うらや》ましきは、売れっ子という名

また語る一言、で、ありまして。

売れっ子

江戸の世、本は借りて読むのが主流だった。そんな中、しぶとく強《したた》かに、本を売った御仁《ごじん》のこと。

江戸では貸本屋《かしほん》が、ご贔屓《ひいき》さんの好みそうな本を、そりゃたんと背負って家を巡り、貸して歩いてた。

だから読本《よみほん》なんかは、名の通った戯作者《けさくしゃ》でも、刷ったのは五百部くらいってこともあった。

それでよく、元が取れたと感心するというか。本を売るのは、大変だったんだよぉ。

だけどまあ、江戸には多くの者が住んでいたってぇ言っても、百万人くらいのものだったから。つまりは後の世のいつかの、東京なんて所に比べると、お江戸には十分の一以下しか、人が居なかったんだ。本が売れなかった訳も、分かるというところか。

ところが。そんな渋い状況の中、ごっつく売れてた人も、いたにはいた。

最初戯作者は潤筆料《じゅんぴつりょう》（よーするに原稿代）すら貰《もら》えなかった。けど、売れれば版元《はんもと》は儲《もう》かったので、段々と戯作者にお金を支払うようになったわけ。

いわゆる、〝ぷろ戯作者〟の誕生だ。

それでも最初の頃は、一作一両とか二両とか渋かったのが、売れっ子は段々値上げしてもらえた。京伝《きょうでん》や馬琴《ばきん》は、一作十両とか、二十両、なんてこともあったとか。特に馬琴は稼いでたようで、天保《てんぽう》辺りの平均年収は、七十両前後だったらしい。筆一本で食べられる戯作者が、お江戸の世に、ひょこりと生まれたのだ。

二百俵取りの旗本《はたもと》である種彦《たねひこ》さん、禄《ろく》の米を売っぱらい、手数料などを払うと、手取りは六十両くらいだった。

彦さん、馬琴の年収を知ってたとは思えないけど、分かってたら半泣きだったかも。

彫り師、刷り師

お江戸の印刷物を支えた、職人達。

一みりの間に、何本もの線があるような緻密《ちみつ》な絵を、安価に買う事が出来たのは、職人達のお手柄だったんだ。

筆で絵を描いても、彫れなければ版画に出来ない。それをにじみも狂いもなく刷れなければ、売れる錦絵《にしきえ》にならない。江戸の職人達はホント、すっごいギジュツを持ってた。

ちなみに、〝見当をつける〟という言葉は、刷り師さん達が刷る位置を決めるのに使った目印、〝見当〟が語源なんだそうな。

錦絵《にしきえ》
浮世絵といった方が、通りがいい絵。

蕎麦《そば》一杯と余り変わらない値段で買えた、色鮮やかで綺麗《きれい》な上、軽くて持ち運びしやすい、お土産好適品。

江戸の旅人は下手をしたら、何百キロも歩かなきゃいけなかった。勿論《もちろん》土産も、己《おのれ》で運んだ。ホラ昔々は、お手軽で安い、たくはい便なんてないからねえ。だから土産は、重いものは選んじゃもらえないのさ。

錦絵は、贔屓の役者のぶろまいどを欲しがる娘っこや、美人大好きな野郎どもに、大いに受けた。そして、参勤交代で江戸に来た武士や、所用で江戸へ出て来た者達の江戸土産になって、日本中に運ばれていった。

1

勝子《かつこ》が最初にその本を借り、それを種彦もついでに読んだ。そして今、高屋《たかや》家の夫婦は、最近評判の一冊、『御江戸出世物語《おえどしゅっせものがたり》』に夢中になっていた。

物語は、江戸で生まれた幼なじみの二人、お綺羅《きら》と大賢《たいけん》が、夫婦になる約束をする所から始まる。だが、思わぬ出世の話が双方に起こり、二人は引き離され、姿さえ見ることが叶《かな》わぬようになってしまうのだ。

「お綺羅さんと大賢殿は、いつかちゃんと、会えるのでしょうか」

二巻まで読んだ勝子は、二人のその後に気を揉《も》んでいる。種彦は、話の引きの強さに感心し、大いに楽しんでいた。

「こりゃあ人気が出るはずだ。恋の行方と出世の行方、どちらも先が気になるよう、話を作ってやがる」

上手《うま》い書き方だなと褒め、さて、誰が書いたのか確かめてみると、種彦にはとんと覚えのない名が、本には記してあった。

「戯作者は、覆面頭巾《ふくめんずきん》さんか。ああこりゃ、表に出たくない戯作者が、名を伏せて出した本だな」

江戸も初めの頃、目だけを出し、頭をすっぽりくるんだ頭巾が流行《はや》り、それを覆面といった。そういう身を隠すものの名を、わざわざ使っているのだ。戯作者には別の名がありそうだと見当をつけ、種彦は屋敷に来た貸本屋に、書き手のことを尋ねてみた。

すると、どういう御仁なのか、貸本屋にも分からないという。種彦が客だから、言わぬ訳ではない。本当に知らないと言ったのだ。

「一気に売れっ子になったお人故《ゆえ》、他の版元方も、仕事を頼みたいようなんです。ですが覆面頭巾が誰なのか、『御江戸出世物語』の版元、桂堂《かつらどう》さんは言わないんですよ」

「桂堂？　おや、以前船で会った、あの老版元がこの本を出してたのか」

版元が、貸本屋にも戯作者の名を黙っているとなると、これは戯作者自身が、名を出さぬと決めていると見て間違いない。

「まあ、では無理に名を突き止めては、いけないでしょうね。本当に残念ですこと」

種彦と勝子は、とにかく次の巻を、一番に持ってきてくれと貸本屋に頼み込んだ。

すると翌日、ふらりと屋敷へやってきて、その話を聞いた山青堂が、泣きそうな顔になったのだ。

「酷《ひど》いですよぅ。彦さんてば戯作を書かず、人の書いた本を読んで楽しんでるなんて」

「おいおい、版元になろうって者が、そんなことを言ってどうする。借りてくれる者がいなきゃ、本を作ることなど出来まいに」

種彦は真っ当な事を言って笑ったが、山青堂は手元不如意《ふによい》らしく収まらない。

「いつまで経《た》っても本が出せないので、あたしは今、可哀想《かわいそう》なくらい金が無いんです」

それはつまり、要するに、種彦が売れる戯作を書いてくれないからだ。山青堂はいつものように、勝手な考えを口にし始める。

「遊ぶ金もありません」

山青堂はそう言うと、それから毎日種彦の屋敷へ押しかけてきては、愚痴を言うようになった。そして最後は必ず、金の事を話す。日々、金、金、金と言い出したのだ。己で借りたのか、やはり『御江戸出世物語』を読んでいた善太《ぜんた》にまで愚痴り、中間《ちゅうげん》は逃げ出した。

しまいには除夜の鐘でもあるまいし、百八回も口にしたものだから、種彦が根負けした。作者が誰か知られぬよう、別の名を付けるという条件で、一本、手すさびに書いていた話を、山青堂の眼前に差し出す。山青堂が以前書いたお仙《せん》の話を、種彦も戯作にしていたのだ。渡す時、なぜか頬が少し、熱く感じた。

「『恋不思議江戸紫《こいのふしぎえどのむらさき》』、だ」

「彦さん、やれば出来るじゃないですか。いや、戯作は仕上がっていたのに、今まで隠していたんですね。酷いです」

　山青堂は新作を抱き寄せると、満面に笑みを浮かべる。

「ああ、この本が頼りです。もし売れなかったら、絵草紙屋《えぞうしや》というか、地本問屋《じほんといや》というか、とにかく版元だと世間にお披露目しないうちに、山青堂は廃業です」

　だが、そう言った先から、直ぐに真剣な表情を浮かべると、眉間《みけん》に皺《しわ》を寄せる。

「でもこれは、あたしが書いて不評だった、お仙の話の戯作なんですよね。大丈夫でしょうか。あの子の話、評判悪かったんです」

　山青堂は、寸《すん》の間《ま》戯作を見つめた後、己でお仙のことを書いた時のように、まずは種彦が手書きしたものを、一冊の本にすると言い出した。そして今度は、知り人の貸本屋達にこの戯作を読んで貰うというのだ。

「貸本屋さんは、一番のお客様です。あの人達はいい戯作だと思えば、間違いなく買ってくれますから」

「そ、そうか」

珍しくも種彦は、己の戯作を試されるようなやり方に、文句を言わなかった。とにかくやってみると言い、戯作を抱えた山青堂は早々に、屋敷から帰っていったのだ。

すると。十日の後、屋敷へ押しかけてきた山青堂は、廊下でぴょんぴょんと飛び跳ねた。そして、吉報を知らせてきた。

「あれあれ、聞いて下さいまし。好評でございました。彦さん、あの戯作、本当に面白かったそうです。不思議ですね。あたしが書いたものと、同じ話を元にしたものなのに」

これでやっと本を出せると、山青堂は恵比寿顔《えびすがお》で、廊下を行ったり来たりしている。

「そ、そうか。いや、そうだよな。おれが書いたんだから、面白くて当然だ。いやいや、実はその少し、大分、心配だったんだが」

種彦が大いに謙遜《けんそん》してそう口にすると、傍らに来た勝子が、ようございましたねと、優しい口調で囁《ささや》く。種彦の眉尻《まゆじり》が下がった。

「お勝にそう言って貰えると、体が温かくなるようだな」

種彦がそっと勝子の手を握ると、かわいい妻はぽっと頬を染める。それで、一層かわいくなった。

「ああ、幸せってえのは、こういうことを言うんだろうな」

種彦がしみじみ頷《うなず》いていると、強突張《ごうつくば》りの版元が、横でまた金の話をし始めた。『恋不思議江戸紫』は、試し読みをした貸本屋から、早々に注文まで貰えたというのだ。

「面白い戯作のことは、直ぐに他の貸本屋達にも伝わります。これはきっと、沢山売れますよ」

どれ程儲かるだろうかと、にわか版元は思案中だ。種彦は明るくその様子を笑った。

「山青堂、早くも売れるつもりとは、強突張り……いやいや、立派な商人だな」

すると、茶を運んできた善太が、どの絵師に挿絵《さしえ》を描いて貰うか教えて欲しいと言いだした。種彦も興味をもって山青堂を見る。すると。

「おや、そうでした。さて、絵師は決まってません。いやその前に、どこで作ってもらえばよいのでしょうねえ」

この一言を聞き、種彦と勝子は手を握ったまま、寸の間目を見合わせる。

「どこでって……お前さん、版元になるって言い切っといて、そんなことも考えちゃいなかったのか?」

「そりゃ、しようがありませんよ。だって、職人に仕事を頼もうにも、肝心の話が手元に無かったんですから」

「……だからって」

　種彦はこめかみに手を当て、側《そば》で善太が笑い出す。この世に、刷り師や彫り師、筆耕《ひっこう》や絵師を知らない版元が、存在してよいのだろうか。いや、そういう男を、果たして版元と呼べるのだろうか。名を伏せたとはいえ、初めて出す本であるのに、その前には、早くも暗雲が垂れこめているようであった。

「山青堂、本当にこの戯作、本になるのか？」

　するとその時、このとんでもない危機を救ったのは、何と善太であった。

「あの、殿様。絵師や職人さん方なら、知り合いがおられるではないですか」

「えっ？」

「先日、屋形船でご一緒した方々は、本を作る職人方と、絵師さんだったような」

「お、おおっ。そうだった。善太、冴《さ》えているな！」

　そういえば噂《うわさ》の版元桂堂も、船にいたではないか。

「山青堂、職人達は、紙問屋稲田屋《いなだや》の知り合い連中だ。まず稲田屋へ挨拶《あいさつ》をし、そこから順に紹介してもらえば、良かろうさ」

山青堂が、腕を組んで頷く。

「助かりました。本当に本を作るのには、手間が掛かりますねぇ」

しかしあの船には、確か版下《はんした》に使う清書を書く、筆耕がいなかった。知り合いに筆耕がいませんかと、他力本願まっしぐらな山青堂が聞いてくる。字が綺麗な者がやる内職のようなものだから、武士が書く事もあるのだ。

だが問われた種彦は、眉間に皺を寄せる。

「山青堂、今回の戯作、おれが関わっていることは内所《ないしょ》だと、言っただろうが！」

筆耕など探したら、関わり有りと思われるではないか。するとここで、頼りになる勝子が、良き案を出してくれた。

「殿、その、わたくしでよろしければ、清書などいたしますが」

名を伏せるとはいえ、種彦の初めての本なのだ。自分も力を添える事が出来れば嬉《うれ》しいと、優しい妻は言う。途端、山青堂が目を輝かせた。

「おや、勝子様は、字がお上手なので？」

「前にも言っただろ。お勝は国学者であり歌人でもある、加藤宇万伎《かとううまき》殿の孫娘だ」

よっておなごではあるが、筆に隠せぬ教養がにじみ出ると種彦が言うと、勝子が顔を赤くしている。しかし当人が謙遜しても、勝子の字が上手いのは本当で、文箱にあった書き付けを見せられた山青堂は、大いに頷いた。

「これは頼もしい。ならば職人を手配するより先に、仕事が始められますね」

勿論旗本の奥方が、筆耕をしているなどということは、黙っていると山青堂は言う。

「ですがその、山青堂さん、先に絵師の方と、どのように絵を入れるか、話をしてからでなくて、よろしいのでしょうか」

本が好きな勝子が、首を傾《かし》げる。戯作ではよく、挿絵を囲むようにして物語が書かれていることを、承知していたからだ。すると善太と山青堂が、種彦の顔を覗《のぞ》き込んできた。

「そういえば、挿絵と字をどのように入れるか、この戯作では示してありませんね」

高名な山東京伝《さんとう》など、浮世絵師にして戯作者であった。だから他の者に絵を付けてもらう時でも、戯作と絵をどう入れるか、京伝が下絵を示して、絵師に伝えるのだそうだ。

「そういうやり方をする戯作者は、結構多いと聞きます。間違いがないし、金子も節約出来ます。彦さん、下絵、描いて下さいね」

「か、勝手を言うな！」

思わぬ要望に面食らったものの、勝子から、殿は絵も達者ですからと言われると、つい、下絵も描こうかという気になってくる。山青堂が、絵師は北斎《ほくさい》がいいですかねえと言ったものだから、種彦は思わず目を輝かせた。だが、直ぐに画料が高そうだと言い出したので、溜息《ためいき》をつく。

「すみませんねえ、彦さん。懐《ふところ》に金子がありませんから」

「山青堂、いっそ版元になるのは、諦《あきら》めたらどうだ。そうなったら、おれは『恋不思議江戸紫』を、余所《よそ》の版元へ持って行く」

景気の良い店なら、北斎に挿絵を頼んでくれるかもしれないではないか。つい先日まで、世に出すつもりのなかった話ではある。だが、一旦《いったん》本にすると決めた途端、より良いものにし、多くの人に読んでもらいたいと願うのだから、不思議であった。

「彦さん、冗談は言わないで下さいよう。この戯作には、あたしと店の先々が、掛かってるんですから」

山青堂は戯作をしっかと抱え込むと、とにかく安い絵師を早急に探し、何とかすると言った。そして勝子には、よろしくお願いしますと頭を下げ、逃げ出すように帰って行く。

「いい加減な奴だ。大丈夫かねえ」

種彦の口から、また溜息が漏れる。武家故、戯作者になるのは剣呑《けんのん》だと、今でも思ってはいるのだ。だから名を隠した。しかし、己で書いた戯作の先々は、やはり気になる。

(『恋不思議江戸紫』……大丈夫か？　まともに、本の形になるのか？)

彫り師も刷り師も、絵師すら決まっておらず、その上絵師に支払う金子は、大いにけちりたいと、山青堂は堂々と言っているのだ。

初めての本は、種彦とは別の筆名を付け、見た事もない名の戯作者が書いたものとなる。きっと下っ端の絵師が、挿絵を付けるのだろう。

(やれやれ、どう考えても、売れる一冊には、ならねえだろうな)

なに、おれは構わないがと思う端から、ふと、大当たりを取っている、『御江戸出世物語』の事が、頭に浮かんでくる。

(『恋不思議江戸紫』と『御江戸出世物語』。共に名の知れていない者が書いた戯作だが……)

片方はもう世に出て、大いに売れている。種彦の本は……多分売れないと思うと、身が縮む思いがしてくる。本を出すと、こんな思いに囚《とら》われる事もあると知る事になった。

(期待をしすぎちゃいけねえ)

種彦は、生まれて初めて戯作を世に出す時の、不思議な気分というものを味わっていた。

2

絵師は思いっきり安い、北斎の弟子の、そのまた弟子、北……何だっけ、という御仁に決まった。

紙問屋稲田屋は、山青堂に快く職人達を紹介してくれた。おかげで、出るかどうか心許《こころもと》なかった戯作、『恋不思議江戸紫』は、一転どんどん作り進められていった。まだ若い絵師の北松《ほくしょう》は、ちょいと頼りなげではあったが速筆で、種彦の下絵通りに描き進めては、勝子へ渡してくれる。かわいい勝子は、初めてとは思えぬしっかりした筆で、絵の周りに戯作を書き加えた。

すると勝子の手が離れた頃、山青堂がひょこりと屋敷へやってきた。そして、職人達が本を作っている場へ行かぬかと、種彦を誘ってきたのだ。

「へえ、実際本が作られているところを、間近で見られるのか」

種彦は、ぐっと心をそそられる。しかし。

「今回の戯作、おれの名は伏せてあるし」

つまり、関係無いはずの種彦が画房へ顔を出すのは、おかしいのではないか。そう言うと、山青堂は笑みを浮かべた。

「あの本に関係無く、いつか戯作を書く時の為、本作りの場を知りたいのだと言えば、大丈夫ですよ。皆とは顔見知りですし」

「そうですよ殿様、行きましょう」

ここで善太が、当然といった顔で、二人の話に首を突っ込んでくる。今回も供をし画房へ行く気とみて、種彦が首を横に振った。

「戯作者の端くれとして行くのに、供はいらん。善太、今日は屋敷にいろ」

「えー？　そんなぁ」

「お前、いつの間にか、いつもくっついてくるようになったな」

妙な奴と言うと、善太はふくれ面《つら》だ。

とにかく早々に屋敷を出、二人は両国橋《りょうごくばし》近くの画房へ足を向ける。念願の本を出す日も近いからか、大勢が行き交う道を歩みつつ、山青堂は機嫌良くあれこれ話し出した。

「彦さん、出来は別としまして、戯作は多くの人が書けます。はい、字を書ける人は、多うございますからね」

不評ではあったが、山青堂にも一本書くことは出来た。手書きのそれを糸で綴《と》じれば、たちまち一冊の本となった。

札差《ふださし》のように万金があれば、己で金を出し、その物語を版木《はんぎ》に彫ってもらい、刷って、沢山の本を作る事だとて出来る。金持ちなら知り人も多かろうから、ただで配れば、大勢が読んでくれるだろう。話を書いた当人が、戯作者だと名乗れば、世間でもそれで通るかもしれない。

しかし、だ。それは、版元にとっての戯作者とは、違うのだそうだ。

「あたしらにとっての戯作者ってぇのは、己の書いた絵空事を、お客に買ってもらえる人のことなんですよ。少なくともあたしにとっちゃ、そうでして」

版元の最大の客は、貸本屋であった。そして客が、貸本屋から一冊借りれば、古い戯作でも蕎麦一杯分はする。新しい本だと二十四文、種物の蕎麦一杯食べられる金子を、払わなければならないのだ。団子なら六本食べられる金子と引き替えに、客は本を借りてくれる訳だ。

だから商いとして成り立つ。本作りに関わる版元や彫り師、刷り師、絵師らが、職人として暮らして行く事が出来るのだ。

「彦さんの戯作は、読んだ貸本屋が、これなら買いたいという一本でした。つまりあの戯作は、商売になると認められた訳です。彦さんは、版元にとっての戯作者になったんです」

本が出る前のこの時くらい、もっとその事を楽しんでもよいですよと、山青堂は明るく言う。種彦は少しばかり、くすぐったい気持ちになった後、いくらか首を傾げた。

「この時くらいって……どういう意味だ？」

「おや、その言い方に気がつきましたか。へえ、意外というか……なにするんですかっ」

相変わらず口の悪い連れの頭を、ぽかりと一発殴ったら、山青堂は慌《あわ》てて先を口にした。今なら戯作者になった事を楽しんでいられるが、多分種彦は先々、本の事で気を揉むだろうという。

「そのですね、実際本を出すとなれば、嫌でも売れ行きが気になりますから」

戯作者には始めに一度、潤筆料が払われたら、売れても追加というものはない。しかし売れなくて版元が大損をしたら、次の戯作の依頼は、当然というか、ありはしないのだ。

「他の戯作者の売れ行きと、己の本を比べたりする、暇な御仁もおられますし。どうも本が出ると、落ち着いていられなくなるようですよ」

　そう言われると、あの本が人にどう読まれるか、早くも心配が頭をもたげてくる。するとと、山青堂はその機を突いて、潤筆料、つまり戯作の代金の話をし始めた。

「当然ですが、余り沢山、彦さんにお払いすると、あたしが損をする危険が大きくなります」

　となると次作を頼めなくなる。よって今回の戯作代は一両でどうかと、けちな版元は言い出した。お仙達に一両払っているから、これでも大盤振る舞いなのだそうだ。

「……余所じゃ、一作に十両も払ったと、聞いた事があるぞ」

「彦さん、そんなに貰っている戯作者は、ほとんどいませんよ」

「馬琴など、二十両も貰っているという噂だ」

「噂は噂。確かめた訳じゃ、ございませんでしょう?」

「山青堂、おれの戯作を返せ。一度本当に、他の版元へ持っていった方がよさそうだ」

「情けないこと言わないで下さい。殿様だから、禄を貰っておいでじゃないですかっ」

暮らしに困る訳じゃなしと言うので、今時の武家は裕福ではないと切り返す。団子屋や振り売りが行きかう道の真ん中で、二人は戯作の取り合いをすることになってしまった。

「彦さん、けちですね。仕方ない、潤筆料の他に、一席設けましょう」

「けちはお前だ！　馬琴の半分の、そのまた半分も払わないとは、おれを馬鹿にしてるのかっ」

「ああ、仕方ない。初めて出す戯作だから、ご祝儀《しゅうぎ》相場です。今回だけですよ」

二両！　と版元が言ったので、種彦がやっと戯作から手を引く。山青堂は戯作を、急いで懐にしまった。種彦は、思わず息をつく。

「なるほど、本を出すってのは大変だわ」

ただ、面白い戯作を書けばいいというものでは、ないらしい。種彦がそうこぼすと、山青堂ときたら、当たり前じゃないですかと、堂々と言った。

「戯作者は、誰に奉公している訳じゃありません。己が、己の仕事の主《あるじ》です。つまり、金の心配から揉め事の始末まで、己の責任でやらなきゃならないんです」

面倒でしょうと言い、版元は口の端を引き上げる。

「それでも本を作るのが、版元ってぇもんで。何故《なぜ》作るんでしょうね。まあ、いい奴だからでしょう」

種彦は不意に、山青堂をまた一発、殴ってやりたくなって困った。

山青堂に連れて行かれた先は、先だって桂堂が山青堂に紹介してくれた画工所だ。見せ物小屋が並ぶ賑《にぎ》やかな両国橋の袂《たもと》から、道を何本か奥へ入ったところにあった。

仕事場はいかにも画房らしい場所で、広い板間には机が並び、そこに船で一緒に楽しんだ職人達が顔を揃《そろ》えていた。種彦や山青堂を目にすると、笑って挨拶をしてくる。隅の棚には絵の具の入った器が置いてあり、その下にある横木には、ずらりと刷毛《はけ》が掛けられていた。

家賃が手頃なのと、近くにあれば仕事も早くに進むというので、彫り師達の工房も、目と鼻の先、隣の家の一間にあったから、彫り師が己の作業場のように顔を見せてくる。

「こりゃ久しぶりで。ありゃ、大受けと噂の金飩《きんとん》が差し入れですか。いや、嬉しいねぇ」

菓子が好きなのか、彫り師、竜八《たつはち》が真っ先に手を出し、他の職人達も早速に、一旦作業の手を休める。種彦は、邪魔をして済まぬと丁寧に言った後、部屋内に目を向けた。

「おお、何だか楽しい部屋だな。分からないもんが、沢山あるぞ」

「はは、旗本の殿様には、この部屋にあるものが、珍しいかね」

刷り師の利助《りすけ》が笑う。種彦が、棚の横に置いてあった手桶《ておけ》の水を指さし、これは何かと問うと、〝どうさ〟だと教えてくれた。

「水に明礬《みょうばん》と膠《にかわ》を溶かしたもんさ」

墨がにじまぬよう、そして絵の具をしっかり付けるため、あらかじめ紙に刷《は》いておくものだそうだ。種彦は感心して頷いた後、隣へも足を運ぶと、今度は奥の机の版木に目を向ける。

板の上に絵と字が両方、墨でかいてある紙が貼《は》り付けてあり、それを見た種彦はどきりとした。つまり目の前の版木に彫られているのは、錦絵ではなく戯作であった。

(あ、もしかして……おれが書いた、『恋不思議江戸紫』か?)

種彦は戯作だけでなく、狂歌や日記も書いてはきた。だが当然それは、己が手書きしたものだ。

(刷って本になった戯作は、別のもののように見えるからなぁ)

己の作もそうなるのかと、種彦は少しばかり不思議な思いで、改めて版木を見た。

刷ったとき逆さまになるので、版木も左右逆に作る。下絵の紙を裏返しに板に貼り、それを彫るのだ。

硬い版木に小刀やのみを入れ、字や絵を職人が浮き上がらせると、それは職人技と、金と、期待を背負った本の元となる。どんな風に彫られているのか、もっと見たいと思って顔を近づけた種彦は、僅《わず》かに首を傾けた。

（あ、れ？）

すると版木の横に戻ってきた竜八が、金鉋を手にしたまま、背後から笑い声を上げる。

「あ、済まねえな、彦さん。今彫ってんのは、彦さんが書いた戯作じゃねえよ」

「えっ、その、私がって……」

「あん？『恋不思議江戸紫』ってえのはさ、彦さんが書いたもんだろ？」

先に回し読みされた肉筆の方を、貸本屋が読んでいた時、狂歌好きがちょいと見た。

「あの字は彦さんだろうって言ってたぞ」

工房の皆は、『恋不思議江戸紫』は種彦が書いたものだと、承知しているのだ。

「い、いや、その……」

「ああ、何か障《さわ》りがあるのかい？　なに、余所には言ったりしねえよ。大丈夫だ」

彦さんは殿様だから、色々あるんだろうと竜八が笑う。絵師や戯作者は、立場上名を出すと拙《まず》かったり、代筆がいたりで、名前と本当の作者が違うということが、ままあるのだ。

「いつものことだし、皆、口は堅いからさ」

しかし仲間内では、話が伝わるのは速い。

「ま、たまぁに、本気で戯作者が分からない時もあるがな」

「おや、そうなんですか？」

話を聞いていたらしい山青堂が、横から首を突っ込んでくる。例えば誰が分からないのか問うと、彫り師が目の前の版木を指さした。

「今、分かんねえのは、大急ぎで彫ってるこの版の戯作者だ。覆面頭巾さんさ」

とにかく人気で、売り出すと決まった日には、続きを読みたい客が地本問屋へ押しかける。本を作るのが間に合わなくなり、急《せ》かされたあげく、糸で綴じ、本に仕上げるのはこっちでやると言われ、刷って畳んだだけのものと糸を、渡した事もあったという。

「おや、何と羨《うらや》ましい売れ方だこと」

山青堂が、本気で言っている。

よって今回、種彦の『恋不思議江戸紫』の方が早く画房へ届けられたのだが、急ぎでと泣きつかれ、金を積まれた『御江戸出世物語』が、先に進められているのだ。

「版元や職人達の間では、覆面頭巾は誰だろうって話で、持ち切りだよ」

すると斜め向かいで、ばれんを使っていた利助が、山青堂と種彦を見て、ぺろりと舌を出した。

「少し前まで、もしかしたら覆面頭巾は、彦さんじゃないかっていう人もいたんだが」

「お、おれ？」

それで、今回種彦が『恋不思議江戸紫』を書いたと分かると、読みたがる版元や貸本屋は多かった。この工房の者達は、種彦の戯作が届けられると、直《す》ぐに、『御江戸出世物語』と比べて読んでみたのだと言う。

「違った。別人の作だったよ」

残念と声が上がり、外れと言われた格好の種彦は、ちょいと凹《へこ》む。すると竜八が、種彦の戯作も面白かったと、気を遣ってくれた。

「しかしなぁ、ここまでさっぱり戯作者が知れないってのも、驚きなんだ」

竜八と利助が頷き合う。

「いつもなら本を作る職人達には、大概分かっちまうんだが」

打ち合わせやら、直しやら、本作りの途中で、戯作者に用が出来る事は多いのだ。しかし今回は、桂堂の口が恐ろしく堅い。その上、大変用心深いのだと皆が言う。山青堂が腕組みをした。

「そうも秘中の秘だと言われると、益々誰だか知りたくなりますねえ。あたしも出来たら、一本戯作をお頼みしたいですし」

利助が笑って言った。

「ある版元さんから、覆面頭巾の名を教えてくれたら、五両出すといわれてるよ」

「ご、五両！」

種彦は先刻の、山青堂とのやりとりを思い出し、肩を落とした。

（一言、覆面頭巾の本当の名を口にするだけで、おれの戯作代よりずっと多く稼げるとは）

何とも納得出来ない。

すると、戯作者が名を隠している事への疑問が、種彦の中でも膨れあがってくる。本名が分かるだけで五両というのだ。戯作一本の値段は多分……十両は下るまい。いや、これだけ売れているのだから、もう少し上積みされるかもしれない。

「もし、名前をちゃんと出して、あちこちから依頼を受けたら、随分と稼げるよな」

ぼそりとそう漏らすと、隣で山青堂が、指を折り始めた。

「年に三編から五、六編書く戯作者は、珍しくありません。きっと数十両は稼げますよ」

「数十両！」

おおと、職人達から感嘆の声が上がる。種彦はぐっと唇を引き結び、うめき声を抑えた。

（……おれの禄、二百俵を全《すべ》て金子に換えた額と、大して変わらんじゃないか）

だが、今のままでは、覆面頭巾に仕事を頼めるのは、版元桂堂だけだ。それでは入って来るものも限られるだろうし、万に一つ桂堂と喧嘩《けんか》した場合、仕事が出来なくなる。

ここで種彦は、ぱっと目を見開き、しゃべり出す。

「もしかしたら版元の桂堂が、覆面頭巾当人なんじゃあるまいか」

隠している理由は、話題作りだ。正体不明の戯作者というのも、噂話としては面白い。

「いい思いつきだ、と、言いたいところだが」

ここで竜八が、首を横に振る。

「実は俺たちも、一度は桂堂さんへ目を向けたんだ」

しかし、だ。戯作者のものと思《おぼ》しき書きつけを見て、桂堂の字を知っている者が、覆面頭巾の字とは違うと断言したのだ。すると、山青堂が己の考えを口にする。

「もしかしたら戯作者は、有名な絵師さんかも。例えば、北斎さんなんじゃないですか？」

余りに絵師の仕事が忙しいので、手慰みに戯作を書いてみたら、大当たりしたという訳だ。当人は嬉しいが、版元達に知れると、仕事を怠けて戯作を書いたのかと、後が怖い。それで黙っているのではないだろうか。

「そりゃ、新しい考えで」

画房に集まっていた面々は、面白がって頷く。ただ、と、利助が言う。

「北斎さんは儲けたんなら、隠さないでしょうね。他の絵師さんにしても、売れっ子ならば、版元にそこまで遠慮などしませんよ」

「そ、そうですか」

山青堂はしょげたが、皆は、あれこれ話すのが気に入ったようだ。金鈍を食べつつ、てんでに、覆面頭巾はこの人ではと、思いつく名をあげてゆく。

「千両役者、という考えはどうです。やはり、書いている暇があるなら、本業で稼げと言われるのが怖い、で、隠しているのかも」

「役者なら、宣伝の為にも名を出すだろ」

「既に売れている戯作者、というのはどうかね。他の版元に書くと約束していたのに、先に桂堂で書いちまった。それが売れたんで、己が書いたと、言うに言えないとか」

「覆面頭巾が元々戯作者なら、分かっちまうと思うがねえ」

ああでもない、この人でもないと、話は弾んで、仕事は放りっぱなしになってしまう。しかし、本好き、噂好きの面々は止まらない。その日職人達は、種彦や山青堂を巻き込んで、延々と話し続けた。

3

それから、しばし後の日の事。種彦が所用先から帰宅すると、屋敷の玄関近くに、見慣れぬ槍持《やりも》ちと中間《ちゅうげん》、それに若党《わかとう》達が控えていた。

(おや、武家の客人がおいでか)

従者の人数が多いので、少し驚き急いで奥へと向かう。部屋へ入ると直ぐ、お帰りなさいましと言い、勝子が顔を見せた。

「お勝、どなたが来られたのかな？」

種彦が優しく問うと、勝子が手早く着替えを手伝いつつ、少し戸惑い気味に話した。

「殿、お客様は石川伊織様《いしかわいおり》とおっしゃって、お旗本だそうです」

かなり身分の高いお方ではないかと、勝子が言う。それに知らぬ御仁だと付け加えたので、種彦はひょいと片眉を上げた。

「伊織様……さて、おれの知り合いじゃあないな。もしや、直ぐには名前も浮かばぬ程、凄《すご》く遠縁の誰かかね？」

「いえ、そういうご縁はないと思います」

「お勝が言うんなら、間違いないなぁ」

しかし、遠縁でも知り合いでもないとなると、その伊織殿が、どうして高屋家へやって来たのかが、とんと分からない。

「まあ、用があって来た筈《はず》だ。会えば向こうから、訳を言うだろうよ」

種彦はとにかく衣服を改めると、客間へ挨拶に向かった。すると、善太の姿が庭を横ぎるのが目に入る。

「おやあいつ、何でこんな所に……」

気になったが、今はとにかく、来客と会わねばならない。部屋に顔を出すと、種彦より三、四歳程上にみえる男が、ゆったりと座っていた。

「これは、初めてお目に掛かります。石川伊織殿であられますか」

伊織はまず挨拶をすると、それから己の事を簡単に告げた。種彦は寸の間顔を強《こわ》ばらせると、思わず客をちらと見てしまった。

（驚いた……）

伊織が、日頃付き合いのない、大身《たいしん》の旗本だと名乗ったからだ。

（四千石……親戚《しんせき》にも友にもいねえな）

一応同じ旗本だから、畳に這《は》いつくばって頭を下げる事はないが、四千石となると、二百俵取りの種彦は、屋敷へ入った事すらない。だがそこがどんな所だかは、おおよそ承知はしていた。

この高屋家の敷地は、三百坪ほどであった。その上に母屋《おもや》と長屋が建っており、後は庭だ。だが四千石の旗本屋敷となると、敷地だけで数倍、多分、千数百坪以上はあるはずなのだ。屋敷の周りを、家臣が住む長屋と塀が取り囲み、敷地内には幾つもの棟が立ち並んでいるものと思われる。

（四千石なら奥様が住む奥と、殿様が仕事をする表は、はっきり分かれているだろ

う）

つまりそれは、小大名を簡略化したような暮らしであった。同じように殿様と呼ばれているが、連《れん》の連中から「彦さん」などと、お気楽に言われている種彦とは、立場の違う御仁なのだ。

（あー、何で伊織殿は、うちに来たんだろう？）

すると、その戸惑いを感じたのか、上座に座った伊織が話を始める。

「その、親しく行き来する間柄でもないのに、こうして訪ねて参って、申し訳ない」

慌《あわ》てて種彦が、ご訪問かたじけないと返すと、伊織は驚いた事に、石川家と高屋家とは、いささか関わり有りと話す。

「わしの妻は直子《なおこ》といってな。その父は、国学者、加藤宇万伎《かとううまき》殿の弟子であった」

「おや」

種彦が目を見開く。加藤宇万伎は、妻勝子の祖父なのだ。その縁で直子の父親は、勝子と、何度か会った事があるらしい。つまり伊織は、勝子の名を知っていたという。

「なんと、そうでございましたか」

答えたものの、種彦には妻の昔の縁が、今どういう意味を持つのか、やっぱり分からない。

「そして、わしも狂歌を嗜《たしな》むのでな。勝子殿の夫君が、同じく狂歌を嗜まれる高屋殿だという事も、承知していた」

いや、立派な歌を詠《よ》まれると言われ、種彦は急に身がむず痒《がゆ》くなる。

(そ、それで?)

種彦がまた言葉を失っていると、ここで伊織は、意外な事を口にした。

「その、わしと妻直子は、最近好んでいるものがあってな。実は……『御江戸出世物語』という本なのだ」

「おお、あの戯作を読んでおいでですか」

自分と妻勝子も、その本を大層楽しんでいると言うと、伊織は大きく頷いた。そしてここで、思わぬ事を言い出したのだ。

「わしはな、高屋殿が戯作を書いている事を、承知しておる」

「えっ」

「もうすぐ出るという戯作の題は、『恋不思議江戸紫』。いや、楽しみにしておる」

種彦は、己の顔が赤くなるのが分かった。

「その、それをどこで……」

「狂歌を詠む友が、種彦殿……おお、ここでは、こう呼ばせて頂こう。種彦殿が書いた話を、目にしたと言っておった」

「はあ」

　そういえば作業場で、『恋不思議江戸紫』を狂歌好きが見たと、彫り師や刷り師が言っていた。それで職人達は、あの戯作の作者は種彦だと見当を付けていたのだ。

「いやその、お恥ずかしい」

　しかし種彦は名を変えていたのに、戯作を書いたという話は、あっと言う間に広がるものだと、伊織は少し眉尻を下げつつ言う。

「もし小普請組《こぶしんぐみ》内で障りがあるのなら、戯作の事は他言せぬゆえ、心配は要らぬ」

（やはり……戯作を書いては、拙かったか）

　改めて人から言われ、種彦が本心困った様子になったとき、伊織は心持ち身を乗り出した。そして、今日高屋家を訪ねて来た真の理由を、語り始めた。

「実は……評判の一作、『御江戸出世物語』を書いた、覆面頭巾が現れたとの話を、聞いたところなのだ」

「は？　覆面頭巾が誰だか、分かったというのですか？」

　これは初耳であったので、種彦はさっと顔を上げる。

「ご存じであるなら、是非名を伺いたい」

本当の話であれば、版元達は大騒ぎになるだろう。いや、もう騒ぎになっているかもしれないと言うと、伊織が僅かに、口の端を引き上げたように見えた。

「覆面頭巾だと言われておるのは、朽木《くちき》貞之進《さだのしん》という御仁らしい」

「おや、どこぞで聞いた事があるような」

「種彦殿、朽木殿は、そこもとと同じ狂歌連に入っておいでだ。そして同じく、小普請であるとか」

確か五十石の御家人で、かなり年配の者らしいと伊織が言う。種彦は一つ間を置いてから、ゆっくり頷いた。

「朽木殿……おお、そういえば連におられましたな」

確か狂号を、冬野《ふゆの》六角《ろっかく》と言った筈と思い出す。しかし肝心の顔は、ぼんやりとしか浮かんでこなかった。ついでにどんな狂歌を詠んでいたかも、さっぱり分からない。しまった、もっと朽木と繋《つな》がりを持っておけば良かったと、急に後悔の念に捕らわれた。

「それがしと朽木殿とは、平素あまり付き合いがございませぬ。それにしても、あの目立たぬ朽木殿が、高名な戯作の作者であったとは」

種彦は、伊織が訪ねて来た訳を、得心した。『御江戸出世物語』好きならば、覆面頭巾が誰かという事には、興味津々《しんしん》の筈だからだ。

（そして伊織殿は、おれも戯作を書いている事を知っていた）

もしや戯作の縁で、種彦が同じ連にいる覆面頭巾と、近しい間柄かもしれぬと思ったのではないか。それで矢も楯《たて》もたまらず、高屋家を訪問したのだ。少しでも、覆面頭巾に近づきたかったのだろう。奥方もあの戯作が好きというから、夫に詳しい事を聞いてきて欲しいと、ねだったのかもしれない。

種彦は、伊織にぐっと親しみを覚えた。

（うん、分かる。その心持ち、分かるぞ。おれと勝子も、あの本は楽しんでいる）

ここで種彦はふと気になり、覆面頭巾の話をどこで摑《つか》んだのか尋ねてみた。すると伊織は僅かに間を置いてから、桂堂の名前を口にする。

「わしと妻は、あの『御江戸出世物語』を出している版元から、その、いつも色々な本を買っておるのだ」

あれこれ地本を見るのも楽しみで、伊織は桂堂へも、自ら良く足を運ぶのだそうだ。

「昨日、いつものように行ったところ、店の内がざわついておってな」

手代にどうしたのかと聞くと、覆面頭巾を名乗る者が、現れたというのだ。朽木の名は教えてもらえたが、店主の桂堂は店におらず、それ以上の話は分からなかった。

どうしても気になった伊織は、狂歌の縁から、朽木を知るだろう種彦へたどり着き、その屋敷を訪ねたという訳だ。

「本を借りるのではなく、版元から買っておいでか。さすがは大身旗本、羨ましゅうございますな」

この時伊織が一段声を落とした。

「その……、本当に朽木殿が、噂の戯作者、覆面頭巾なのだろうか。皆が何と言っておるか、種彦殿はご存じかな？」

「えっ？」

この問いを聞き、いよいよ戯作者が見つかったと、簡易に盛り上がっていた種彦も、すっと気持ちが静まる。

「おや、伊織殿は現れた覆面頭巾に、何か疑問でもおありでしたか？」

驚きつつ問うと、その時、勝子が女中に茶を運ばせてきて、挨拶をする。伊織の疑問を耳にしたのか、顔に少しばかり笑みを浮かべていた。

「勝子？」

その笑みの意味を聞きたくて、種彦は思わず妻の顔を見つめたが、まさか客の前で、あれこれ問う訳にはいかない。

すると伊織が、加藤宇万伎殿の孫君にお会いした旨《むね》、妻直子に話したいからと、そのまま座にいるよう勝子に勧めてきた。勝子は優しく笑い、それから種彦へ、今笑った訳を口にする。

「殿、伊織様が、何か違うと思われるお気持ち、分かります。覆面頭巾さんが年配の御武家とは、私も思ってはおりませんでしたので」

「おや、お勝。そうなのかい？」

「『御江戸出世物語』には、おなごが読んで大変面白い小さな事が、沢山書いてございますから」

戯作者は着物や小物に詳しく、流行りにも敏感であった。きっと書いたのは、そういうものに縁のある若いお人だろうと、勝子は思い描いていたのだ。

「そう言われてみれば、そうかもしれない」

何しろ、細かく目配りのきく勝子の言葉なのだから、当たっているに違いない。しかし種彦は直ぐに、腕を組んで考え込む。

「だが朽木殿の家に、若い御新造《しんぞう》様や娘御がおられて、話を聞いたのかもしれないぞ」

「あら殿、お考えが深くておいでです」

勝子は優しくて、種彦の考えをいつも感心してきいてくれる。しかし伊織の方は、納得出来ないようで、首を小さく横に振った。

「だが年配の武士が、妻や娘に、たびたび小物や着物の事を聞いていては、変に思われるだろう。さすればとうに戯作者の正体が、余所《よそ》に知れていたのではないかな」

家の者達が何気なく話した言葉から、名を伏せていた戯作者の正体が露《あら》わになるのだ。改めて考えると疑問も浮かんできて、種彦も大いに興味が湧《わ》いてくる。

「現れた覆面頭巾は本物か、否《いな》か、調べてみたいところですな。伊織殿、桂堂に問う訳にはいきませぬか？」

唯一《ゆいいつ》、その本名を知っていると思われる版元が、覆面頭巾が朽木なのかどうかくらいは、答えてくれないだろうか。しかし、伊織は首を振った。

「桂堂は覆面頭巾の話を、今まで一切せなんだ。戯作者との約束になっているのだろう。急に態度を変えるとも、思えぬが」

伊織はそれよりと言い、戯作を書く種彦であれば、他の版元から何か話を聞けないかと言ってきた。種彦が、ついと顔を上げる。

（おや？　伊織殿は、朽木殿との縁というより、版元と縁があるので、おれの所へ来たのかな？）

そう言えば覆面頭巾が現れたと聞いても、種彦のように、あっさり信じた様子はない。勿論、『御江戸出世物語』の事は好きだと思うが、何というか……種彦よりももっと、落ち着いている感じがするのだ。

「しかし、他の版元と言われましても。事情を知る者がいるでしょうか」

すると、その時。

「おお、ご指名ですかな」

そういう明るい声が、部屋の外から聞こえた。その後で廊下から、「殿様、お客様です」という中間善太の声が、間抜けに遅れて響く。伊織が驚いている様子を見て、行き届いていない家臣を見られた種彦は思わず顔を赤くした。だが。

「あら、おいででしたか」

勝子は動じる様子もなく、障子をさっと開けた。廊下で大仰に頭を下げてから、満面に笑みを見せたのは、馴染《なじ》みの版元山青堂であった。

「手前は、殿様が今、お呼びになられた版元の一人、山青堂でございます。その、少し前からこちらにお邪魔しておりましたが、お客様と聞き、遠慮しておりました」

遠慮などと、しおらしい言葉を口にしたが、山青堂はしっかり種彦達の話を盗み聞きしていたらしい。それで版元の話が出ると己から声をかけ、話に加わろうとしたのだ。しかも善太まで、ちゃっかり廊下に居すわっている。だが今日は伊織がいるせいか、さすがに部屋内には入ってこなかった。

種彦は、思わぬところに狸《たぬき》がいたというような目で、山青堂を見た。しかし版元に、朽木の事を尋ねてみたかったので、邪険に追い払う事も出来ない。よって伊織に断ってから仕方なく、山青堂を招き入れた。

「ところで、何用で参ったのだ。まさか覆面頭巾の事を、話しにきたのか？」

少しだけ期待して聞いてみたが、山青堂はあっさり違うと言う。そして、これを種彦に見せに来たのだと言い、懐から丸めた紙を取り出した。

「そちらの殿様は、彦さんが戯作を書いている事を、ご承知のようです。ならば、お見せしても、かまいませんよね？」

そう言うと、部屋の中でさっと紙を広げてみせた。

「おお……」

「まあ、これは綺麗な絵ですねえ」

伊織と勝子が、嬉しげな声を上げる。山青堂は、その絵の出来が己の手柄であるように、自慢げに説明を始めた。

「『恋不思議江戸紫』の、表紙です。絵師の力作ですよ。貸本屋さん達に見せようと思って、一枚先に刷ってもらいましてね」

主人公の娘の、立ち姿であった。流行りの柄の鮮やかな着物を着て、大きな帯を垂らし、なかなか艶《つや》っぽい顔をしている。

そして、背景は一色の細いよろけ縞《じま》模様で、こちらは多分、刷る手間も絵の具代も、大いに節約したものと思われた。しかし、きめ細かで鮮やかな人物の絵との組み合わせはしっくりとし、美しい。伊織は絵が気に入ったようで、あれこれ山青堂に尋ねていた。

「絵師は誰かと？　はい、若いお人で、北松さんといいましてな」

この絵師は、これから伸びますよと、山青堂は口にする。種彦は生まれて初めて、本職の絵師が己の話に付けた絵を目にして、不思議なものを見ている気持ちになった。

「鮮やかだ。すっと目がいく絵だな。うん、いい。山青堂、ありがとうよ」

珍しくも種彦が素直に礼を言うと、山青堂がにこにこと笑って頷いている。そして、まるで話のついでだとでも言うように、軽く言葉を継いだ。

「それでですね彦さん、覆面頭巾の事ですが、はい、少しは噂を聞いております」

山青堂も今朝方、朽木の名を聞いたところだ。話題の戯作者が現れたとの噂は、野火のように広がっているという。だが。

「朽木様というお方は、きっと違いますね」

朽木は『御江戸出世物語』の作者ではないだろう。山青堂はそう言い切ったのだ。

4

「まあ、山青堂さん。どうしてですの？」

言葉を失った種彦に代わり、そう聞いたのは勝子であった。すると山青堂は明るい声で、朽木の行いが腑《ふ》に落ちないのだと言い出した。

「そのですね、桂堂さんの知り合いである、稲田屋さんの知人の筆屋、松田《まつだ》屋さんの番頭さんによると、朽木様は自ら、桂堂さん以外の版元へ、声を掛けたそうで」

何でも朽木は、今、ある版元一店だけと仕事をしているのだが、他でも戯作を書きたい。ついては、書かせるつもりが版元にあるのかどうかを、聞いてきたらしい。

「当然、これまでどういう仕事をしてこられたのか、その版元は聞いた訳です。ですが朽木様は、仕事が決まるまでは言えぬと、はっきりとは、おっしゃらなかった」

どうやらそれで、もしや人気の戯作者なのではないかと、考えた者がいたようなのだ。

「ほう……」

種彦は、寸《すん》の間《ま》黙り込む。そして顔を上げると、にやっと笑った。

「ああ、違うな。山青堂狸《たぬき》の言うとおりだ」

「彦さん、狸とは酷《ひど》うございますよ」

「そうだな。狸は、お前さんと間違えられたと聞いたら、怒るかもしれん」

二人が言い合い、話が逸《そ》れそうになったので、どうして朽木が覆面頭巾《ふくめんずきん》ではないのかと、伊織が急ぎ聞いてくる。種彦が説明しようとしたのだが、横から山青堂狸が、さっさと語り出してしまった。

「殿様、覆面頭巾の戯作は売れております。なのに今まで、他の版元には、己の本名を伏せてきたんですよ」

つまり訳があって、名を隠しているのだ。

「しかし、名を伏せると言いましても、そいつは結構大変な事でしてね。気が小さいんですかねえ、今回彦さんも名を変え、己を明かさずに本を出したいと言いました」

大身旗本の前で、山青堂は段々地が出た話し方になってくる。

「あたしは大変、大いに、そりゃ凄く苦労しましたが、希望通りにしました。ええ、誰にも彦さんの事は、喋《しゃべ》っちゃいません」

そして、どうなったかというと、実を言えばあっさり種彦の身元は割れている。本の読み手には分からずとも、版元や本作りの職人達、貸本屋達はしっかり、『恋不思議江戸紫』の戯作者は誰かを承知しているのだ。

種彦が眉尻を下げ、情け無さそうに言う。

「おい山青堂、そんなに広まっているのか？　まだ、本は出来てもいないんだぞ」

「覆面頭巾は誰なのか、皆が興味津々になっているときですから。誰が書いたのか分からない本が出るとなると、皆、戯作者の身元を探りにかかるんですよ」

しかし、だ。そんな状況なのに、覆面頭巾だけは未《いま》だに、名を人に知られていなかった。

「名を隠す為に、版元を一つのみに限って、本を出してきたのでしょう。なのに今更、急に他の版元へ顔を出すとは、変です」

勿論《もちろん》、何かの都合で己の名を公《おおやけ》にし、仕事を広げようと考えたのかもしれない。しかし覆面頭巾の場合、他で書きたければ、一々版元へ頭を下げに行く必要は無い。顔の広い貸本屋などへ行き、筆名と本名、その証《あかし》を告げ、もっと書きたいと言えば済むのだ。

「その日の内に噂《うわさ》が広がり、版元達が手土産持参で、書いてくれと言って集まってきます」

山青堂は、それが出来なかった朽木は、覆面頭巾ではないという。

「とにかく今頃、版元や貸本屋達は、総出で朽木様の事を調べているでしょうな」

この言葉には種彦も、首を縦に振る。

「多分幾らもしない内に、朽木殿の一切合切が、見事なほど表に出てしまうだろう」

御家人ならば借金は珍しくもないが、その額も人に知られてしまいそうだ。おなごを囲ったり、賭場《とば》への出入りなど、していなければいいがと種彦は言葉を続けた。

ここで伊織が、僅《わず》かに眉《まゆ》を顰《ひそ》める。

「朽木殿は、何を書いてきたか、はっきり言わないでいると、覆面頭巾と誤解される事もあると、分かっておったのかのう。それともたまたま、この度の騒ぎになったのか」

すると山青堂は、多分周りが勘違いし騒ぐのを承知で、わざと己の事を言わなかったのでしょうと述べた。

「朽木殿の新作は、余り面白くなかったのかもしれません」

つまり、今関わっている版元から戯作を出してもらえなかったので、それで余所へ持っていったのだ。朽木はその戯作を何とか世に出したくて、覆面頭巾を利用したのではないか。山青堂はそう考えている。

「本を作るには、金が掛かりますんで」

だから節約の為《ため》と言い、版元や絵師や職人達が、己の本業を超えて、戯作者になったりする。だがその一方で、戯作と関わりのない者が書いた、売れるか売れぬか分からない本は、出す事が難しいのだ。

山青堂はここで、ちらりと種彦を見た。

「戯作を世に出せるってぇことは、そりゃ凄い事なんですよ。なのに彦さんてば、潤筆料が少ないと煩《うるさ》く言って」

おかげで大奮発する羽目になったと、山青堂は真顔である。すると伊織が興味津々という顔で、山青堂の方を向いた。

「おや、種彦殿の筆料は、そんなに高いのか」

すると狸版元は、種彦が止める間もなく、幾ら払う約束なのかを喋ってしまった。

「一冊につき、二両です」

「おや……馬琴などは、その十倍取っていると聞くが」

商人として、しっかりしておると、伊織は値切った山青堂を褒める。

「いやその、ここでその狸版元を持ち上げられましても。この先が怖い」

種彦が困った声を出すと、一両、二両の金には困らぬだろう大身旗本は、笑い出した。そこへ、筆料の相場などにはとんと疎《うと》い勝子が、のんびりした調子で言う。

「あらまあ、二両も頂いて、値切られた事になりますの。私は、殿のお召し物が買えますねと、思ったのですが」

座に明るい声が満ち、しばし、戯作者達の筆料の話が続く。誰が幾ら貰《もら》っているようだという話を、新米戯作者の種彦は大変面白く聞く事になった。そして。

「いや、急な訪問で、長居は拙い。そろそろ腰を上げようかの」

朽木の事を余り聞けなかった為か、伊織は程なく席を辞した。見送った時、廊下に善太の姿はなかった。種彦は部屋に戻ると緊張を解き、大きく息をつく。

「いや、驚きの訪問だったな」

「本当に。こちらで大身の殿様と、お会いする事になろうとは、ねえ」

山青堂ときたら、用件は済んだだろうにまだ居座っていたので、勝子が軽くつまめる煎餅《せんべい》と茶を、部屋へ運ばせる。版元は早速手を伸ばしたが、種彦は嫌みを言わなかった。

男二人はちらちらと、視線を合わせる。

「山青堂、お前さんもこれから謎《なぞ》の戯作者、朽木殿の事を調べるのか？」

種彦が聞くと、山青堂は煎餅片手に、あっさり首を横に振った。

「いえ、あたしはこうみえても忙しいんで」

朽木の事は己が乗り出さずとも、じきに伝わってくるだろうと言う。

「じゃあ今、狸版元は手空きだな？」

「今、忙しいと言ったばかりですが……彦さん、あたしに何かやらせたいんですか？」

もしや、誰かの事を調べて欲しいのかと言い、山青堂はちらりと種彦を見てから、先ほど客が座っていた辺りへ視線を向ける。

「お前さんも、何か妙だと引っかかったかい」

「そりゃ、あたしは版元ですから」

戯作で、意味が分からぬ箇所があったら、きちんとそれを指摘出来なくては、仕事にならない。つまり版元は、話を見通す目を持っているのだと、大きな事を言ってくる。

勝子が横で、少し戸惑っていたので、種彦は妻の手を取って言った。

「あのなぁお勝。もし今、ほんものの覆面頭巾に会えるとしたら、どう思う？」

「それは嬉《うれ》しゅうございます。急ぎ本など買いまして、中に一筆書いて頂きたいと、戯作者さんに願ってしまうやもしれません」

　勝子は本当に、『御江戸出世物語』が大好きなのだ。種彦も頷いた。

「覆面頭巾の贔屓《ひいき》なら、勿論そう思うだろう。おれだって、覆面頭巾が朽木殿だと聞いた当初は、もっと親しくしておけば良かったと、まず考えた。当人への疑惑など、直ぐに浮かぶものではなかったさ」

　しかし伊織は、大層落ち着いた様子で、朽木が本当に覆面頭巾なのかどうか、考えていた。勿論同じように、冷静に事を考えられる者は、多くいるだろう。だが。

「伊織殿が、そうも冷静なのは、ちょいとおかしいのさ。あの殿様は、覆面頭巾の大の贔屓の筈だよな？」

　そうであるからこそ覆面頭巾の事で、日頃縁のない高屋家へ、わざわざやってきたのだ。だが、それ程好いている戯作者の正体が分かったと聞いたのに、伊織は、まずその男を疑っていた。種彦には、どうにも理解出来ない考え方であった。

「伊織殿というのは、どういうお方なのかね。身なりからして、大身の旗本だというのは本当だと思うが、何しろ初対面だ。さっぱり分からぬわ」

　つまり。

「彦さん、あたしに伊織様の事を、調べてこいとおっしゃるんですか？」

「おい、おれがそんな風に言う筈がなかろう」

種彦は山青堂に、分かっておらぬなと言う。

「知りたいのは、伊織殿と朽木殿、両方の事だ。ちゃんと二人分調べて、おれに知らせるように」

今回、種彦は協力をしない。何しろ伊織は、大身の旗本らしいからだ。種彦が下手に調べて、それが相手に知れてしまったら、大いに拙い。

「だからって彦さん、全部、あたしにやらせるつもりですか？　そいつは酷い」

山青堂が、煎餅をかじりつつ、ふてくされる。すると横から勝子が、おずおずと版元に話しかけた。

「あの、よろしければ私が、お手伝いさせて頂きますが。お旗本ではなく、覆面頭巾さんの噂を知り合い方にお聞きするくらいでしたら、大丈夫かと存じます」

もしかしたら、本物の覆面頭巾に会えるかもしれないと言い、勝子は嬉しげな表情を浮かべている。

すると男二人は、一斉に首を横に振った。

「おい山青堂、人の恋女房を使いっ走りにしたら、三枚におろして、狸の餌《えさ》にするぞ！」

「ああ、とんでもございません。奥様を彦さんのように、こき使ったりは出来ませんよ」

山青堂が降参し、仕方がない、とりあえず己一人で調べてみると言う。ただ石川伊織と朽木貞之進の屋敷の場所だけは、種彦が調べ、山青堂へ知らせる約束となった。

三日後、山青堂がまた、下谷《したや》御徒町《おかちまち》の高屋家へ顔を出してきた。

「おや、知らせた屋敷の場所が、違っていたりしたのか？」

人づてに確かめた伊織達の住まいを、昨日伝えたところであったので、種彦が気にして問う。すると山青堂は、違うと手を振った。

「屋敷の場所を、確認しに来た訳ではございません。その、ですね。彦さん、今日はあの件の、ご報告にあがりました」

これには、種彦が驚いた。

「おい、まだ調べ始めて三日だ。もう、全部分かったってぇいうのか。そいつは……凄い」

本当ならば、己は山青堂という版元の能力を、低く見過ぎていたことになる。種彦は山青堂を部屋へ通すと、茶を出し、どれ程の話が聞けるのか少しばかり疑いを持ちつつ、勝子も呼んだ。

すると。山青堂の話は、種彦が思い描いていた事をはるかに凌《しの》ぐ、ぶっ飛んだものであったのだ。

山青堂は、まずはと言い、朽木の事から話し始めた。

「結論から申しますと、朽木貞之進様は覆面頭巾ではございませんでした」

先に種彦達が推測していた通り、朽木はあっという間に、版元達によって都合の悪い所まで、調べ上げられていた。

五十石の御家人で小普請、還暦、妻と子が二人、孫が五人いる。借金は、手取りの二倍ほど。種彦と同じ狂歌連に入っており、狂歌の本を知人達三名と共に出しているが、これはどうやら、その製作代のほとんどを、当人達が出した模様。酒好き。深川の岡場所に馴染みの女まつがいたが、亡《な》くなっている。

「おやま。あれこれ調べたもんだ」

種彦が苦笑を浮かべている。山青堂によると、朽木の狂歌集を出した版元が、良き作なら出すからと言い、大注目の朽木の戯作を読んでみたらしい。

「『御江戸出世物語』とは、全くの別物であったとかで」

その話は一日で江戸中の版元を駆け巡り、朽木が覆面頭巾であるという噂は、きっぱり消えたのだ。

だが。

「そうなると、では誰が本物の覆面頭巾なのかという話に、戻りまして」

本に関わる者達は以前にも増して、熱心に覆面頭巾の正体を探り始めた。しかし、また桂堂へ問うても、らちはあかない。よって版元や職人達は、今回はちょいとやり方を変えてみたらしい。

「どう、変えたんだ？」

「つまり、覆面頭巾が誰かを調べるのではなく、覆面頭巾はどういう立場の御仁なのか、それを皆で推測したらしいんですよ」

以前勝子が、『御江戸出世物語』には、おなごが喜ぶ流行の事が書かれていたから、若い作者ではないかと言っていた。つまり、ああいう考え方だ。

「覆面頭巾は名を隠していますから、既に本を出している他の戯作者じゃありません。本名を出しても困らない、版元や職人でもありません」

流行《はや》りを取り入れているから、年は若めだろう。柔らかい書き方をしているが、教養はある。そして何より、収入が減るのも構わず、名を隠したい立場の者なのだ。

「そこでまず御武家だろうという話に、なったようで」

勿論、武家の戯作者は今でもいる。だが立場上、物語など書いていると知れては、拙い者に違いない。つまり内職に追われている御家人や陪臣ではなく、ゆとりのある身分の者だろうという話になった。

「そう考えると、桂堂さんが必死に隠しておいでなのも、分かりますし」

では、その御仁は誰なのか。皆は今度こそ、心当たりの中から名前を絞っていったのだ。

「それで、ですね。ここであの伊織様がこの高屋家へおいでになった理由が、関わってまいります。伊織様は、顔見知りの桂堂の様子から、まず朽木様は覆面頭巾ではないだろうと、お考えになったんですよ」

それから、版元達と同じように推理して、結論を出し……高屋家へとやってきたのだ。

「は？」

種彦は寸の間、呆然《ぼうぜん》としてしまった。山青堂の言っている事が、何とも分からない。

「おい山青堂、それじゃあまるで、この家に覆面頭巾がいるみたいじゃないか」

言っておくが、この身は覆面頭巾ではないぞと、種彦は念を押す。そしてそんな事は、職人達も承知していたではないか。

「はい、皆さん、彦さんが覆面頭巾だとは、もう思っておられません」

何故なら、皆は気がついてしまったからだ。『御江戸出世物語』に出てくる着物などの書きようは、本当に細かくて……まるでおなごが書いているかのようだと。

「おなご……？」

「『御江戸出世物語』を書いた戯作者はおなご、つまり勝子様ではないかと、言われております」

種彦は言葉を失い、しばらく何も言うことが出来なかった。

5

何で、どうして、どう考えたら、かわいい勝子が、いきなり戯作者に化けるのか。寸の間混乱した後、種彦はとにかく落ち着きを掻《か》き集めると、ひょいと隣を向き、優しい声で妻に問うた。

「お勝、覆面頭巾殿はお勝だったのかい？」

すると勝子は、あらまあ、びっくりするようなお話ですねえと言い、首を横に振る。

「もし私が書いておりましたら、殿と二人、首を長くして、続きが出るのを待っている筈《はず》がございません」

「そうだよなぁ。その話が本当だったら、まずおれが、誰よりも先に続きを読めてた筈だ」

おまけに勝子は、自分が戯作者であったら、さっさと物語の主役の二人、お綺羅と大賢を添わせているとも言った。離ればなれになっている二人が、可哀想《かわいそう》だからだ。

「あらでも、簡単に結ばれてしまったら、お話が終わってしまいますわね」

それはそれで、『御江戸出世物語』を楽しんでいる読み手としては、残念な話だと言う。

「困りましたねえ」

すると、二人のやりとりを聞いていた山青堂が、大きな溜息《ためいき》を漏らす。

「ああ奥様。奥様が戯作者の覆面頭巾だという考えは……やはり違っておりましたか」

「ごめんなさい。ええ、外れですわ」

ころころと、勝子が明るい笑い声を立てたものだから、山青堂は眉尻《まゆじり》を下げた。

「ああ、勝子様が覆面頭巾でしたら、よかったのに。新たな続き物を頼みたかったんです。きっと彦さんの本より、余程売れる事間違い無しの、一作となった筈です」

山青堂は大儲《おおもう》けをし、新しい店は立派になったのに、何とも残念だとこぼす。

「けーっ、おれの本じゃ売れそうもなくて、悪かったな」

期待できないと言われた気分で、種彦は山青堂に渋い顔を向けた。

「彦さん、怒らないで下さい。朽木様のことはちゃんと、調べてきたじゃないですか」

「へっ、人の噂を集めただけだろうが」

「朽木様は覆面頭巾ではないと分かったんです。彦さん、盛大に褒めて下さい」

山青堂は、金も好きだが、褒められるのも大好きなのだ。

「だからご褒美に、今、甘いものなど勧めて下さっても大丈夫です」

「あら、お好きな羊羹《ようかん》がございますよ」

優しい勝子が甘味の話をすると、山青堂が、羊羹は分厚く切って下さいねと、厚かましいことを言い出した。

「勝子、狸に贅沢《ぜいたく》を覚えさせちゃならん。羊羹は倒れるくらい、薄く切らせろよ」

「彦さん、けちは言いっこなしですよぅ」

勝子が笑いながら女中を呼ぶ横で、種彦は頬杖《ほおづえ》をつき、悪縁の深い版元を見た。

「なあ、朽木殿のことはともかく、どうしてお勝が、覆面頭巾の噂に巻き込まれるんだ？」

妙な噂が広がって、山青堂のように、勝子が噂の戯作者であると信じ書かせようなどという版元が出て来たら、鬱陶《うっとう》しい話であった。勝子にはいつも穏やかに、ゆったりと過ごして欲しいと、妻に惚《ほ》れている亭主は口にする。

「仕方がない、おれも気を入れて、覆面頭巾の正体を調べるしかないかな。勝子の為だ」

しかし、これだけ皆が手を尽くして調べても、まだ正体が見えないのは、いっそ不思議であった。

「はい、そろそろ分かっても良い頃だと思っていた時、今度は間違いないという勝子様の噂を聞き、つい信じてしまいました」

山青堂が情けなさそうに言う。すると何かが種彦の頭をかすめ……しかしまだ、形になってくれない。

「山青堂、調べるのに手を貸せよ。何としても、お勝を守るんだ」

「えーっ、彦さん、あたしは店を始める準備で、暇がないんですよ」

「けっ、お勝が覆面頭巾らしいと聞いたら、うちに飛んで来たくせに」

山青堂が「へへへ」と笑った時であった。

「殿様、羊羹でございます」

　女中が忙しかったのか、中間善太が、菓子を盆に載せ持ってきた。だが障子を開けた途端、庭石の影が長く伸びているのを見て、山青堂は目を見開く。

「ありゃ、これはいけません」

　慌ててぴょんと立ち上がると、山青堂は羊羹へ、情け無さそうな表情を向けた。

「うっかりしてました。今日は稲田屋さんの紹介で、来月にも空きそうだという店を、見にいく約束でございました」

「おや、いよいよ絵草紙屋の場所を決めるのか。おい、何時に行くと言ったんだ？」

　もしや種彦を手伝うのが嫌で、逃げ出しにかかったのかと、種彦が問う。だが、版元は真実困り顔であった。

「ああ遅くなってしまった。羊羹は……またいつかにしなくては」

　味わっている間はないし、饅頭《まんじゅう》と違い、持って歩く事も出来ない。山青堂が溜息をつくと、種彦が明るく笑った。

「心配するな。おれが食べておくから」

　頬を膨らませた版元は、一層狸に似てしまう。山青堂は急いで廊下に出たが、急に振り返ると、種彦の顔を見た。

「彦さん、急ぎ覆面頭巾の事を調べたいんなら、あたしを当てにする必要はございません。ほらいつかのように、戯作のつもりで、話を作ってみればいいんですよ」

改めて考えてみると、何故《なぜ》勝子の名が急に噂になったのか、山青堂にも皆目分からない。そもそも、ほとんどの者は、旗本の妻女である勝子の事など、知らない筈なのだ。

「よく分からない噂を、覆面頭巾の件とくっつけ、見事お話に出来ましたら、存外それが、本当の答えかと」

「まあ、面白そうですねえ」

勝子がのんびり言う横で、種彦がぐっと眉間《みけん》に皺《しわ》を寄せる。山青堂と視線が絡《から》んだ。

「次にお会いする時、新たな話を聞かせて頂けると嬉しいです」

「おい山青堂、単に新たな戯作を聞きたいだけじゃないのか？　それと、草臥《くたび》れるから力を貸したくないんだろう。羊羹の敵討ちか！」

「彦さんなら、素晴らしい話を考えつきますよ」

己が見込んだ戯作者なのだからと言う山青堂を、こういう時だけ褒めるのだなと、種彦が睨《にら》む。すると山青堂はぺろりと舌を出し、やれ忙しいと言い置いて、急ぎ屋敷から出て行ってしまった。

「やっぱり狸版元など、頼りには出来んな」

山青堂が帰った後、種彦は羊羹片手に部屋へ引っ込み、とにかく一度、事の全体を考えようとした。だがその日の高屋家は千客万来で、直ぐに部屋から引っ張り出される。

「また客人なのか。牛田《うしだ》殿？　ああおば上の子、我が従兄弟《いとこ》殿とな。これはお珍しい」

勝子から名を聞いた種彦は、大いに戸惑う。種彦は父親が四十七の時の子のせいか、従兄弟と言っても、牛田は親と言っていいほど年が上であった。だからか、平素は余り交流がない。

「さて、何用であろう」

とにかく部屋で向き合うと、年配の従兄弟は珍しくも、興奮した表情を浮かべていた。

「聞きましたぞ、確かな事だと聞きましたぞ」

「はい？　その、何が？」

すると従兄弟は、いきなり勝子の名前を挙げてきたのだ。

「勝子殿が、実は大層名の知れた戯作者であったとか。聞きましたぞ！」

「なんと……御身がその話をご存じとは」

種彦は驚いて目を見開く。従兄弟が本好きだとは、今まで聞いた事もなかった。

(なのにどうして、わざわざ勝子の噂をしに当家へ来たのだ？)

眉を顰め従兄弟を見たが、牛田は目を輝かせ、どんどん喋り続ける。

「書いた本は、随分と売れているとか。しかも昨今は戯作者が書いた本に、版元が金《きん》子《す》を積むと言うではないか」

「き、ん、す？」

種彦が呆然としていると、牛田は返答も待たず、いきなり己の家の実情を語り始めた。

「実は、息子の一人が医者になる修業をしておってな。そろそろ独り立ちさせたいのだ」

だがそれには、それ相応の金子が必要になる。師である医者へ礼金を持って挨拶《あいさつ》に行かねばならないし、新たに医師として住まいを構えるとなると、結構な物入りであった。

「一人前の医者になるとなれば、息子への祝いに、着物の一枚くらいは作ってやりたい。そのだな。ああ、皆まで言わせないでくれぬか」

牛田は、きらきらとした眼差しを向けてくる。しかし、勝子以外からそんな目で見られた事のない種彦は、言葉を失ったまま湯飲みへ手を伸ばした。親子ほども年の違う男から、熱い眼差しを送られると、かなり気味が悪いということだけは、ようく分かった。

牛田は、種彦が茶を飲む間は黙っていたが……しかし直ぐにその沈黙にじれ、自ら用を切り出した。

「ああ察しの悪い。つまりだ、勝子殿が大いに稼いだ金子を、少しばかり……いや、かなりまとめて、拝借したいのだ」

勿論身内だからして、利息などという他人行儀なものは、付けないで頂きたい。息子が評判の医者になれば、金は速やかに返されるであろうと、牛田は明るく確約した。

「……やれやれ」

種彦は総身に重さを感じつつ、片手を上げ、牛田の喋りを止めにかかる。

「従兄弟殿、御身は誤解なさっておいでだ。当家にまとまった金子など、ござらん」

「金を惜しまれるか。己だけ潤《うるお》って、身内をないがしろにすれば、悪い噂が立ちますぞ」

借金を断られたと踏んで、牛田の表情がぐぐっと、強《こわ》ばったものに変わる。すると従兄弟は更に、とんでもないことを口にした。

「いや、もしや金を使い果たしてしまったのか？　ならば……そうだ、勝子殿に言って、これから書く物語の筋を、少しばかり、こちらの願いの通りに変えてくれまいか」

例えば、有名な物語の中に己の名前を入れるとか、そういう酔狂に金子を払う者を、牛田は知っているという。言葉をちょいと戯作に加えるだけで簡単に、まとまった金が作れる。いいではないかと、言い出したのだ。

「はあ？　突然、何を言われるのやら……」

種彦は慌てて、一番大切なことを従兄弟に伝えた。

「だから、勝子ではないのだ」

「は？　勝子殿が、金子を融通《ゆうずう》してはならぬと言われたとでも、言うのか？」

「違う、勝子は『御江戸出世物語』の戯作者ではない。金子など稼いではおらぬのだ」

実はつい先刻、勝子の噂を聞き、戸惑っている所だと種彦は正直に話した。しかし、紛れもない事実を口にしたというのに、牛田は疑り深い表情を浮かべたままでいる。

（やれやれ。自身に都合の悪い話は、真実には聞こえぬらしい）

ここで種彦は戯作者として、一番牛田が納得出来る話を思いついた。

「大体、さように多くの金子が、当家に入った筈もござらん。あれば、とっくにその金を使い、まず己がお役につけるよう、上役殿へお願いしております」

本心から言えば……たとえ富くじが当たったとしても、お役につきたいかどうか、怪しいものであった。勤めが忙しくなった場合、狂歌も戯作も、書く時間が大層減ってしまうからだ。

いやそれだけではない。まかり間違って、先々それなりの地位についてしまったら、大事になる。世間への聞こえもある故《ゆえ》、世俗的な戯作を書く事は難しくなるに違いない。

だが種彦が本心を隠し、世間の常識に添った話をした途端、牛田の眉尻が下がった。

「あ、そ、そうであった。御身はまだ、小普請であったな。そうか、御身自身がお役につくことすら、叶《かな》わずにいるのか……」

付き合いの薄さから、種彦が無役だということを、ぽかりと失念していたらしく、牛田はまた黙り込んでしまう。それから急に頭を下げ、大いに謝ってきた。

「済まん。勝子殿が戯作者というのは、法螺《ほら》話であったようだ。気を悪くしないで欲しい」

種彦は苦笑を浮かべ頷《うなず》くと、両の腕を組む。

「しかし、勝子が本を書いたなどと、誰が言ったのやら」

するると、ゆるゆると興奮から冷めた牛田が、声を低くして答える。

「勝子殿のこと、結構な噂になっておりますぞ。それがしは当家の中間から聞いたのだ」

「中間から？」

「その、きっとこの後、他の親戚《しんせき》からも、借金の申し込みがあると思うが」

種彦は、ぐっと眉根を寄せる事になる。

(うーん、ちょいと厄介な感じだな。この先も勝子について、ありもしない話を言われるのか……)

しかし、その考えは外れた。事は、〝ちょいと〟程度では、済まなかったのだ。

まず牛田を見送りに行った種彦は、門を開けた途端、顔を引きつらせた。何故だか人が大勢、門の外に集まっていたのだ。聞こえて来た声を耳で拾うと、何と集まっている者達は、覆面頭巾である勝子を見に来たらしい。

驚いた種彦は慌てて門を閉めると、急ぎ部屋へ戻った。勝子に、暫《しばら》く外出はするなと言わねばならないのだ。

しかし、何故だか勝子の姿は見当たらない。探すと、いつの間にか実家の加藤家から使いが来ており、勝子は客間で、戯作のことを問いただされていた。

「勝子は、関係ござらん！」

間違いなく勝子が戯作者と聞いたという使いに、種彦は強く言って、早々に帰って貰った。だが事はそれでも済まず、今度はごますり好きの小普請支配世話役、鈴木《すずき》久《ひさ》次郎《じろう》が顔を出して来る。種彦は、上役に流行りの戯作を、いち早く読ませてくれないかと言われて、歯を食いしばった。

「勝子は覆面頭巾ではござらぬ。本当に戯作とは関係なく、よって要望には添えませぬ」

そう言っても、帰って貰うのに一苦労であった。やっと一人帰ると、善太が次の客を、案内してくる。種彦も勝子も、全《すべ》ての客がいなくなった頃には、ぐったり疲れ切っていた。

（こりゃ、拙《まず》い。本気で、大急ぎで、本物の覆面頭巾が誰なのかを明らかにせねばでなければ、勝子と己が参ってしまいそうであった。

（お勝の危機だ！）

種彦は勝子を早めに休ませ、己は部屋で、借りている『御江戸出世物語』へ目を落とす。

(戯作を書く要領で、ある者が覆面頭巾になる話を、考えればいいんだ)

そして、話に出てくる覆面頭巾が、どういう人物かをじっくり考えれば、ひょっとしたら……真実を突き止められるかもしれない。気持ちを集中させようと、種彦は頭の中でまず、知っている事柄を並べてみた。

覆面頭巾は、最近、急に突然人気が出た戯作者であること。

しかし、誰にも本当の名を知られていないこと。

皆が突然、勝子が覆面頭巾だと言い出したこと。

すると様々な依頼、好奇の目が、勝子に降ってきたこと。

何故、覆面頭巾の名が分からないのか。どうして、勝子だと噂が立ったのか。

(不思議には理由があるはずだ)

種彦は何人かの顔を思い浮かべ、首を振る。

(覆面頭巾が、ずっと名を隠し通す事は無理な筈だ。しかし、当人は名を出したくない)

段々と頭に、ぼんやりした顔が見えてきた気がした。しかし必死に考え続けていると、背中が硬くなってきて肩が凝る。

「くそっ、疲れる……」

しかし病弱であろうとへたばろうと、種彦は勝子だけは守るのだ。戯作を書く時のように、頭の中で繋《つな》がって行く話へ、種彦は気持ちを集めてゆく。そして珍しくも寝るのを忘れ、夜通し部屋で過ごしてしまった。

すると翌朝、善太が部屋へ種彦を呼びにきた。屋敷の門の近くに、奈良漬けの兄弟のように酒臭くなった山青堂が転がっていると聞き、種彦は、頭の中の話から身を引きはがすと、ゆらりと立ち上がった。

6

二日後、山青堂は上野《うえの》池之端《いけのはた》の茶屋で、久方ぶりに版元桂堂と、顔を合わせた。そして延々と、覆面頭巾の事で愚痴を言った。

「先日、店を開く為、薬種屋《やくしゅや》の村田《むらた》屋さんと、紙問屋稲田屋さんに会いました。そしたら二人は、彦さんの奥様勝子様が、覆面頭巾だと言って引かないんですよ」

余程その事を信じ込んでいる様子で、山青堂が否定しても、聞くものではない。

「終《しま》いには酒でも飲ませれば、あたしが白状すると思ったようで。遅くまで、二人と大酒を飲む事になりました」

結局山青堂は、二人を酔いつぶして逃げ帰ったのだ。そして、その一件を話す為、種彦の屋敷へ行き、まだ酒が抜けきらなかった故に、つい門前で寝てしまったのだという。

「おかげで彦さんに、蹴飛《けと》ばされました。彦さんは、勝子様が覆面頭巾だという噂を信じた御仁らに押しかけられ、酷く不機嫌でして」

しかし、どうしてこう急に、事実無根の話が広まったのだろうと山青堂が問う。困ったように「さあ」と言ったものの、『御江戸出世物語』の版元桂堂は、今日も覆面頭巾の事を、一切口にしなかった。だが山青堂は、少しばかり迷惑そうな桂堂へ、構わずに話を続ける。

「勝子様は覆面頭巾ではありません。桂堂さん、あなたはその事、分かってますよね」

勝子と種彦は、噂で迷惑を受けている。だからせめて、勝子は違うということを、皆に言ってもらえないか。今日山青堂はそれを頼む為、桂堂を茶屋へ呼んだのだ。しかし桂堂は、諾《だく》と言わなかった。

「私は覆面頭巾の事を、一切口には致しません。戯作者と、そういう取り決めを致しましたので」

約束を破れば、もう書いて貰えなくなってしまうのだ。桂堂が、考えを変えない様子だったので、山青堂は僅《わず》かに首を振った。

「ああ、駄目ですか。では彦さんが馬鹿をするのを、止められませんね」

「……はて、彦さんとは、種彦さんのことですよね。勝子様の夫君で旗本の殿様だ」

そんな方が何をするのかと、桂堂が首を傾《かし》げている。山青堂は、種彦の無謀を語った。

「彦さんは、勝子様がお好きでしてね。ええ、そりゃあ惚れておいでなんですよ」

だから勝子が、身に覚えのない事で人から文句を言われたり、借金を申し込まれる事に、我慢がならない。よって種彦は、事を根本から正すつもりなのだという。

「おや、どうやって？」

「簡単な事です。覆面頭巾が誰なのか、世間が納得出来る話を語ればいいんですよ」

勿論桂堂は、覆面頭巾について何も言わないのだから、話が事実かどうか、誰にも確かめられない。それはつまり、種彦が考えた覆面頭巾は当人ではないと、否定されることもないという事であった。

「彦さんが作った、覆面頭巾の出てくる戯作を聞きましたが、結構鋭くて面白いものでした。多分話を聞いた人は、彦さんの話を信じるんじゃないでしょうかね」

もしそうなれば、皆の目は勝子から離れ、種彦が覆面頭巾だと言った者へと向かう。種彦は、多分明日か明後日にも、その戯作を世に示すつもりであった。

「その用で彦さんは忙しいんですよ。だから今日はあたしが代わって、桂堂さんとお会いした訳で」

すると桂堂は、山青堂へきつい表情を向けてきた。

「種彦さんは、当てずっぽうを言って、誰に迷惑をかけるつもりなんです？」

「ああ、彦さんが誰を覆面頭巾だと言うか、気になるんですか。いや、そうですよね」

すると山青堂はすっと、床机《しょうぎ》から立ち上がった。誰かが話を聞いていないか、ちょいと辺りへ目を配った後、桂堂の耳元へ顔を近づける。そして小声で、種彦が考えている覆面頭巾の名前を告げた。そして。

「桂堂さん、こういう話にしてよろしいでしょうかと、彦さんは言ってました」

山青堂がすいと身を離すと、桂堂も上に吊《つ》り上げられたかのように立ち上がる。

「いいか、などと、何故私に聞くんです？　どういう意味なんですか、それは」

「そういや、引っかかる言い方ですよね」

全く彦さんときたら、無謀で訳が分からないと山青堂は言い出した。しかし、だ。

「勝子様の事が、関わってますからね。彦さんが止まる事は、ないと思いますよ」

種彦が考えた名を、勝手に言われたくなければ、勝子を困った立場から救って欲しい。山青堂はもう一度頼んだのだが、桂堂はそれでも無言であった。

「どうして黙り続けるんですか。彦さんは言ってましたよ。己が言わなくても早晩、覆面頭巾の名前は分かってしまうだろうって」

桂堂は、それは怖い目で山青堂を睨むと、小銭を床机に置き、茶屋を出て行ってしまう。山青堂がその背へ暫く目を向けていると、桂堂は随分と離れた池の辺りで急に振り返って、こちらを見てきた。

「おや、あたしが後をつけていないか、確かめたんでしょうか。これからどこへ行くのかな」

山青堂は独り言を言い僅かに笑うと、新たに団子を頼む。

「さて、彦さんの言う通りに伝えました。この話、どういう結末に行き着きますやら」

『御江戸出世物語』は、どうなるのだろうか。山青堂も、結構あの話が好きなのだ。

だが最近は、戯作の中身よりも、話の周りで実際に起こった出来事の方がより凄《すご》い気がして、どうにもいけないと思う。

「本当に、戯作を書くって事は大変です」

山青堂はゆっくり首を振ると、大層嬉しそうに、焼きたての団子をぱくりと食べた。


お江戸の町が沸き立った。『御江戸出世物語』の戯作者の名が分かったからで、湯屋でも髪結いでも、その話で持ちきりであった。

「名前を隠していたと思ったら、やはり御武家だったんだね」

「四千石とは豪儀だ。石川伊織様、か。確かにその名前じゃ固いわな。覆面頭巾の方がましだ」

いい加減世間が騒がしくなったので、戯作者が自ら名乗り出たとも、桂堂がよみうりに漏らしたとも言われていた。いや『御江戸出世物語』の人気を妬《ねた》んだ他の戯作者が、仲間内にわざと言い触らしたと言う者もいた。とにかく暫くの間、覆面頭巾の事は格好の話題で、皆、楽しんでいたのだ。

しかし。

少し遅れて出た『御江戸出世物語』の続きを読んで、皆は仰天することになった。主役の二人、お綺羅と大賢が、思いがけない程早くに再び巡り会ったのだ。おまけに、やがて結ばれるだろうと仄《ほの》めかされていた。まるで終わりの巻のようであった。

続きは出るのだろうか。皆は尋ねたいとは思ったものの、戯作者が大身の殿様では、会って口をきく事すら叶わない。

「最初から、話はこうなる筈だったのか？　それとも覆面頭巾の名が知れたんで、もう書けなくなったんだろうか？」

湯屋では、また多くが語られたが、答えは見つからない。

そうしている内に、新たな噂がお江戸に流れ、人々はがっかりすることになる。石川伊織は、お城で責任あるお役目についたので、これきり、戯作は書かないと決めたらしいのだ。あの口の堅い版元桂堂が、知り人達に話したのだから、これは確かな事であった。

「伊織様は、戯作の断筆を、天地神明に誓われたようです。よってもう覆面頭巾が現れる事は、ございません」

何とかならないかという声も出たが、しかし『御江戸出世物語』は、一応終わっている。お気に入りの戯作者がいなくなるのは寂しいが、歌舞伎の千両役者が代替わりしてゆくのと同じで、読み手は、また別の贔屓を見つけてゆくだろう。昔からそういうものであった。

そして。

湯屋での噂も、別なものに変わった頃、種彦は珍しくも勝子を連れ、駕籠《かご》で他出した。向かった先は、今まで入った事もない、両側に門番所の付いた、大層な門構えの屋敷であった。

（凄いな、門に大きな屋根が付いている）

表御門から入って、玄関から直ぐ先の棟に通されると、若党が待っていて、奥へと案内される。供である中間善太は、それより先へは行けず、首を長くのばし、皆を見送った。短い渡り廊下と中庭を過ぎ、御殿様御殿とおぼしき棟に着くと、女中が顔を見せ、更に奥の奥様御殿へと種彦達を誘《いざな》った。

（やはり、か）

また細い廊下を渡って奥向きへ入ると、そこに覆面頭巾を名乗った大身の当主が、種彦達を待っていた。見れば桂堂と山青堂も呼ばれており、狸《たぬき》版元は落ち着かなげに、瀟洒《しょうしゃ》な部屋を見回している。

その後、心づくしの膳《ぜん》が運ばれてくると、石川伊織の横に、奥方と思われる方が姿を現した。伊織が、妻の直子だと名を告げる。挨拶をした種彦が、勝子を紹介すると、直子は少し強ばった顔を勝子へ向けた。

そして……いきなり勝子に、頭を下げたのだ。

「あらまぁ、奥様、どうなさいました」

驚いた勝子がおろおろすると、種彦が少し笑って、妻に事情を話し出す。

「お勝、そのな、『御江戸出世物語』だが、実は……伊織殿ではなく、こちらの奥方、直子様が書かれていたのだ」

「まあっ」

「へっ？」

声が重なったのは、山青堂が、狸のしゃっくりのような声を上げたからだ。すると桂堂が苦笑を浮かべ、伊織は種彦を見る。

「やはり分かっておいでか。種彦殿は桂堂に、『伊織様が覆面頭巾という話にして、よろしいでしょうか』と、わざわざ断って来られた。よって多分、直子が書いているという事情を察しておいでなのだろうと、思い至った次第で」

種彦は頷き、真っ直ぐに伊織を見返す。そして、屋敷内を心地よい風が吹き抜ける中、ちょいとぴしりとした声を出した。

「正直に話して下さり、嬉しいですな。しかし伊織殿、一度勝子に謝って下さらぬか」

「おや彦さん、急に何なんですか？」

山青堂が、更に戸惑う。すると種彦は、勝子が噂話に巻き込まれた件を口にした。

「あれは、覆面頭巾が旗本の妻女だと知れた場合、どういう不都合が起こるか、世間を試したのでしょう？」

その為に勝子の名を勝手に使い、伊織殿が噂を流したのだ。多分、桂堂の手を借りて。

「えーっ、そりゃ酷いですよう。あの噂が流れた途端、大変な事になったんですから」

己も一番に、種彦の所へ押しかけたくせに、山青堂は勝子と種彦が、苦労をしたのだと言い始める。

「あたしまで、とばっちりを受けたんですよ」

「伊織殿は噂が元で起きた騒動を、どこまで知っておいでだろうか。当家に親戚が金を借りに来たとか、物見高い他人が、勝子を見に押しかけてきた事は、ご存じかもしれぬが」

他にも、勝子の親戚は事を確認しに来て、説教をしたし、小普請《こぶしん》の立場に絡めて、新作の事を知ろうとする者もいた。親戚の一人など、金と引き替えに、戯作の内容へ口を挟もうとしたのだ。

それを聞いた伊織は、息をついた。

「やれ、そんな事までござったか。皆が覆面頭巾が誰なのかを、調べ始めたように感じ、私は焦《あせ》ってしまった。勝子殿の名を借り、ご迷惑をかけた。お許し下され」

確証がない噂故、勝子が酷く困ることはないだろうと、伊織は高をくっていたのだ。そして伊織は勝子のおかげで、覆面頭巾が世に出たらどうなるかを知る事が出来た。

「妻直子を、戯作者として表に出すのは、止《や》めた方が良いと思いました」

代わりに己が戯作者だと名乗り、勝子が覆面頭巾だという噂を、早々に鎮《しず》めねばならないと、伊織は思い定めた。伊織夫妻は、決断の時を迎えたのだ。

すると勝子が、済んだ事だと優しく笑った。そして強ばった顔の直子を見つめ、今日は『御江戸出世物語』の戯作者にお会い出来て大変嬉しいと、そう話しかけた。

「私はあのお話が、本当に好きなんですよ。早く続きが出て欲しい。次が楽しみだと、ずっと思っていたんです」

お綺羅と大賢が無事結ばれ、それは嬉しい。でも、続きが読めなくなって残念だ。

勝子が心を込めて言うと、今まで言葉少なかった直子が、しばしじっと勝子を見つめる。それから、少し泣きそうな表情を浮かべると、勝子の方へ身を近づけ、その手をそっと握った。

「私が戯作を書いた事で、勝子様や他の皆様にご迷惑をかけた事、分かっております。本当に申し訳ありませんでした」

直子は、若い頃から戯作が好きであった。勿論、読むだけなら構わなかったが、直子はじきに自分で書いてみたくなったのだ。例えば源氏物語が書かれた頃なら、おなごが話を書くことも多かった筈であった。

「でも私は四千石の旗本の妻ですし、殿のお立場もあります。己が名を出し、戯作を世に問うなど、思いもよりません。それでもお話を作りたくて、こっそり書いては、殿にだけ読んで頂いておりました」

それを、本にしてみようかと思いついたのは、伊織だ。先年隠居していた父が亡くなり、遠慮する必要がなくなった。面白い話故、一度くらい本にしてみるかと伊織が言い、顔見知りの桂堂が、力を貸してくれた。

「名を隠せば、何とかなるかなと思いました。まさかあのように売れるとは、思いもよらず」

「いや、本心羨《うらや》ましい話で」

種彦がついぼやく。余りの売れ行きに、直子が書きためていた続きも出したところ、『御江戸出世物語』は一層話題になった。だがその内、皆が覆面頭巾の正体を探り始め、直子は困った立場になったのだ。

「どうやって静かに終えたら良いのか、分からなくなりました。結局私は名を出さないまま、殿に庇《かば》って頂く事になり」

しかし、どうやら伊織も、覆面頭巾を名乗った途端、親戚や仕事の関わりから、いろいろ言われたらしい。

「武士たる者が下世話な話を書いてとか、反対に、あの話を利用しようとか、色々ありました。いや、かなり困った」

伊織は大身の当主であり、書かないと宣言した故に、事は収まってきている。

しかし。

「では直子様は、もう本をお出しには、ならないのですね」

直子が小さく頷き、畳の縁《へり》に目を落とす。山青堂が大いに、本心残念ですと、眉尻を下げつつ言う。部屋内が寸の間、静かになった。

すると。ここで種彦が、それでは小さな小さな集いを作りませんかと、言い出したのだ。

「集い？」

直子が目を見張っている。

「戯作好きが集まって、書いたり読んだり、あれこれ話す会を作っては、いかがでしょうか」

種彦は案を出した。戯作を書いても、読み手が夫君のみでは、少し寂しい。しかし、そう、十人ほどでも読む仲間がいて、あれこれ話が出来れば、随分と楽しいのではないか。

「まあこれは、何両かの潤筆料を、気にしなくともよいお立場だから、やれることですが」

とりあえず会には、私と勝子が加わりましょうと種彦は言った。

「いいよな、お勝」

「あら殿、楽しそうですねえ。もしかしてそこでなら、またお綺羅さんと大賢殿に会えましょうか」

直ぐに伊織が、良き話だと膝《ひざ》をたたき、では、この屋敷を使って欲しいと乗ってきた。桂堂が己も入ると言えば、横から山青堂も、一生懸命手を上げている。

「余計た事を言うと、会から放り出すぞ」

種彦に釘《くぎ》を刺され、山青堂は一応真面目《まじめ》に頷いた。何時《いつ》、どのように集まるか、他にも誰かに声を掛けるか、皆が話を始める。

最初黙っていた直子は、段々と目をうるませた。そして……嬉しゅうございますと小声でつぶやくと、皆へ頭を下げた。

戯作の四　難儀と困りごとと馬鹿《ばか》騒ぎ

お江戸の本について、一言二言三言。

お江戸の〝重版《じゅうはん》〟

江戸の世から、遥《はる》か後の日の本ならば、重版という言葉は増刷するって意味に使われて、目出度《めでた》い響きを持つ。

しかしお江戸じゃ、そいつは、とんでもなく困った事であった。

〝重版〟とは、いわゆるパクリ、つまり海賊版の事だったんだ！　きっちり禁止されているのに、無謀にも重版を出してしまうと、奉行所《ぶぎょうしょ》に処罰されるかもって事になる。

ちなみに、二刷りされましたぁ、おめでとうございますぅ、と版元が言祝《ことほ》ぐ合法な方は、再版《さいはん》と言われてた。


お江戸の〝絶版《ぜっぱん》〟

後の世のどこかにある日本国語大辞典には、絶版は、一度出版した本の印刷発行を中止すること、とある。お江戸で絶版といえば、在庫処分と、版木《はんぎ》の破壊などを意味した。

つまり彫り師が、字や挿絵《さしえ》を細かく彫って、本を刷れる状態にした木の版を、ぶっ壊し、絶やしてしまうわけ。

よって、絶版。何だか怖い……。

お江戸で本が出るまで

『けさくしゃ』という戯作《けさく》を書いている悪辣《あくらつ》な者は、お江戸では版元が、この本を出したいと思ったら、すんなり出版できるかのように、作中で記している。だが、実態は違っていた。既に遥か昔のおサムライの世にあって、出版のしすてむは、それは複雑になってたんだ。

著作権なんてぇ考えはまだない時代、種彦《たねひこ》さんたち戯作者に対して、版元は原稿を貰《もら》った初回だけ、幾らか金子《きんす》を払う。誠にけちーで、単純な話であった。

しかし版元の出版権の方は、大分話が違う。そりゃがっちり守られていた。

本は、刷り上がって本屋仲間行事《ぎょうじ》に届け出たその時から、版元にとって、板株《はんかぶ》っていう権利に化ける。そいつは、きちんと書面にしてもらえた。割って売る事もできた。本が売れれば金が分配された。本は、後の世の、〝株〟とか〝ふぁんど〃とかにも似た、金を生む元だった。

そして、それがあれば本が刷れる版木は、これまた質入れＯＫ、売り買いありの商品だったわけ。勿論《もちろん》再版は自由だ。

だけど金になるものだったが故《ゆえ》に、新しい本を出すとなると、ごっつう時がかかった。本屋仲間から、これは公《おおやけ》の板株だよーという書類を、貰わなきゃならなかったからだ。

その書類を作る為《ため》にまず、新しい本が書き上がったらこれがパクリ、つまり重版などでないか、調べたわけ。お上のご禁制に引っかからないよう、表現のチェックも有り。この段階で一年なんて時が、かかった事もあったとか。

それでも出版された後、〇〇堂から出た新しい本、うちが以前出したのと似てるー、なんて他の版元から言われてしまった事もあったようだ。重版問題ＯＫ、他も問題なーしとなったら、ようよう奉行所から許可が出る。

そして、やっとこ職人さん達が、本を刷る為の版を作り始めるワケだ。

1

昔、ある男前の武家がいた。優しくって妻を大事にしており、狂歌《きょうか》を嗜《たしな》む風流なこの男、何を間違えたのか、ある日戯作を書こう、なんて思っちまった。

勿論、落ち着いて考えれば、武家が本来の勤めでもないことに、手を出すべきではなかったのだ。しかし、この世には狸《たぬき》に化けた人……ではなくて、人に化けた狸がいたので、男は惑わされ、つい戯作を書いてしまった。そして、心乱れる日々を過ごすことになった男は今、狸退治が得意な猟師を、せっせと探している。

「終わり」

種彦は手短に物語を終えると、己《おのれ》の部屋にある柱にもたれかかり、ぐっと眉間《みけん》に皺《しわ》を寄せた。

「あああ……本当に、何で売れない話なんぞ、書いちまったのやら」

種彦が、朝から十回は繰り返している愚痴を、また口にする。すると、近くで話していた綺麗《きれい》な二人のおなごが、優しい言葉をかけてくれた。

「まあ、殿。殿のお書きになった『恋不思議江戸紫《こいのふしぎえどのむらさき》』は、面白いですよ」

かわいい妻の勝子《かつこ》がこう言えば、隣にいた客人、直子《なおこ》も頷《うなず》いている。

「売れないなんて、気の早いことをおっしゃって。本は、出たばかりではございませんか」

「そいつは……分かってますが」

そうは言ったものの、種彦は総身に力が入らず、また息を吐き出す。すると部屋にいた大身旗本《たいしんはたもと》の石川伊織《いしかわいおり》と版元の桂堂《かつらどう》が、揃《そろ》って笑い声を上げた。

今日は、先だって作った物語を語る集いが、珍しくも石川家でなく高屋《たかや》家で催されているのだ。四千石の旗本となると、外出も気軽にはできない。たまには揃って外出をしたいという、伊織夫妻の希望であった。直子が覆面頭巾《ふくめんずきん》であるとの話が漏れぬよう、使用人達には日暮れまでの暇を与えてあるから、屋敷は静かで、皆、ゆったりと寛《くつろ》いでいた。

「やれ、種彦さんは随分、出した本の売れ行きが、気に掛かっておいでのようだ」

伊織の言葉を聞くと、桂堂が眉尻《まゆじり》を下げる。

「殿様、そりゃあ大概の戯作者が、気になさいますよ」

特に最初の一冊はそうだと、側《そば》から直子も言葉を添える。直子は旗本当主の妻でありながら、覆面頭巾と名乗り、少し前まで戯作を書いていた。種彦はちらと、その優しそうな姿へ目をやった。

（しかし、直子殿の場合は……もの凄《すご》く売れたからなぁ）

覆面頭巾の戯作は一作目から、人の噂《うわさ》に上り、皆が手に取っていた。しかし立場上、これ以上戯作を書くのは無理と判断し、直子は版元から本を出すことを止《や》めた。そして今は、ごく少ない仲間に、手書きの話を回し読んでもらい、あれこれ喋《しゃべ》るのを楽しんでいるのだ。

種彦の妻勝子は、この集まりをそれは気に入っていたし、伊織や桂堂、今日は遅れている山青堂も、戯作の事を語るには面白い仲間であった。種彦も、いっそ直子のように、この仲間内だけで話を読んでもらえば、いいのかもしれない。

（おれはどうして世間に、己の書いた本を、出したいと思っちまったんだろう？）

戯作を顔見知りだけに読んで貰《もら》えば、おおむね、気持ちの良い反応が返ってくると思う。今日はまだ来ていない山青堂ですら、商売が絡《から》まなければ、きつい言葉は言わないだろう。

しかし種彦は己を止める事が出来ず、戯作を書き、山青堂に渡してしまったのだ。

「自分でも、馬鹿やったなと思うわ。大いに、滅茶苦茶、馬鹿だ」

最後の言葉は、思わず口から漏れてしまったようで、伊織が側で、困ったような表情を浮かべている。するとその時、廊下から足音が近づいてきた。障子が開くと、調子っ外れで楽しげな声と共に、諸悪の根源である山青堂が顔を出す。

「ほーい、ほい。ああ、世の中は明るいですねえ」

「おい山青堂、会に遅刻しておいて、真っ先に言う言葉が、それか」

益々不機嫌の塊《かたまり》と化した種彦が、柱に寄りかかったまま、低い声を出す。すると山青堂は一段と楽しげな表情になった。

「ああ彦さん、聞いて下さい。凄く良い事が、あったんですよぅ」

そこまで言ったものの、山青堂は、続きを種彦に語りはしなかった。突然桂堂の方を向くと、大きく頭を下げたのだ。

「ご報告です。吉報です！　先だって、桂堂さんからご紹介頂いた話。残りの皆さんが、あたしを加えていいと、言って下さいました。いやぁ、ありがたい事で」

山青堂がぺこぺこと頭を下げる中、何の話をしているのか、直子が子細《しさい》を問う。すると狸親父の山青堂は、尻尾《しっぽ》を振らんばかりの勢いで、己の幸運を語り始めた。

「実は桂堂さん達、版元方が協力して、往来物《おうらいもの》の一揃いを出すんです」

往来物とは、寺子屋《てらこや》などで子供らが使う、教本《きょうほん》だ。この世に寺子屋はごまんとあるから、もし往来物で当たれば、版元の利益は大きい。

「その本を作る話は、先年から決まっていたんです。ところがお仲間が一人、急に抜けたそうで。それで、あたしが加えて頂けたんですよぅ」

山青堂は、今回の話に乗る為、地本問屋《じほんといや》仲間だけではなくお堅い本を出す本屋仲間にも入り、書物・地本問屋を開くことにしたのだという。つまり、硬軟両方の本を扱うのだ。

「おいおい、こんな新参者の版元を仲間にして、大丈夫なのかい？」

　種彦が皮肉っぽく言うと、山青堂が頬を膨らませ、狸顔になる。横で桂堂が笑った。

「山青堂さんは、版元としては新しいですが、貸本屋《かしほんや》の世話役でしたからね。一緒に本を出す四人の版元全員と、縁があったんですよ」

　それに今回は、錦絵《にしきえ》を扱う事にした山青堂に、向いた仕事であった。お江戸にいる人気絵師をずらりと揃え、往来物の挿絵を描いて貰う事にしたのだ。

「子供達も気に入るでしょうが、それ以上に、往来物をどれにするか決める、手習いの師匠方に好まれる筈《はず》で」

　版元仲間は日頃の付き合いを生かし、名のある絵師達に、声を掛けている。ただ。

「そういう本ですと、本を作る時の費用が、かさむんですよ」

　本を作る費用をどう取り戻すか、きちんと考えねばならない。一冊を高くすると、師範《しはん》らに敬遠される。その内、いっそ手習いや算術など、往来物を一度に数種類出し、一組もので売ろうという話が出た。出来れば京、大坂の師範達へも、いや、それ以外の地へも売りたい。目出度く再版となれば、版元達の利益もあがる筈であった。

しかし、そうなると、最初必要な金子の額が、益々膨らんでしまう。

「負担が大きくなったので、仲間が一人抜けたという訳か」

伊織が頷いている。

「五種類出したいので、一人一冊の権利として、五人仲間でやる事にしました。初刷りは、一冊あたり五百部の心づもりです」

ここで桂堂から、一人頭十二両の出資と聞いて、種彦は片眉を引き上げる。最近山青堂は、金子が無い無いと言い通しだからだ。種彦は戯作の潤筆料《じゅんぴつりょう》として、二両を約束して貰ってはいるものの、まだ受け取っていなかった。

「おい狸版元。十二両なんて、お前さんに払えるのかい？」

「彦さん、人聞きの悪いことを言わないで下さいまし。ええ、版元仲間には既に十二両、お払いしてありますよ」

「なんだ、金があったのか。じゃあ、おれへの支払いも、早々にしてくれるんだよな？」

「ああ、そうですねえ。その、まあ、いつか」

山青堂がそっぽを向いたものだから、種彦が、すいと立ち上がった。そして版元の横へゆくと襟首《えりくび》を摑《つか》まえ、拳固《げんこ》を眼前に突き出す。

「こら狸、おれへ支払う筈の潤筆料を、そっちの仕事へ回したな！　そうだろうっ」

「ち、違いますよぅ。ちゃんと彦さんには、約束通り払いますって。ただ、ちょいと、少うし……かなり払いが遅れるでしょうが」

金子不足の山青堂は、種彦を後回しにした訳だ。ぐぐっと眉を吊《つ》り上げた種彦は、拳《こぶし》を握りしめ……しかし直ぐに、振り上げた手を下ろした。そして、「ふんっ」と小さく鼻を鳴らすと、山青堂を離し背を向ける。

「分かった。どうせおれへの払いなど、どうでもいいと思ったんだろう」

つまり、やはりというか、種彦が書いた『恋不思議江戸紫』は、売れていないのだ。そういう場合、版元の態度が紫陽花《あじさい》の色のごとく変わることも、大いにあり得た。

「まあ文句を言っても、山青堂の懐《ふところ》に、金子が湧《わ》き出てくる訳ではないか」

売れない戯作者が怒っても、どうせ無駄なのだ。

「山青堂、後は勝手にするんだな。おれはもうお前さんに、仕事では関わらん。不評な戯作の代金など、忘れる事もあろうさ」

やはり武士は、己の家を守っていくべきらしいと言い切って、種彦は座ると、仲間へ目を向けた。

「いや、戯作を書いた事を、後悔はしておりませんよ。そのおかげで、こうして石川殿と奥方に知り合えたんですからな」

種彦は、直子の戯作が大好きなのだ。するとそれを聞いた山青堂が、袖《そで》から土産《みやげ》の煎餅《せんべい》の袋を取り出し、溜息《ためいき》をついた。

「彦さん、拗《す》ねないで下さい。潤筆料、ちょいと支払いが遅れるだけですってば」

だが種彦は山青堂へ返答もせず、今日の集まりの目玉、直子の新しい戯作を読み始める。すると、これじゃ己が悪者みたいですねと、山青堂が口にしたものだから、種彦が、〝みたい〟は余分だと、切り返した。皆の目が、言い合う二人に集まる。

「山青堂、往来物が売れるんなら、これからは、堅い本ばかりを出したらどうだ？」

何も無理して、戯作の執筆を頼む必要は無い。出来た話の金子を出し渋って、戯作者を怒らせないでもよいのだ。

「種彦さん、そんなに言わなくても」

「伊織殿、これは私の問題ですので、黙っていて下さい」

すると山青堂が、唇を尖《とが》らせにじり寄ってくる。版元は、種彦は旗本故、暮らしに困ってはいない筈だと、そう言い出した。

「ならば今回くらい、しばし金子の支払いを待ってくれても、いいじゃないですか！」

山青堂は今、店は借りるし、本に出資はするしで、本当に懐が寒いのだ。

「本を初めて出すのは、彦さんだけじゃないんです。あたしも同じなんですよ」

そんなとき、桂堂が良き話を持ってきてくれた。種彦は山青堂の幸運を祝い、後押ししてくれてもよいではないか。

「何だとう、桂堂のせいにする気かっ」

「殿、そうお怒りにならなくても」

「勝子様、彦さんはね、お金の事なんて、本当はそんなに気に掛けちゃいません。ただ、あたしが彦さんの本を売らずに他の本に目を向けてるんで、腹を立ててたんですよ」

子供みたいですねと、山青堂が言ったものだから、種彦がくいと顎《あご》を突き出した。そして菓子鉢へ手を伸ばすと、伊織が持参してくれた金平糖《こんぺいとう》を一粒手に取り、それを山青堂の月代目《さかやき》がけ、勢いよく指で弾《はじ》いたのだ。

「痛っ、何するんですかぁ」

「金は払わない。その上、本も売ってくれない版元など、要《い》らんっ」

「そこまで言うんなら、直子様のように、とんでもなく売れるものを書いて下さいな」

「おやめなさい。ああ、二人とも」

直子が声を上げたとき、種彦がまた金平糖を指で弾く。当たって怒った山青堂は、煎餅を一枚取ると、それを種彦の口に押し込んだ。

「ふべっ、何をするっ」

二人が取っ組み合いをしそうになったものだから、慌《あわ》てて伊織と桂堂が、後ろから組み付いて止める。すると双方口角泡《こうかくあわ》を飛ばし、部屋内は口喧嘩《くちげんか》で大騒ぎとなった。

そして。気がついた時、高屋家中間《ちゅうげん》の善太《ぜんた》が、廊下から種彦達を見ていたのだ。

「おや善太、もう帰ってきていたの。何か用ですか？」

一番落ち着いていた勝子が、最初にその姿を見つけ、声を掛ける。

「寄席《よせ》に行ったんですが、つまらねえ噺《はなし》だったんで、戻って来ちまいました」

それから善太は少し困った様子で、今屋敷へ、地本問屋仲間から使いが来ていると言う。

部屋内が、驚く程急に静かになった。

「地本問屋の組合の人達が、おれの屋敷に、何の用なんだ？」

山青堂、桂堂以外の版元とは、まだ付き合いは無いのにと、種彦が、首を傾《かし》げる。

続いて善太が口にした言葉は、驚くものであった。

「あの、重版の疑いがあるとかで、『恋不思議江戸紫』について、お話ししたいと。確か、そうおっしゃったんですが」

殿様、何かやらかしたんですかと、善太が目に光をたたえて聞いてくる。

「は？　重版？」

それはつまり種彦が、誰かの戯作をそっくり写したと、疑われているという事だ。部屋内にいた六人は、顔を見合わせた。

「彦さん、まさか他の人の話を引き写したんですか？」

「山青堂の阿呆《あほ》！　あれはお仙《せん》の話だ。お前さんが一両で買った実話が、元だろうが」

誰かが書いたものを丸ごと真似《まね》たら、別の話になってしまうではないか。

「おや、ええ、そうでした」

ならば何故《なぜ》、どうして不可思議な使いが来たのだろうか。理由を思いついた者はおらず、部屋の内は再び静けさにつつまれた。

2

本屋や地本問屋の仲間とは、つまりは同業の組合のことだ。

そして行事とは、その仲間から選ばれ、本関連の数多《あまた》の用を引き受け、組合を取りしきる者の事であった。金子の督促《とくそく》や、京、大坂の本屋への連絡、新刊の申請などど、仲間内での仕事は多い。

今日、種彦と山青堂を呼び出したのは、地本問屋仲間の行事の一人、鈴屋《すずや》だ。

「夏乃東雲《なつのしののめ》さん、聞いておられますか、東雲さん？」

老齢の鈴屋が、上座から問うてくる。だが種彦は寸《すん》の間《ま》、はて誰の事を言っているのかと、周りを見回してしまった。

「東雲さん？」

鈴屋が眉尻を下げると、横から山青堂が、種彦を肘《ひじ》でつつく。

「彦さん、ほら、返事をして。〝東雲〟というのは、自分で決めた筆名でしょ？　行事さんが、妙な目で彦さんのこと見てますよ」

「あ、そうだった。おお、おれが東雲だ」

急ぎ答えたものの、それでも何だか己の名のような気がしなかった。

今回『恋不思議江戸紫』を出すにあたって、種彦は夏乃東雲という、新たな筆名を使った。身を隠す事にした為、高屋という名も、仲間に知られている種彦の名も使えなかったから、適当に決めたのだ。そのせいか別人の名のような気がして、未《いま》だに馴《な》染《じ》んでいない。

ついでに戯作者となった今でも、本に関わる様々な決まり事に、種彦は全く慣れていなかった。

(本を作って、売るだけの話なのに。この商売、仲間内で細かい決まり事が多過ぎるよなぁ)

種彦は本心、そう感じている。新しい本を出す時は、仲間内の許しを得なければいけないとかで、山青堂はあれこれ煩《うるさ》く言うのだ。

「本を出したばかりの今、行事の鈴屋さんから呼び出しを受けるなんて、ちょいと心配ですね」

種彦と山青堂が鈴屋に着くと、部屋の上座に行事がおり、左側に大坂の版元だという一角屋《いっかくや》と、その手代《てだい》が座っていた。

鈴屋は種彦達を右側に座らせ、皆をこの場に集めた訳を話し始める。

「先だって、版元の山青堂さんが、戯作『恋不思議江戸紫』を出しました。今日はその本の事について、お話があります」

要するに、座にいる大坂の版元一角屋が、種彦の本を、己の店が以前出した本の重版ではないかと、行事に訴えたらしい。よって今日、双方が呼ばれたのだ。

（これって、本当に大事《おおごと》なんだろうなぁ）

種彦は顰《しか》め面《つら》で、天井を眺める。高屋家へ、『恋不思議江戸紫』、重版の疑い有りと知らせが来たとき、部屋内は寸の間静まった後、大騒ぎになったのだ。

だが、皆はとにかく落ちつくと、版元の桂堂だけでなく、大身旗本の伊織夫妻も、どうしてそんな訴えが出たのか調べると言い、屋敷から急ぎ帰っていった。

一方種彦は、何故大坂の者が江戸で騒ぐのか、未だ事情を飲み込めていなかった。

「それで？　それがしが書いた本が、他の何という本を重版したと言うのか？」

とにかく種彦は、殿様然とした偉そうな表情を作り、行事へ目を向ける。すると、鈴屋がやりにくそうな顔をして、白っぽい表紙の一冊を畳に置いた。題名を目にし、種彦はちょいと首を前に傾けた。

「『恋不思議大坂曙《こいのふしぎおおさかのあけぼの》』？」

本の表には戯作の題と、安岐夕暮《あきのゆうぐれ》という筆者の名だけが載っている。

(何だか、恐ろしく地味な本だの)

驚いていると、横から版元の一角屋が、話の内容を喋り始めた。江戸へ出て来た大坂出身の手代と、お仙というおなご、それに江戸の手代三人の、恋の話だという。

「『恋不思議江戸紫』とそっくりでっしゃろ。あんまりうちの本に似てますんで、事情を聞きたいと思いましてな」

「それがしの本は、大坂とは関係無いが」

とにかく種彦は、一角屋の本を手に取り、中を見てみる。すると、片眉を引き上げ、思わずいつもの口調でしゃべってしまう。

「おや、驚いた。ほとんど同じじゃないか」

違うのは出だしの一、二枚のみで、どうやったのか、後は挿絵までが同じであった。

「こりゃ、たまたま似た、というどころの話じゃないな」

種彦がつぶやくと、一角屋が重々しく頷く。それから大坂の版元は、種彦と山青堂へぐっと偉そうな口調で、話し出した。

「あんなぁ、お二人さん。遠く離れた版元が出した本なら、分かるまいと思ったんでっしゃろ。黙って同じ本を出しちゃ、あきませんな」

「わ、私は真似なぞ、してはおりません」

山青堂が慌てて言ったが、己が真似た訳でもないと、一角屋は言い切る。

「聞けばこの、山青堂さんとやらは、新参の地本屋さんやそうで。そしてでんな。うちは、大坂でも古い本屋ですねん」

よって、どちらが先に本を出したかは、調べるまでもないと言うのだ。山青堂が顔色を青くし、種彦は目を半眼にした。

(おや、この版元、大坂の者だってぇのに、山青堂が新しい本屋だと知ってるみたいだな)

確かに、互いに証《あかし》のない言い合いをした場合、新参者と古参の版元では、信頼の度合いが違う。事実、今回行事の鈴屋は明らかに、店を開いたばかりの山青堂へ、不審の目を向けているように思えた。そのせいか一角屋は、種彦達へ好き勝手なことを言ってくる。

「山青堂はん、『恋不思議江戸紫』は何部、刷りました?」

「えっ? その、三百部ばかり」

「おや、少ないですなぁ」

一角屋は首を振ると、突然、売り上げの七割を、一角屋が貰おうと言い出した。

「な、七割も渡せと？」

それでは版木を作った費用すら、回収出来ないではないか。

「いやそもそも、何であたしが、金を払わなきゃいけないんです？」

狸顔の山青堂が、狐《きつね》のごとく萎《しぼ》んだ顔で言う。一角屋が、薄笑いを浮かべた。

「優しいでっしゃろ？　なぁに、本を全部集めて、版木と一緒に燃やせ、とは言いませんよって」

「そんな……馬鹿なことを」

「ほんまは、売り上げは全部うちのもんですわ。でも可哀想《かわいそう》やよって、三割はお江戸の同業さんに差し上げまひょ」

気遣いは大切やと、一角屋は堂々と口にする。すると行事が、納得したような表情になったものだから、山青堂が、一層おろおろと狼狽《うろた》え始めた。

だが。ここで種彦が、思い切りうんざりとした表情を浮かべる。

「やれやれ、阿呆な狸ときたら、今日は妙に弱気じゃないか」

種彦は、たとえ彦さんなどと軽く呼ばれていようとも、武士であった。しかも旗本の当主だからして、体は弱いが、間違っても気は弱くはない。口の端をくいと上げると、種彦は、一角屋が出した本へ手を伸ばした。

「一角屋、こいつを調べさせてもらうよ」

「はて……調べるとは、何をでっしゃろ」

途端、一角屋と手代の素振りが固くなる。種彦は悠々とした様子で、『恋不思議大坂曙』と『恋不思議江戸紫』を、皆の前に並べ、それから大坂の二人へ視線を向けた。

「まずは、そうだな。この『大坂曙』は、いつ出した本かな」

分かり切った事を問うたのに、「さあ」と言ったまま、一角屋は確たる返答をしない。

「あん？　どうして版元が、そんなことすら分からないんだ？『恋不思議大坂曙』は、本当に大坂で売られた本なのか？」

種彦が大いに疑り深い声で聞くと、一角屋の手代が慌てて、本は三年前に出したものだと口にする。

「間違いおまへん。そちらの『恋不思議江戸紫』より、随分と前に売り出された本でして」

手代は強い調子で言う。すると種彦は、思い切り嫌みな感じに笑い出した。

「おやぁ、三年も前に出ていた本だったのか。参った……と言いたいところだが、そいつはかなり、妙な話だな」

「な、何が妙だと、言わはるんですか」

種彦は、手代には答えず、己の本を手に取ると、行事の方を向いた。

「鈴屋、実はだな、『恋不思議江戸紫』には、話の元になった騒ぎがあるんだ。実際に、このお江戸で起こった事だ」

そのお仙の話には、実在の町名主も関わっていたと、種彦が告げる。お仙の恋の相手の一人は、その町名主の手代だったのだ。

しかしそこまで言った所で、一角屋が話に割り込んできた。

「あんた、こりゃ戯作ですわいな。本当にあった話で、誤魔化さんといて下さいな」

「一角屋、まあ聞け。お仙と手代の二人は、手に手を取って、本当に江戸を離れたのだ。事実ゆえ、町名主は人別《にんべつ》に、人の出入りを記した筈だ」

つまり、だ。お仙がいつ江戸を離れたか、あの話はいつあった事か、きちんと公《おおやけ》の書類に残っている事になる。

「そしてな、お仙が恋の騒ぎを起こしたのは、ほんの半年ほど前だった」

山青堂はその時のいきさつを面白がり、一両出してお仙から買ったのだ。勿論《もちろん》、お仙の騒動に巻き込まれた形の町名主も、事の子細を覚えている筈であった。つまり。

「『恋不思議江戸紫』は、半年前の恋の駆け引きを元に、おれが戯作としたものなんだ。三年も前の大坂の本なんぞ、知らねえな」

お仙の騒動に関わった町名主の名は、山田太郎兵衛《やまだたろべえ》だと告げると、鈴屋が大きく目をみはった。

「なんと、町名主の太郎兵衛さんなら、存じ上げております。という事は……作中の手代孝三《こうぞう》さんとは、太郎兵衛さんのところにいた、あの孝三さんなんですね？」

お仙の事は知らなかったが、孝三の恋物語と知ったからには、戯作を一層楽しめそうだと鈴屋は笑い出す。そして……ひょいと首を傾げた。

「孝三さんは、去年の正月、町名主さんの屋敷に居ました。ええ、覚えております」

年始の挨拶《あいさつ》の時、鈴屋は顔を合わせているのだ。つまり孝三が、好いたおなごと江戸を出るまでの話が、三年も前に書かれている訳がなかった。

「おやおや」

ここで山青堂が、夢から覚めたような顔で、一角屋に目を向けた。そして、眉間に深い皺を寄せる。

「一角屋さんの言葉に、嘘《うそ》が見つかったようだ。さて、どうして行事さんを騙《だま》したのか、話して頂きたいですなぁ」

「し、失礼な！　江戸の地本問屋仲間の行事は、江戸の者の言う事のみを、信用するのかっ」

手代が、さっと手を伸ばし、種彦から『恋不思議大坂曙』を取り戻そうとする。しかし最近、山青堂との小突きあいに慣れている種彦は、本を懐に突っ込むと、手代の手を叩《たた》いて身をかわした。

その横で、山青堂がべろんと舌を出す。

「その本は、こちらがお預かりしておきます。大坂の版元が、『恋不思議江戸紫』を真似たという、証拠の品ですから」

「行事さん、あの本は、うちのもんです。これは盗みではおまへんか。お江戸はそういうやり方を、許すんかいな」

一角屋がわめき始め、鈴屋はうんざりした表情を浮かべている。山青堂は笑顔で、代金は払いますよと鷹揚《おうよう》に言った。

「勿論一角屋さんは、『恋不思議大坂曙』を、売って下さるでしょう？　三年前に売り出した本なら、店にまだ何冊も本があるはずですから」

すると種彦が、言葉を継ぐ。

「どうしても返してくれと言うんなら、大坂の本を扱っている本屋に、在庫がないか聞いてもいいぞ。一冊も無かったら、大坂まで問い合わせる事になるかもしれんが」

それでも無かった場合、どう考えたらいいのかなと、種彦が問う。一角屋は答えず、口をひん曲げたまま、立ち上がった。そして種彦達を見下ろすと、要らぬ言葉を投げつけてくる。

「たった三百冊の本の為に、幾ら使う気やら。江戸と大坂、何度も問い合わせ、人を動かしたら、あっという間に、僅《わず》かな本の儲《もう》けなぞ吹っ飛びますわ」

やるんならお好きにと言い置いて、一角屋は本の代金も手にしないまま、足音高く店から出て行ってしまったのだ。鈴屋は目をぱちくりさせた後、顔を顰《しか》め、今日はこれにて終わりだと言い出した。そして、山青堂達には、とんだ迷惑をおかけしたと言ったので、どうやら重版の疑いは解けたと思われ、ほっとする。

しかし、種彦には未だに、分からない事があった。

「あの大坂の御仁《ごじん》、江戸まで来て、どうして、あんな阿呆を言い出したのやら」

おかげで鈴屋も山青堂達も、大迷惑を被《こうむ》ったではないか。鈴屋が行事として、きっちり事の次第を書き残し、種彦らは安心出来る事になった。二人はそれにて店を辞したが、一角屋の無謀の訳は、分からぬままであった。

「ああ、『恋不思議大坂曙』をよく見ると、始めの何枚かは紙が違うな。こりゃ本当に、『恋不思議江戸紫』の最初の部分を、差し替えただけの代物だろう」

　鈴屋からの帰り道、人が行き交う通りを、のんびりと歩みつつ、本を片手の種彦は眉根を寄せる。

「本の頁《ページ》を、一枚二枚作り直すのは、職人がいれば出来る。だが、な」

　種彦、というか、夏乃東雲が書いたこの戯作は、つい最近出たばかりであった。

「これほど早く、作り替えられるもんかね？」

　始めの方だけとはいえ、題を変えているし、手代の一人を大坂出身に変え、辻褄《つじつま》を合わせている。その為に、新しく版木を彫るには、時がかかった筈であった。どうやったのか分からないと種彦が言うと、隣をゆく山青堂が笑った。

「彦さん、本は版を作る前に、重版などないか、行事さんに見て貰うものなんです。今回のように、本が出てから、あれは重版だ、などと言い立てられたりしないように」

　版を作ってしまってから、絶版となったら大損で、版元が潰《つぶ》れかねないからだ。

「『恋不思議江戸紫』も、行事方に目を通して頂きました」

　一角屋はきっと、行事の所でこの本を見たのではないかと、山青堂は考えていた。『恋不思議江戸紫』を早くに読んでいれば、あらかじめ版木の用意もできる。

「昨今、本は江戸と上方の間を行き交っております。仕事で大坂の本屋が、お江戸に来る事も、珍しくはございません」

以前は上方の本が、江戸に入ってくるばかりであったそうだが、最近は江戸の本が西に上る事が、とみに増えている。似た売れ行きの本を、交換したりもするのだ。

「ですから、『恋不思議大坂曙』を作れた事に不思議はありません。ですが」

どうして、たった三百部しか刷っていない、名の知れていない戯作者の本を、手間をかけ重版したのか。それが分からないと、山青堂は口をへの字にする。

(どうせおれは、知られてない戯作者だよ)

ちょいと悔しい気持ちになったものの、確かに種彦にも、理由が思いつかない。

「山青堂、もしお前さんが素直に本代の七割を払ったら、一角屋は大層儲かったか？」

「版を新たに作っておりますからねえ。どうでしょうか」

本は再版しないと、なかなか大きく儲かる事にはならないようだ。

「妙な事だ」

二人は首をひねりつつ、また揃って種彦の屋敷へと戻ってくる。

すると。奥の部屋で勝子に会った途端、種彦と山青堂は、目を皿のように大きく見開いた。珍しくも勝子が、怒った表情を浮かべていたのだ。

3

「お勝ぅ、怖い顔して、どうしたんだい？　目に埃《ほこり》でも入ったのか？」

ならば取ってやろうと、優しい亭主が笑いかける。勝子はふっと表情を和らげたが、黙ったままだ。ここで姿をみせた善太が種彦の側へ来ると、小声で来客のことを告げた。

「先刻、桂堂さんがいらっしゃいましてね。その時後を追うように、桂堂さんの連れだという、若い殿方が訪ねて来られて」

若者の名は末吉《すえきち》。部屋に通したところ、桂堂は男を知らぬと言う。すると末吉は、己の妹が桂堂とわりない仲になった後、捨てられた。よって、話をしようと追ってきたと言い出したのだ。種彦と山青堂は、思わず顔を見合わせた。

「魂消《たまげ》た。あれこれ起こる日だな。ええと桂堂は、幾つだったっけ。五十か？」

「彦さん、それより娘さんの年頃の方が、気になりますが」

善太はにやっと笑うと、末吉の妹は十八らしいと言う。

「おやまぁ、また若い相手だな」

種彦が驚いている間に、山青堂ときたら足音を忍ばせ、勝手に奥へと進んでゆく。

「おい」慌てて追うと、客間近くの廊下にしゃがみ込み、聞き耳を立てているではないか。

「おいこら狸、何やってんだ！」

「えへへ、桂堂さんは日頃、大層真面目《まじめ》な顔をなさってます。娘さんの事で、客人とどんな話をしてるか、興味がありまして」

他人がいると分かれば、迫真のやりとりなど聞けないだろうからと、山青堂は恥じもせず、こそこそと盗み聞きを始めたのだ。

実は種彦とて、五十の恋路に興味が湧かないでもなかったが……何しろ背後には勝子がいる。よって謹厳実直《きんげんじっちょく》な夫として、狸版元の襟首を掴まえ、その場から引きはがす事にした。

ところがその時、突然障子が開いた。部屋から桂堂が飛び出してきたと思ったら、続けて背の高い若者が現れる。振り返った桂堂は、男へ情けない表情を向けた。

「だから末吉さん、妹のお登美《とみ》さんなど、知らないと言ってるだろう。何故私と付き合ってたなんて、嘘を言うんだい？」

「あんなぁ、男がそないに腰が引けて、どないすんのや」

末吉という男は、切れ長の目で眉がくっきりとし、利口そうな面立ちだ。

「とにかく、今言いましたように、妹のお腹《なか》には、ややこがおるんです。桂堂さんの子ですわ。責任、取って下さいな」

「せ、責任……」

桂堂が、末吉から大きく身を引いたのを見て、山青堂と善太は声もなく笑い、勝子が眉を顰《ひそ》めている。おなごは、子を生《な》しておいて逃げる男に、厳しいのだ。

「こりゃ大騒動だなぁ。しかし我が屋敷で、何でこんな騒ぎが起きるのやら」

表通りで喧嘩すればいいのにと、種彦は腕を組み溜息をつく。するとその言葉を聞き、桂堂が半泣きの声を出した。

「種彦さん、そんな言い方は冷たいですよ。私は彦さんの本が、重版で訴えられた訳を、調べてたんです」

今日はその件について、話したい事が出来たので、桂堂は御徒町《おかちまち》の高屋家を訪れる事にした。すると、途中で出会った末吉に、突然とんでもない事を言われ逃げ出したのだ。

「私はお登美さんという人は、知りません。彦さん、本当です。信じて下さいまし」

「ああ、逃げたいんやな。男は、大概そんな事を言うもんでんな」

ここで末吉が、落ち着いた様子で笑う。種彦はその顔を見て……少し首を傾げた。何故だか末吉は、余り困っているようには見えなかったからで、隣に立つ勝子へ小声で言う。

「あいつ、妙に余裕があるじゃないか」

もし勝子が誰かに騙され、種彦が妻を守ろうと突っ走った場合、もっと必死になっていると思う。桂堂は今、突然の話を聞き心底慌てている。だが末吉は、版元の狼狽える様子を見て、楽しんでいるかのようであった。

(末吉の戯作を作るとしたら、哀れをさそう人情ものは、書けないだろうな)

そんな気がして、種彦は一つ頷く。最近つい、何でも戯作に直して、物事を考えてしまう。

(じゃあ、どういう筋立てなら、目の前にいる末吉の戯作が書けるんだ？)

しばし考えこんだ後……種彦は少しばかり口を尖らせた。それから困惑しきっている桂堂に、部屋内へ戻るよう言ったのだ。

「勿論、この家の当主として、おれは末吉を、強引に外へ出す事も出来る」

しかし、だ。そうなったら末吉は、この後も桂堂をつけ回すだろう。逃げ続けたら、桂堂はその内、道で若者を見かけただけで、具合が悪くなるかもしれない。

「それじゃ嫌だろうが」

するると面白い話になると踏んだのか、山青堂と善太が二人して、桂堂を部屋に押し戻し、そのまま居座った。末吉は我が意を得たりという表情で、その後に続いた。種彦は勝子も呼ぶと、六人が一部屋で顔を突き合わせる事になった。

「ええと、だな。この一件、おれは関係無いが、ここは高屋家の屋敷内だ。よって、おれが話を仕切らせてもらうよ」

種彦はそう切り出すと、当事者二人の返答も待たず、まずは末吉の方を向いた。

「お登美って妹の腹に、子がいるんだってな。本当に桂堂の子かい？」

「勿論、そうです」

「違います。私はお登美さんなんて知りません」

末吉と桂堂の返答は、真っ向から食い違う。種彦はやれやれと首を振った。

「末吉に聞く。仮に、だ。桂堂の子が、妹の腹にいたとする。その場合、お前さん、桂堂にどうして欲しいんだい？」

単刀直入、妹と桂堂を添わせたいのかと問う。すると意外な事に末吉は、そのつもりはないと言い出した。

「桂堂さんは、いい年をなすった旦那さんや。おかみさんがいるわな？　妹は、おかみさんに迷惑をかける気は、ないんや」

末吉の言葉は、急にしおらしくなる。

「でも妹は、お腹の子を産んで、きっちり育ててやりたいと言うてる。だから二人が暮らせるように、して下さいな」

その話合いに来たのに、桂堂は逃げるばかり。江戸の男は腰が据わってないと、末吉は苦笑混じりに言う。その様子をじっと見てから、幾ら欲しいのかと種彦は話を進めた。

末吉の返答は、いささか珍しいものであった。

「赤子を抱えた妹が働いても、どれくらい稼げるか分からんわな。子が大きゅうなるまで、毎月幾らかお願いできませんか？」

それが一番助かると口にするものだから、桂堂は黙り込み、山青堂が首を傾げる。

「男が余所《よそ》に子を作った場合、色々な事情で育てられぬ事もありますが」

だがそういう時は、いくらか金子を付け、赤子を養子にやる事が多かった。しかし末吉は、養子の話は考えられないと言う。

「妹は、己で赤子を育てたいと言ってます」

だから。

「桂堂さんは、大流行の『御江戸出世物語』の版元ですわな？　あの本を出して、随分と儲けたんやおまへんか？」

「えっ？」

「もう、話は終りましたけど、あの本、まだ再版とか、してはるやろ」

驚いた事に末吉は、子を養う為の費用として、『御江戸出世物語』の板株を割り、その一部を妹に渡して欲しいと言い出した。そうすれば、増刷の度に一定の金子が入る。その上板株は、どうしてもまとまった金子が要り用な時、売る事も出来るので都合がいいと言う。

「ほんの一部を、譲って貰えるだけでええんですよ」

簡単な事だろうと、末吉は笑っている。すると種彦が、顰め面で天井を見た。

「おい、山青堂！」

「はい、何でございましょう……ああ、板株とは何だとお聞きですか。板を割って、どうするんだとおっしゃいますか。あのね、本当に本を刷る大本、版木を割るなんて事はしませんよ。間抜けですね、彦さんてば」

種彦は、山青堂へぽかりと拳固を喰らわし、更に質問を重ねる。

「一定の金子が貰えるとは？　売れる？　訳が分からん。説明しろ」

山青堂は笑いながら、本を出すにあたっての金の流れを、せっせと教えてくれた。

「板株ってえのは、簡単に言ってしまうと、本を出す権利のようなものでして」

それは株として、ちゃんと書面になっている。一つの版元が、全額を出して本を作った場合、権利は全《すべ》てその版元が持つ。

「ですが、本作りには金子がかかります。で、人と共同で、必要な金を出す事がございます」

その形式を相合板《あいあいはん》と言った。つまり、本を出す権利を分割して、何人かで持つのだ。

「これを、板株を割ると言います」

株を割った事も、これまたきちんと書類にし、組合に届ける。

「再版して儲けが出た場合、株を持ってる御仁達に、利息が払われます」

そしてこの分割された権利は、余所へ売ることができた。

「ああ彦さん、面倒くさいって顔、してますね。本の権利については、決まり事が多くてね」

版元以外は、話に加われない事もあり、世間が知らない事も多いのだ。

「山青堂、とにかく桂堂が、『御江戸出世物語』の権利を幾らか、末吉の妹にやると言ったら、金が動くんだな？」

「あの戯作は貸本屋にて、未だに好評賃貸し中です。桂堂さん、もし『御江戸出世物語』の板株を幾らか手に出来たら、結構金子を頂けますよね？」

山青堂に問われ、桂堂は生真面目に頷く。やっと事情を呑《の》み込んだ種彦が、ぐるっと首を回し、眉間に皺を寄せつつ末吉を見た。

「お前さんは何と言うか、随分版元の決まり事に、詳しいじゃないか」

一冊本を出した事のある、種彦でさえ知らない金の話であった。何故末吉がそれを承知しているのか、そこが分からない。

「あんた、どこの誰なんだい。どうしてあれこれ知っているのか、教えちゃくれないか」

「あたしの事と赤子の話は、関係無いと思いますよぉ」

末吉が、するりと話から逃げ、そっぽを向く。種彦は寸の間、怖い顔で末吉を睨《にら》んだが……急に、にたっと笑った。

「ようし、分かった。とにかくお前さんと妹は、生まれてくる赤子を、無事育てたいんだな？　後の始末は、おれに任せてくんな」

そう言い切ると、二人の方へ身を乗り出す。

「末吉さん、実は桂堂はな、ちょいと前におかみさんを亡《な》くし、今やもめなんだよ」

「へっ？」

驚きの余り、しゃっくりのような声を上げて黙り込んだ桂堂を無視し、種彦は話を進める。つまりは、だからして、この際だから、要するに。

「お前さんの妹は、桂堂の後妻になりゃいい。そうすりゃ、赤子をのんびり育てられるさ」

桂堂にしたって、若い後妻を貰うとなれば、目出度い話だ。本の権利うんぬんと、ややこしい事を言い出すより、亭主が働いて妻子を養うと決める方が、余程簡単であった。

「いや、目出度い。我ながら、いけてる思いつきだぜ」

「そ、それはちと……待って下さいな」

末吉が驚いた顔で、言葉を詰まらせる。

「そないなこと、おかみさんに悪いし……ああ、亡くなってたんか。どないしよ」

余程考えの外であったのか、末吉が狼狽えている。種彦が言葉を重ねた。

「末吉、あんた、上方言葉だねぇ」

つまり上方の出かなと種彦が言い出したところ、末吉は更に落ち着きをなくす。

「おれは今日、上方の者と揉《も》めたばかりでな。上方言葉が気になるんだ」

西の男で、本に詳しく、若い細目の男。人相を話し、そんな者に心当たりがないか、その男に妹はいるのか、西の本好きに聞いてみたいと種彦が言った途端、末吉は急に立ち上がった。

「とにかく、一度妹と話してきますわ。所帯を持つ話が出るとは、思わんかったから」

そんな話、己の一存で決める訳にはいかない。よって今日の所は帰ると、強気だった末吉が矛を収める。

「おや、こんなにいい話に、二つ返事をしないのかい？　末吉、待ちなよ。そうも急いで、出て行く事はなかろうに」

種彦は善太に、末吉を見送るように言う。だが突然押しかけてきた若者は、善太を無視して、これまた唐突に姿を消していった。部屋に残された桂堂は、立つ気力も無い様子で、呆然《ぼうぜん》としている。

「あの……彦さん、わたしの家内は、まだぴんぴんしておりますが」

「おや、そうだったか。済まん、とんだ思い違いをしていたようだ」

種彦は舌を出し、ちっとも悪いと思っていない様子で言う。

「だが、末吉を追っ払ってやったんだ。今回の間違いは、悪くなかろう」

「でも、あのお人はまた、私の前にやって来るんじゃないでしょうか？」

桂堂の声には、まだ不安がたっぷりと含まれている。種彦は「そうさな」と言ってから、首を横に振った。

「おそらく、もう現れないだろう。来たら、妹を後添いにする話が蒸し返される」

末吉にとって、どうもそれは都合の悪い話のようであった。

「ならばこの剣呑《けんのん》な話は、終わるんですね」

桂堂が、心底ほっとした表情を浮かべる。だが安心した途端、あの末吉はどこの誰だったのだろうかと、開いた障子の向こうへ顔を向けた。

「どうして突然、あんな嘘を言ってきたのやら。金が目当てだったのでしょうか」

すると勝子が、おずおずと口を開いた。

「あの、末吉さんの妹さん、お子さんが本当においでなんでしょうか」

「さあなぁ。桂堂には心当たりがないんだから、腹に子はいないと思うがね。もしかしたら末吉には、妹すらいないかもな」

多分、末吉は性悪狐《しょうわるぎつね》だろうと言ってから、種彦は狸版元へ顔を向けた。

「おい狸、お前さんは最近、上方の牝狐《めぎつね》でも、騙したりしなかったか？」

それに怒った大坂の兄狐が、親戚《しんせき》狐を従え、江戸へ狸を討ちにやってきたのではと、種彦は言い出す。山青堂が笑った。

「江戸上方狐狸《こり》合戦、ですね。一本戯作が書けそうです」

戯作にするなら、江戸の狸と上方の狐娘は、実は相愛の間柄にすべきだと、山青堂が言う。だが残念な事に、牝狐とつきあった事は無いそうだ。

「ですが、その内、見立て話として使えるかもしれません。彦さん、考えを書き留めておいて下さいまし」

仕事熱心な版元は、矢立《やたて》を差し出してくる。種彦は見立て話より、日に二度も出会った、上方言葉の男らを気にし、もう一度、今度ははっきりと問うた。

「桂堂、商いで西と東が、揉めたりしていないか？」

聞かれて版元は、首を傾げている。

「いえ、そんな覚えは、ございませんが」

大体、上方の版元と江戸の版元が、睨み合うような大事があれば、真っ先に動く事になるのは、仲間内の行事であった。桂堂も山青堂も、行事からは何も知らされていない。だから今、西の版元達との間では、大きな心配事は無いと思われる。

「双方の間では、時々不満が出たり、重版の訴えがあります。ですが大概、事が奉行所に行く前に、仲間内で何とかしております」

桂堂の言葉に、山青堂が頷く。それで今日種彦達も仲間内の、地本問屋仲間の行事に呼び出されたのだ。すると桂堂が、やっと思い出したとでもいうように、重版騒動で分かった事を口にした。

「あの、『恋不思議江戸紫』の元本だという『恋不思議大坂曙』ですが、上方の本を取り扱う店へ聞いても、知らぬと言うんですよ」

つまり、そういう本が本当にあったのか、大いに怪しい。それで桂堂はこのことを言うために、今日、高屋家へやってきたのだ。

「へえ……」

何故だか善太が、大いに面しろげな顔をして、頷いている。

「つまりどちらの件も、嘘っぱちってぇ事だな」

まあ、両方ともはねつける事は出来たものの、種彦はどうも、この後が不安な気がしてならない。

「おれも知らない版元の決まり事を、末吉は知っていた。そいつがどうにも気になるんだ」

試しに勝子に聞いても、板株の話は初耳だったという。種彦の眉間の皺が、ぐっと深くなった。

4

三日後、高屋家ではまた、物語の集いが催された。集まったのは、種彦夫婦と伊織夫妻、それに山青堂と桂堂の、いつもの六人だ。しかし今日は、戯作を楽しむのが目的ではなかった。

種彦は、うっかり直子が戯作者であったという話を聞かれぬよう、今日も女中や中間に休みをやり、皆は屋敷奥の一間に集まった。そして昼も近かったので、まず台所へ立った勝子以外は、己達が巻き込まれた災難について、話しあいを始めたのだ。

「ここ最近、起きた問題は、こんなところかな？」

今日、新たに耳にした件も含め、種彦は一連の問題を、紙に書き出してみる。
一、種彦の新作は、人の書いた話の引き写しだと、重版の疑いが掛かった事。
一、山青堂が一角屋から、『恋不思議江戸紫』の売り上げの、七割を寄こせと言われた事。
一、桂堂が、末吉の妹であるお登美と、わりない仲であると、言いがかりをつけられた事。『御江戸出世物語』の権利、板株を一部要求される。
一、山青堂が世話をしている貸本屋が、商売物を道にばらまかれた事。
一、種彦の他にも二件、本が重版を疑われ、版元が大騒ぎになっている事。
「短い間に、あれこれ困った事が、起きたもんだな。貸本屋の件は、どういう事だ？」

　山青堂が子細を話す。

「あたしが世話をしている貸本屋で、一にいけてる面の男が、災難にあいまして」

昨日の夕刻近くの事。貸本屋は大通りで男とぶつかり、精一杯謝ったのだそうだ。しかし相手は、信じられないほど怒り出した。あんさん、あほかと罵《ののし》ってきたあげく、貸本屋が背負っていた荷を、道にひっくり返してしまったのだという。

「大事な商売物の本が、通りかかった人達に踏まれ、随分と傷《いた》んでしまったようで。もう貸せなくなった本もあったとか」

　直子が同情の声を上げた。次に、新たに知った重版の件について、伊織が語る。

「実は、私には奉行所に知り合いがいてな。種彦殿が関わった重版の件が、どういう形で届けられたか心配故《ゆえ》、調べてもらったのだ」

伊織は、本関係の訴えを集めた書き付けの、簡単な写しを見せて貰《もら》ったらしい。

「種彦殿の一件は、本屋仲間で内々に済ませたとして、記録には残さないそうだ」

種彦はその言葉を聞き、大いにほっとして、伊織に頭を下げる。だが伊織はその時、最近起こった別の揉め事を、目にしたのだ。

「重版したと訴えられた版元が、他に二人もいたのだ。私がその時、知った分だけでだ」

一人は強気に出た上、相手もきちんと重版の証を示す事が出来なかったため、切り抜けられたようだ。しかしもう一人の、伊織も名を知る版元は、新たに出す本の権利を、訴えてきた相手に、二割持って行かれたらしい。

「二割！　それは大変な事でございますな」

山青堂が顔色を変え、種彦も眉《まゆ》を顰めた。

「おれが重版の異議申し立てをされた時は、相手の版元は、最初の何枚かを入れ替えただけの粗末な本を作り、それが重版の証だと言ってきました。伊織殿、他で重版を訴えたのは、上方の一角屋という版元でしたか」

同じ版元の仕業かと疑ったが、伊織は首を横に振る。

「二割取った版元は、別のところだな。が、二件の版元共、それぞれ上方の本屋ではあった」

「また、上方なんですか」

そういえば、桂堂から『御江戸出世物語』の板株を、一部手に入れようとした末吉は、上方言葉を口にしていた。貸本屋とぶつかった男も、向こうの言葉を口にした。

勿論お江戸には、上方の大店《おおだな》の出店、江戸店が多くあるし、そこで働いているのは上方出身の者だ。よって上方言葉は、江戸でも珍しくはない。

しかし。三つの重版騒動の相手が、共に上方の版元で、その上、桂堂が揉めた末吉も同じ出らしいとなると、やはり西の地が気になってくる。伊織が、皆に問うた。

「一体、何が起きたのだと思いますかな」

「さて……」

五人の視線が絡《から》み、誰も答えが見つからぬのか、寸の間部屋内が静かになる。

するとその時、廊下から勝子の明るい声が聞こえてきた。

「簡単なものですけど、昼餉《ひるげ》の支度が出来ました。ひと休みなさいませんか」

障子が開くと、蕎麦《そば》が載った膳《ぜん》が目に入る。女中を外へ出しているので、山青堂達が立ち上がり、運ぶのに手を貸した。

「おお、これは美味《うま》そうですな」

蕎麦は中間の善太が、朝、打っておいたものだと聞き、伊織が整ったその出来映えを褒める。膳には野菜の精進揚《しょうじんあ》げがたっぷり付いていて、山青堂は満面に笑みを浮かべた。

「こうして仲間で食べるのは、良いですね」

六人の膳が並ぶと、直子が先刻からの話を、勝子へ語り出す。横で、嬉《うれ》しげに食べているのに、伊織や桂堂とも話したい山青堂がせわしげで、種彦は思わず苦笑を浮かべた。

（やれやれ、伊織殿は四千石の当主なんだが。狸版元め、あの喋り方じゃ、そんなこと綺麗《きれい》に忘れてんな）

大身旗本、伊織夫妻と、旗本の種彦と勝子、そして版元の山青堂と桂堂は、最近本の事で話し込んだりすると、身分も何もない感じになる。話が弾むと、物語の集いはまさに、無礼講の一時に化けるのだ。

そして種彦はその事が……嫌ではなかった。伊織達も、全く気にしていないように見える。多分、大いに楽しんでいるのだろうと思う。

（ああ、いい感じだ）

寸の間、種彦は困り事を忘れ、心底そう思った。

身分を越えた友が出来、惚《ほ》れている妻と同じ事を楽しみ、そして仲間と、高い料理屋で出るようなものではないが、美味い昼を一緒に食べているのだ。

(こんなに安らげる一時、なかなかあるもんじゃない)

たとえ出した本が大して売れなくても、戯作と、そして本仲間と、ずっと関わっていけたらと、ふと思った。それが叶《かな》うのなら、一生のほとんどを小普請《こぶしん》、禄《ろく》を貰う浪人などと言われて過ごしても、後悔はしないだろう。

いや、それどころか、書く暇を与えてくれる小普請の立場を手放したくないと、種彦は真剣に考えてしまう。出世など、欠片《かけら》も望んでいない己がいた。小判より、この何にも縛られない時の方が、黄金色に輝いて見えるのだ。

すると心の臓が、僅《わず》かにどきりとした。

(おれは、武士としての矜持《きょうじ》を、持っているんだろうか)

直《す》ぐに、持っていると言い切れぬところが、情けない。

(お役に就《つ》かず、世の役に立たぬまま、二百俵も禄を頂いている……)

これは酷《ひど》い。己自身、そう思う。

(それに、仲間とのこういう付き合いも、屋敷の外では無理だ)

伊織相手だとて、会の内でなければ、お気楽な態度は取れない。武士であるから仕方がないとは思うが、その弁《わきま》えが何とはなしに、もの悲しい気もする。ならば、すぱりと武士を辞めればどうかと思うが、筆だけで一生食べてゆけると言い切る度胸はない。

（やれやれ）

溜息《ためいき》をかみ殺した後、種彦は、さくさくと歯触りの良い、精進揚げにかぶりつく。己の考えから抜け出ると、皆の会話が耳に入ってきた。山青堂の声はよく響く。

「伊織様、今回、困り事が湧《わ》いて出たのは、たまたまの話なのでしょうか。それとも上方の誰ぞが、意図的に何かをやっていると、思われますか？」

すると中食《ちゅうじき》を終えた伊織が、静かに箸《はし》を膳に置く。それから反対に、山青堂へ問うた。

「今、上方と江戸の版元は揉めていないと、桂堂は言った。商売を続けていれば、あれこれ諍《いさか》いも起きるだろうに、本当に揉め事はないのか？」

桂堂が山青堂を見てから、ゆっくりと首を横に振った。

「勿論、商いをするのですから、相手と気持ちよくつきあえる時もあれば、そうはいかぬ事もございます。どの版元も、気に入らない相手の一人くらい、いましょう。ですが」

上方と江戸の版元という、大きな軸での対立は無いはずだと、桂堂は口にする。

「正直に申しますと、以前、江戸での本の商いは、やや緩かったと聞きます」

新興《しんこう》の地故に、お気楽な所があって、上方の真似《まね》も、こっそりなされていた事があったようだ。しかし江戸の町は育ち、今や日の本一、多くの人々が住まう所となっている。本の商いも、江戸の地と共に大きくなり、昔のように、いい加減な事が許されなくなってきたのだ。

「それで一度上方と、きちんと話合いを致しました」

よって最近は上方とも、取り決めた約束事の下、商売が進められている。

「それ故、煩《わずら》わしい事は増えましたが、商いはしやすくなりました。山青堂さん方と一緒に、新たに出します往来物など、江戸だけでなく、他の地にも売る算段をしております」

上手《うま》く他の国にも売れれば、再版も多くかかろうというものであった。桂堂らは今度の仕事に、大いに期待しているのだ。

「そうか。実は東西版元同士の喧嘩《けんか》かとも、思ったのだが」

伊織は勝子から茶を受け取ると、柔らかに礼を言う。そして、一つ息を吐いた。

「正直に言えば、私は今回の件、かなり頭を痛めておる」

桂堂以外の者が、『御江戸出世物語』の権利を持つのが、伊織は嫌なのだ。『御江戸出世物語』は、伊織が書いた事になってはいるが、実は妻の直子が作者だ。子細を知る桂堂以外の者が本の権利を手にし、作者と会わせろとか、次作を書けとか、あれこれ言い出すかもしれないのが怖い。

「だから末吉が、『御江戸出世物語』の板株を欲しがった理由が分からぬのは、不安でな。何としても、訳を知りたい」

直子が、己が書いた戯作を、大切に思っている事を、伊織は承知している。自分の名を、本に入れる事が叶わなかった妻のためにも、本を守りたいと言う。

「そのお気持ちは、分かります。あの末吉が、勝子に馬鹿な視線を向けたら、ぶん殴っていた。まあ、そういう事ですな」

「彦さん、ちょいと違うと思いますが」

山青堂が、横から要らぬ事を言うものだから、かわいい勝子が、気恥ずかしそうに頬を染めている。

「とにかく、その」

種彦とて、何で己が重版を疑われたのか、知りたいと思っている。あの本は、種彦の名をつけはしなかったものの、自分が初めて世に出した大切な一冊なのだ。

「是非、何とか調べましょう」

部屋内にいるもの全員が、種彦の言葉に頷《うなず》く。しかし、どうやったら事を調べられるのか、今回はとんと分からなかった。勝子が眉尻《まゆじり》を下げる。

「これが戯作であれば、この辺りで困り事の訳が、分かるのですが」

すると。その言葉を聞いた途端、山青堂と伊織が、さっと顔を見合わせたのだ。そして、言葉を交わした訳でも無いのに、揃《そろ》って目を輝かせると、種彦の方へ顔を向けてきた。

「おお、そうだ、種彦殿。こういう時こそ、今回の奇妙な出来事を、戯作に直してみればよいではないか」

前にやった筈《はず》だと言う伊織の言葉に、山青堂も頷く。

「とにかくお仙の話は、戯作にして、見通せたんですから、また出来ますよ。なに、あのときはちょいと、大分、間違っていましたが、我らは優しいですから」

戯作と成した話が、大体のところで外れていなければ、馬鹿にしないと山青堂に言われ、種彦が拳《こぶし》を握りしめると、狸《たぬき》版元が逃げる。種彦は、大きく首を横に振った。

「あのなぁ、天狗《てんぐ》や狐狸妖怪ではあるまいし。知らない事を毎度毎度、見通すなど出来るものか」

若いおなごの恋のさや当てならば、何とか大外れせず物語を作れよう。だが、遥《はる》か遠い上方が関わっている版元の揉め事となると、話は難しくなる。

正直今、種彦の頭の中には、話の欠片も浮かんでいなかった。だがそう言えば、伊織と桂堂はがっかりし、山青堂は遠慮無く、戯作者としての才を問うてくるだろう。そこで種彦は、己よりも、もっと才に溢《あふ》れる書き手に、話を作ってもらったらいいと言ってみた。

「今日は、直子殿がこちらに、おられるではないか」

「お、おお！　直子様ですか。確かに直子様の戯作ならば、拝聴したい」

山青堂が大きく頷いた。

種彦は、この売れっ子の戯作者と知り合った時、考えた事があったのだ。直子であれば、お仙の話を、どう作っただろうかと。もっとずっと面白い、売れた話が書けたかもしれない。

(才溢れる戯作者ならば、訳の分からぬ上方絡みの一件を、上手く戯作に直せるかもしれぬ。うん、是非話を聞いてみたいぞ)

ぱっとしない売り上げの戯作者と、売れっ子直子との違いは何なのか。種彦は寸の間、懸案《けんあん》も忘れて、直子が何を語るか待ち構えた。版元達も、伊織や勝子も、直子へ視線を集める。

すると。

「あら、私にはそのようなお話、作れませんわぁ」

直子は食べ終えた膳を少し整えると、あっけらかんと言ったのだ。桂堂が大きく息を吐き出した。

「ああ、やはりと言いましょうか、直子様、無理ですか」

「桂堂さん、やはり、とは？」

種彦が驚き、版元は苦笑を唇に浮かべる。

「そのでございますね、戯作者にはそれぞれ、得手不得手があるのですよ」

直子は、物語を一から紡《つむ》ぎ出すのが、得意なのだという。しかし現実の出来事から着想《ちゃくそう》を得て、眼前で見たかのごとく、話にした事はない。

「いえ、しないと言いますより、私、出来ないんですわ」

だから種彦がお仙の話を、実際にあった出来事を参考に書いたと聞き、直子は、それは面白いと言っていたそうだ。この言葉を聞いて、反対に種彦が目を見開いた。

「直子殿は、これという出来事を土台にすることなく、物語を作られるのですか？」

「ええ。書く土地の細々したことを、一から作り上げたり、人の関係を考えたり。そこを楽しんでいるのです」

時々、話に出てくる事もない人物達の系図を考え、持っている着物や、昔の出来事なども、別の紙に書き出したりしているという。そうやって、作中の人物と知り合いになってゆくのだ。

「ほー、そういう作り方をなさるのですか。それは知らなかった……」

ぐっと興味を引かれた種彦が、直子と話作りの濃い談義を始めかけると、直ぐに横から山青堂が手を伸ばし、種彦の襟首を引っ張った。

「彦さん、話を他所《よそ》へ逸《そ》らせるのは止《や》めて下さいまし。今は上方絡みの困り事に、きちんと始末をつけるのが先でございましょう」

「ああ、それは……そうだな」

渋々話を終えたものの、続きに未練があった。おまけに、本来の件で話が弾むかというと、全くそうではない。直子が話を見通せないとなると、この先どうすればいいのか、誰にも目串《めぐし》がつかないのだ。

するとここで直子が、事もなげに言った。

「私どもでは、事の真相は分かりません。多分、分かる御仁は限られておりますわ。ですから、そのお人に聞くしかないのでは」

「あら、直子様はどなたが真実を知っているると、思っておいでなんです？」

勝子が小首を傾《かし》げつつ問う。直子の答えを聞き、男達は一瞬声を失った。

「一角屋さんをはじめ、重版の訴えを出した上方の版元さん方。あのお人達なら、無茶を言い出した訳を、ご存じですわ」

何しろ、己自身のことなのだから。

「あの、直子、確かにその通りだが」

伊織が困った顔で、妻を見る。

「一角屋が、どうして種彦殿の戯作を重版だと言ったのか、白状すると思うか？」

そんな事を喋《しゃべ》ったら、己が山青堂を騙し、金を盗《と》ろうとした悪人だと、認めた事になってしまうではないか。直子が頷く。

「ええ、あっさりお話しにはならないでしょうねえ」

しかし。上方の者達に自ら語って貰わねば、事の真実は分からない。

すると、ここで直子がその優しげな顔を、種彦へ向けて来たのだ。そして、思わぬ事を口にした。

「上方と江戸が揉めた件、全てを綺麗に戯作にしようと思いますと、大変かと思います。ですが、先の種彦様の件に絞り、一角屋がどうして行事の鈴屋に嘘《うそ》をついたか、この一点を戯作にすれば、話も浮かぶのではないでしょうか」

及ばずながら、自分も訳を考えてみる。この場の皆も、戯作好きなのだから、それぞれに考えついた話を、語ってくれるだろう。だから。

「だから種彦様。一角屋の出てくる戯作を、考えてみて下さいまし」

「なんと……くるりと回って、おれに戻ってくる訳ですか」

種彦が息を吐き、直子が、また柔らかく笑った。

5

種彦は屋敷にて、山青堂と桂堂から、本を出すについての決まり事を教わることになった。一角屋の話を考える為に、必要だと思えたからだ。

「重版や相合板《あいあいはん》の事は、覚えていますか？」

最初に山青堂が問う。種彦は少し考えてから頷いた。重版とは、以前出ていた本を真似、似た本を出す事で、きっちりお上に禁止されている。相合板というのは、版元が何軒か集まり、共に金子を出して本を作る事だ。本作りには金がかかるから、仲間を増やし金を調達するのだ。

桂堂によると、相合板では出した額の割合に応じて、板株、つまり本の権利が分配されるらしい。それでこの間、あの胡散臭《うさんくさ》い末吉が桂堂へ、妹の子を養う為の費用として、『御江戸出世物語』の板株を割り、その一部を寄こせと言ったのだ。

「ややこしいな」

種彦が眉尻を下げると、版元二人は笑った。

「彦さん、版元は皆、心得ている事ですよ。実際はもっと細々、あれこれあります」

例えば本の権利は、万一火事で版木が燃えてしまっても、残るものなのだそうだ。

「へえぇ、知らない事ばかりだな」

とにかく、聞き慣れぬ言葉を確認する。ついでに、上方の版元が悪さを働いた理由について、二人の考えも聞き、後、伊織夫妻からも、思う所を書状で頂いた。それを元に種彦は、一角屋が起こした重版騒ぎの件を、新たな戯作としてこしらえてみたのだ。

こういうとき、暇のある小普請で良かったと、つくづく思う。

そして。

ついに今日、地本問屋仲間の行事、鈴屋に新たな話合いを願い、上方の版元達を呼び出して貰った。そこで訴える為、考えついた戯作は。西の版元が無法を考え重版騒ぎを起こしたのを、江戸の戯作者と版元がやっつけるという、勧善懲悪《かんぜんちょうあく》の話だ。悪人上方版元が無法をした訳は、皆の考えを聞き、幾つか用意した。

「本音を言えば、戯作作りに、もっと時を掛けたかったなぁ。これならいけるという上手い案じを思いついてから、一角屋達を呼び出したかったんだが」

種彦は嘆く。正直に言えば、考えついた戯作の出来が、いささか不安なのだ。だが急がねばならなかった。上方の版元達が、江戸から旅立ってしまっては拙《まず》い。とにかく種彦は自分の考えだけでなく、皆の思いつきも一緒に、上方の版元へぶつけてみる気で頭に入れてきていた。

今回の戯作が、実際と大きく外れていなければ、上方の版元達は事を見抜かれたと思い、己の非を認め、頭を下げるかもしれない。そうなることを願っていた。

「この話、どう思う？」

種彦は、中間の善太を供に、鈴屋の店へ行く途中、山青堂へさわりを語ってみる。すると、隣を歩く狸版元は、今回の戯作の出来が気に入らないらしく、大きく溜息をついたのだ。

「何だか、ぱっとしない戯作ですねえ。その話に頼って、大丈夫でしょうか」

西の版元達は、事実とは違うと言って鼻で笑いそうだと言うので、種彦が唇を嚙《か》みしめる。

おまけにここで善太までが、賑《にぎ》わう通りをひょいひょい歩きつつ、要らぬ口を出してきた。

「殿様、話合いが上手く行かなかったとしても、己を責めちゃいけませんぜ」

中間のくせに、遠慮のない言いようであった。

「善太、まるでおれが言い負けると、決まっているような物言いだな。まあ確かに上方の版元は、手強《てごわ》いからな」

種彦は本心からこぼす。そもそも、上方の版元が江戸へ来て、言いがかりをつけてこなければ、種彦は戯作を急ぎ作らされる事も、なかったのだ。あげく山青堂から不満を言われ、落ち込んだりもしなかった。

「くそっ、上方の版元なんぞ、うんざりだわ。あいつらの上方言葉など、当分聞きたくもない」

なのに、これからその相手へ会いに行くのだから、頭の痛い話であった。すると善太が、二人の後ろで明るい笑い声を立てる。

「殿様、おれは上方のものも、好きですよ。特に下《くだ》りものの酒が、好みです」

良いものは、上方に多いと言い出した善太を、山青堂は振り返る。

「そりゃ、下らないという言葉は、価値がないとか、詰まらないものという意味ですけどね。でも今じゃ、江戸のものも良いものが多い……」

しかし言いかけた言葉を止め、山青堂は往来の真ん中で、小さく息を吐いた。

「ああでも、昔は確かに、上方から下らないものは、皆、駄目なもののように言われてましたからね。その頃なら本の事で、江戸対上方の揉め事になるなんて事は、なかったでしょう」

「あん？　山青堂、どういう事だ？」

種彦が問うと、版元は歩きながら語り出す。

「長い間、上方から江戸へ下ってきたものこそが、良いものであるとされてきました。ご存じですよね？」

しかし、昨今は、その流れが随分と変わってきていた。

江戸という地が、大きく育ったせいだ。江戸には人が、つまり買い手が、それは多く集まっている。生産される物も増え競争が生まれると、地場からもよい代物《しろもの》が生まれてきた。上方のものでありさえすれば良いとの考えは、それと共に古くなってきている。

「醤油《しょうゆ》など、江戸では既に、地のものが好まれておりますし」

「本もやはり、変わったんですか？」

善太が問うと、山青堂は重々しく頷いた。

「他のものと同じですよ。本も昔は、断然上方の版元が強かった」

しかし、段々江戸でも本屋が増え、本屋仲間が作られた。今では山青堂のように、江戸で作った本、地本の問屋を名乗る者が多く出ているのだ。そして本屋仲間と同じく、己達もきちんと行事を置き、地本問屋仲間を作った。

「地の版元は、これからも増えますよ。江戸で何が売れるのかを、知っておりますから」

「そりゃ江戸に住むもんは、上方の話より、良く知る場所の戯作が読みたいですよ」

善太は大きく頷く。

「おれも、よく地本を借ります」

(へえ……)

善太が上げた本の題を聞き、種彦が思わず片眉を上げる。善太が面白かったと言ったのは、新しく出た本の題であった。本当に、いつも本を楽しんでいるらしい。

(おれは、景気よく本を借りられる程、善太に金子を払ってたかな?)

もしかしたら勝子が、借りた本を回してやっているのだろうか。一寸《ちょっと》黙った種彦の横で、山青堂は話を続けてゆく。

「本の読み手、売り手、挿絵も、地の者が増えました。だからでしょうかね。江戸に住む者達の中から、これという戯作者が出てきた」

殿様もお書きですねと、善太がにやりと笑う。種彦は己が、時の流れに乗って現れた一人なのかと、少しばかり驚いた。そして、思いついた事を問う。

「つまり江戸は徐々に、西に頼らなくなってきてるって事か？」

種彦の言葉に、山青堂が大いに頷く。既に上方の版元は江戸を、無視できなくなっているのだ。

しかし江戸も未《ま》だ、西を無視などできない。例えば善太が好む酒のように、まだまだ上方の品には敵《かな》わないものも、少なくなかった。

「ですから最近は物も人も、東西で行き来が盛んです。本もそうなんですよ。そのせいで、ぶつかり合いが起きてしまったのかもしれませんね」

この時山青堂は顔を上げると、道の先の方へ手を振った。共に鈴屋へゆく桂堂が、道の途中で三人を待っていたのだ。

「彦さんは、事を解決できる程の、良き戯作を思いつきましたか？」

気になっていたのだろう、会うなり真っ先に聞いてくる。だが山青堂が渋い表情を見せると、直ぐに眉尻が下がった。そして人が行き交う道を、とぼとぼと歩き出す。

「ああ、伊織様や直子様が同席できたら、本当に助かったんですが」

しかし、戯作者をやめたと言った大身旗本と、元より表に出ていない奥方を、版元達の集まりへ連れて行ける訳もない。

「御自身も不安そうな彦さんだけが頼りとは、本当に心細いです」

すると山青堂まで、勝子様でよいから、他に加勢が欲しかったと言い出す。種彦が思わず顔を赤くしたその時、後ろに従っていた善太が、ちょいと生意気な口調で皆に言った。

「おれが、助けてあげましょうか」

「は？　どうやって？」

桂堂は、善太の言葉に驚いた様子であったが、一条の救いの光、蜘蛛《くも》の糸と感じたのか、方法があるのかと問いただす。善太は、話合いの席に連れて行ってくれれば、それは頼りになる加勢をすると、そう口にする。

「なぁんだ、素晴らしい案を思いついた訳じゃ、なかったのかい」

それでは、ぱっとしない種彦の戯作と、大して変わらないと、山青堂が言う。善太と種彦が同時に、むっとした声をあげた。

「そこまで酷くはない」

そっくりな言葉を口にした二人が、嫌そうに目を合わせる。気が利《き》いて、結構真面《まじ》目《め》で、蕎麦打ちの上手い中間は、とにかくおれに加勢させてみろと、言葉を重ねた。

「そして、まあ、なんです。大いに役に立ったなら、礼をくれてもいいかな。それはそれ、相身互い、魚心あれば水心、ですよ」

金子が欲しくて、協力を言い出したのかと桂堂が肩を落とす。すると中間は、笑いながら続けた。

「いやいや、皆さんがあんまり頼りないから、つい味方したくなっただけですよ。今なら構わないだろうし」

「今なら？　明日になったら、障《さわ》りが出たりするのか？」

定まった主人を持たずに奉公する、渡中間《わたりちゅうげん》という言葉があるくらいだから、主《あるじ》を替える中間は珍しくもない。だが、明日と言われれば急な話だと、種彦が驚く。

しかし善太は、ゆっくりと首を横に振った。

「いや、辞めるなんて言ってませんてば。とにかく今日、おれは味方です」

（一体何が言いたいんだ？　明日は敵になるのか？　明日なら、箒《ほうき》で善太の頭を叩《たた》いても、いいって事かね）

ここは一つ諫《いさ》めておかねばと、種彦は主として、表情を厳しくした。だが山青堂が、道の先へ目をやり鈴屋を指したので、そのまま黙り込む。そこはこれから、上方の版元と一戦交える場であった。

(何故《なぜ》、おれの話が重版だと嘘をついた？　どうして江戸の版元に、嫌がらせをする？)

分からなければ、上方の連中に問うしかない。その時が、迫っていたのだ。

店奥の一間では、正面上座に、行事である鈴屋が座っていた。

その左手に、今日は一角屋だけでなく、丁度江戸へ来ていたという、上方の版元達が五名ほど並んでいる。

行事の右手には、種彦を始め、山青堂、桂堂、それに本当に話合いの場まで付いてきた、善太が陣取った。行事がまずは挨拶《あいさつ》をし、今日、皆を集めた訳を告げる。

「最近、上方の版元と地元の版元の間で、重版等の揉《も》め事がとみに増えている。その件につき、一度話合いの場を持ちたいとの話が、江戸方からありましてな。皆さんに来て頂きました」

すると、最前列に座っていた一角屋が、口元をゆがめる。

「鈴屋さん、我らは確かに、重版の訴えを何度か出しました。だがちゃんと、行事さんの仲裁の下、話合いをしてますやろ」

上方と江戸で交わされた約束事は、守っているというのだ。だから話す事があると は、思えないと、一角屋はいう。この言葉に、桂堂が顔を顰《しか》めた。

「確かに上方の版元方は、きちんとやっておられます。ですが、せっかく行事に座を開いてもらいましたのに、その言い様はないですな」

江戸方も、あっさり引き下がる訳にはいかないのだ。

「じゃあ、お聞きしますけど。どんな不満がある、いうんでっしゃろ」

一角屋の不機嫌が増す。種彦は急ぎ、噂話《うわさばなし》を幾つか耳にした故、その真偽を知りたいと、用意してきた戯作を語り始めた。

(まずは桂堂が、思いついた話をするかの。あいつは上方版元達の無謀の訳を、江戸で、急に大枚が必要になったからだと考えた)

それで西の版元達は、手近な江戸の版元から、金子を巻き上げようとしたと推測したのだ。だが。

(あ、桂堂の考えは外れだ。あいつら、せせら笑ってやがる)

話半ばで、下らぬ噂を誰から聞いたのかと、一角屋に睨《にら》まれ、種彦は慌《あわ》てて話を切りあげる。しかし、仲間全員の考えを試さねばならない。種彦は次に山青堂の意見を代弁した。

「ある上方の版元が、江戸の版元と喧嘩したそうで。結局、上方が相手を言い負かした」

上方はその時、板株の一部を手にしたのだ。図に乗った上方の版元は、他の権利も手に入れようとした。狸版元はそう考えた。

するとこ上方の団体は、ふんと鼻を鳴らし、今度は種彦に言葉もかけない。

(これも……違うか)

種彦は次に、直子や妻の意見を口にした。

直子は今回の騒動を、上方の版元の方が、江戸の版元よりも偉いことを示す為の、単なる力試しだったとした。勝子は、江戸に来て暇が出来たから、地の者をからかったのではと、堂々と言った。聞いた時、おなごの考えは男と違うものだと、種彦は本気で思ったものだ。すると。

「我らを阿呆《あほ》やと思っとんのかいな。嫌みを言う為に、今日皆をここへ呼んだんか」

一角屋らの声に、段々怒りが含まれてくる。

(まっずいなぁ)

どう考えても、上方の面々が重版騒動を仕掛けてきたのは、今、種彦が口にした理由では、なさそうだ。残るは、伊織と種彦自身の考えだが、これもまた自信がない。

伊織は、上方版元の狙いは、端《はな》から『御江戸出世物語』のみであると言った。その板株を、何とか丸ごと奪おうと画策したが、的がただの一つだと知れたら、守りも固くなる。よって、あちこちの作品に、重版の疑いを掛けて回ったと考えたのだ。

すると、その考えを笑い飛ばしたのは、何と後ろにいた善太であった。

「殿様、そいつはちょいと、お粗末な考えってもんで」

「おや、江戸のあんさんも、そう思われるんですかいな」

思わぬ所からの援護に、驚いたのは一角屋だ。種彦は、顔に怒りの皺《しわ》を寄せた。

「おい善太。お前、主の話に嘴《くちばし》を突っ込んで、どうしようってんだ！」

「すいませんねえ。何しろ生まれてこの方、嘴ってもんを持った事がないもんで、何が嘴か、分からなかったんですよぉ」

善太は、既に大いに売れ、しかも話が終わっている『御江戸出世物語』の板株を手に入れても、この後は再版の分しか、金子が入って来ない事を指摘した。そういう本にこだわるのは、おかしいと言うのだ。上方の版元が欲しがるのは、これから売れまくるに違いない、新しい本だ。

「違いますかねえ。そんな事も分からないから、お粗末だなんて、自分が雇っている中間に言われるんですよ」

種彦が青筋を立てて、拳固《げんこ》を善太へ突き出す。

「お前、喧嘩を売ってんのか？」

「まさか。でも殿様、弱いんですから怒らないで下さいよ。癇癪《かんしゃく》を起こされても、殿様と喧嘩はしたくないんで」

すると山青堂が、慌てて止めに入る。

「彦さん、止めて下さい。旗本の殿様が、中間に伸《の》されたなんて話が広まったら、みっともないじゃありませんか」

「あれま。そこまで弱いんですか。そりゃ、気の毒な」

何と一角屋にまで心配され、種彦は顔が熱くなる。

（くそう。旗本の当主が、目下の者どもである中間や町人相手に、本気で怒るのも大人げない。矜持に関わる。分かっちゃいるが）

しかし、だ。だからと言って、言いたい放題言われ、やりたい放題やられても、種彦は鷹揚《おうよう》に構えているべきなのか。

（そいつは、ちょいと違うだろう）

種彦だとて、腹は立つ。生まれが良く公明正大、妻に惚れている殿様でも、中間に腹を立て、悪辣《あくらつ》な狸を狸汁にしたい事はあるのだ。己ばかり、抑えていられない。胃の腑《ふ》の具合が悪くなってしまうではないか。

「何で一方的に、こっちばかり我慢を……」

そう言って、山青堂と善太を睨んだ時、種彦はふと動きを止めた。この考えを口にした途端、近くにいた誰かの表情が動いたのだ。

急ぎ部屋内を見渡したが、誰だか確認出来ない。しかし、何かが頭に引っかかった。

「一方的に我慢してきたのは……誰だ？」

そうつぶやいてみると、上方の版元達が睨み返してくる。種彦の頭の奥底で、戯作のひらめきを摑《つか》んだ時のように、何かが光った。

「腹に据えかねている事があったのは……」

行事、上方の版元達、そして江戸の者の前で、種彦はすっくと立ち上がる。

「おい狸版元、以前江戸と上方の間で、どちらかが一方的に、相手へ迷惑をかけた事があったか？」

今回の件は別だと言うと、「そんなことは」と山青堂は言いかけ、ふと言葉を切った。そして、大きく首を傾げると黙ってしまったので、種彦は隣にいる桂堂へ目をやる。

するとだ。見れば実直な老版元までが、目を逸らしてしまったではないか。

「もしかして、まさかとは思うが、迷惑をかけたのは、俺たち江戸の方じゃないだろうな？」

桂堂は、返答をしない。

種彦は寸の間黙り込んだ後、突然、頭に浮かんだ物語を語り始めた。昔語りによく聞く話であったから、語り始めを耳にした者は、結末まで分かると思った事だろう。

「昔々、鬼が人々を困らせているというので、勇気ある若者が、鬼退治にゆきました」

ところが。

「いざ若者が鬼ヶ島へ着いて、鬼に話を聞いてみると、とんでもない事が分かりました」

悪は、鬼ではなかったのだ。若者の知らぬ所で悪事を働いていたのは、鬼退治に向かった若者の仲間であった。お、わ、り。

「おい、まさかまさか、そういう話なのか？　今、上方と揉めている一件は」

種彦は思い切り怖い表情で、連れに目を向けた。

6

「江戸の版元は、間違った事はしてません」

種彦はそういう返答を期待した。だが、桂堂が黙ったままでいるものだから、両の眉がつり上がる。

するとその時、山青堂の隣から手が伸びて、種彦の袖《そで》を摑んだ。

「ありゃ殿様、怖い顔だわな。仲間を責めるもんじゃありませんよ」

口元を歪《ゆが》めているのは、件《くだん》の妙な中間、善太だ。本好きで、蕎麦《そば》も打てて、主にさえ遠慮しない供は、あっけらかんと言い切った。

「以前、西と東の版元達の間で、何があったんですかねえ。もちろん、おれは知りませんよ」

何しろ、ただの中間なのだから。しかしだ。

「今回の件は、今の鬼ヶ島の話のように、ただ悪玉と善玉が、入れ替わっただけの事とも、思えないんですけど」

上方の版元達が、江戸の版元から一方的に悪事をされたなら、今までしおらしくも黙っていた筈がない。上方は行事に直ぐ、己達の正しさを言い立てただろう。

「でもねぇ。最近江戸で、上方さん達がやった事といやぁ、情けのない事ばかりで」

嘘の証《あかし》をこしらえ、種彦の本は重版だと言ったり、桂堂に、身に覚えのない子を押っつけたり。どう考えても、真っ当なやり方ではない。堂々としてもいない。

「つまり、上方にこそ正義ありとは、とても思えないんですよ」

善太は嫌みな笑いを、上方の一団へ向けた。すると一角屋達は、これまた先程の桂堂のように、顔をそっぽへ向けてしまう。種彦はここでさっと腕を振り、善太の手を払った。

「双方、随分と妙な様子だな」

つい今し方まで、相手へ文句を言っていた東西の版元が、急に黙ってしまった。つまり皆は、我こそが正しいと言いつつ、何か隠し事を抱えていたのだ。

隣を向くと、種彦は山青堂に、くっつきそうな程、己の顔を近づけた。

「おい狸版元。お前さんも黙ってるが、隠し事の仲間か？」

すると山青堂は、首を横に振る。

「上方と江戸の版元の間で、何があったにせよ、少し前の話でしょう。最近版元になったばかりのあたしには、とんと話が見えないもんで、黙っているだけですよ」

成る程と頷くと、種彦は懐手《ふところで》しつつ、他の版元らに迫る。

「こら、話が都合の悪い方へ向かった途端、急に黙り込むんじゃねぇよ！　言わなきゃならねえ事は何か、己で分かるだろ？　きりきり喋りなっ」

しかし誰一人、恐れ入りましたと話し出す者がいない。忌々《いまいま》しい事に、こちらの味方まで、へらへらと笑い出していた。

「うーん、彦さんが脅《おど》かしても、迫力ないですねぇ」

山青堂は睨まれても平気な顔で、種彦の力は、別の所にあるはずだと言う。

「戯作をこしらえてこそ、彦さんです」

だから今ここで、新たな戯作をまた一つ作って下さいと、山青堂は無茶な注文をする。

「登場するのは、江戸と上方の版元達です。最初、上方に言いがかりをつけられて、江戸の版元達は行事に縋《すが》った。ですが双方集ってみると、事は思わぬ方へと転がってしまった」

話している内に、どちらの版元が悪なのか、分からなくなってきたのだ。何故だかどちらの版元も怪しげで、話が進まない。そして……。

「ここでお江戸の戯作者が、東西の版元が絡んだ話の真実をさらりと見通し、戯作と成します」

集まった面々は、その話を聞き、何があったのか納得して、すっきりしたのだ。事を見抜かれた両方の版元達は、戯作者に話を作らせた偉い版元に頭を下げ、全ては収まったという訳だ。

めでたし、めでたし。

「よし、この流れで行きましょう。彦さん、素晴らしい思いつきを加え、謎《なぞ》をぱぱっと解決して戯作にし、語って下さいね」

「何で最後に、お前さんが美味《おい》しい所を全部、かっ攫《さら》う話になるんだ？」

種彦が当然の疑問を口にすると、男が細かい事を言うものではないと、山青堂が明るく返す。この時、横から首を突っ込んできたのは、調子に乗っている中間善太であった。

「あ、殿様が、全てを見通す戯作を作るんだ。じゃおれも、横からちょいと話を足して、手助けしていいですか？」

突っぱねる気力も無くなった種彦が大きく息を吐くと、善太は嬉々《きき》として版元達に目を向け、上方と江戸、どれくらい前の因縁《いんねん》が原因かなと、考えにふけった。

そして直ぐに顔を上げると、確信をもって、江戸が上方と肩を並べた後の対立が元だろうと言い出した。

「西の者が見下していた東の地が、公方様《くぼう》を戴《いただ》いて、大きくなった。気がつけば、目障りになってきた訳だ」

それで、常に一番であった上方の不満が溜《た》まり、弾《はじ》けたのだと推測する。しかし。

「へん、そんな話じゃ、売れる戯作にゃならん」

種彦は口をへの字にして、その話を退けた。

「ちっとずつ、西の版元の不満が募ったのは、本当かもしれん。でもそれだけで、上方の連中が江戸まで旅をして、阿呆な嫌がらせをするか？　路銀《ろぎん》は大層必要なんだぞ」

その分の金子を使い、島原で綺麗《きれい》どころと遊んだ方が、余程すっきりする。つまり今回、上方が重版騒ぎなど起こすには、もっと具体的なきっかけがあった筈なのだ。

「おい、一角屋さん方、訳はなんだ？」

あっさり教える訳はないと思ったが、種彦は一応聞いてみる。だが案の定、誰も口を開かない。すると山青堂が、推測を話し始めた。

「彦さん、上方の皆さんは、江戸へ仕事に来たついでに、嫌がらせをしたんじゃないですかね？」

いつか言った通り、今、東西の交流は多い。商用があれば、わざわざ嫌がらせのために、路銀を用意する必要はない筈だ。

「言いがかりじゃない重版、類板《るいはん》の訴えも、ときにはあります。上方の御仁らは、いつもは商いのついでに、こちらの行事に訴えているようで」

すると。その言葉を聞いた途端、種彦の目の端で、誰かがまた、びくりと動いた。

種彦はさっと目を向けたが、版元達は素知らぬふりだ。

種彦はここで、山青堂の胸ぐらを摑む。

「おい、狸版元。類板てぇのは、何なんだ？」

何で今頃、己の知らぬ言葉がまた出てくるのかと、いい加減、怒るよりも草臥《くたび》れつつ問う。すると山青堂は、目をぱちくりとした。

「おや、まだ類板の事は、説明しておりませんでしたかね」

要するに、一部だけ真似たり、重版ほどそっくりではないが、元の本を上手く使って、新たな本を作る事だ。重版より少し軽い真似、というところだろうか。

その話が語られると、また西の版元の誰かが動いた。今回は気を付けて見つめていたから、その動きが手に出たことを、種彦は目に留める。一角屋であった。

「おんや。もしかしたら……騒ぎの元は、その類板というやつなのか？」

種彦が口にすると、山青堂は首を傾げる。

「えーっ、私どもは類板など、しちゃいない筈ですが」

何しろ重版だけでなく、類板も禁止されているし、その事は上方と江戸の間でも、きちんと決まっているのだから。

だが。

山青堂がお気楽にそう言った途端、何かが切れたかのように、一角屋が立ち上がった。直ぐに、他の上方の版元達も立ち、座っている東の版元達を見下ろす。

「江戸は類板など作っちゃいない筈、やと？　何を言うんや。江戸は今まで沢山、そりゃごっそり、上方の本を真似てきたやろうが！」

まだ江戸の本作りが、上方に遠く及ばない時期、己達の商いが小さい事を隠れ蓑《みの》に、江戸者は甘えていた。上方から遠く離れているが故に、高い路銀をかけ、江戸まで類板の事実を確かめには来ないだろうと高《たか》をくくり、よく似た本を作っていたのだ。

多くの利をあげ、それをそっくり、己達の懐に入れた。

「上方の版元は、さんざん嫌な目にあったんや。分かっとんのか」

それから時が移り、江戸の地は大きくなった。本屋も、売り上げも増え、上方の版元はいい加減、耐えられなくなった。そして両者の間に、きちんと約束が交わされたのだ。

これで重版、類板は出来なくなった。

「おや、それはよろしゅうございました。そう……ですよね？」

山青堂は眉根を寄せた。何が上方版元の気にくわないのか、訳が分からないのだろう。だが種彦は、その先の語りを思いついた。そして、こいつは物語だと断った上で、さっさと口にした。

「昔々東の地に、新米なのを良い事に、西の地の本を真似、そいつで金をしこたま儲《もう》けた本屋達がおりました」

今、上方の者達が怒ったように、小ずるいやり方をし、それを悪いとも思わず、がっぽり儲けていた者達だ。やがて儲けが大きくなったので、誤魔化しがきかなくなった。仕方なく東と西は話し合い、規則を決めたのだ。ところが。

種彦はそこで一つ間を置くと、目を少し細め、部屋内の版元達を見る。

「規則が決まった途端、東の版元達は、杓子定規《しゃくしじょうぎ》な事を言い出したんじゃないかね？」

例えば、ほぼ同じ時期に出すのが決まった本で、東西で似てしまったものが、あったのかもしれない。

「多分、西の方がちょいと、作るのが遅かったのかもな」

江戸の版元は、かつてさんざん西の本を真似、大儲けしてきたくせに、今回江戸と似た本が出る事を、許さなかったのだ。

「今までの迷惑を覚えているから、上方は怒った。しかしだ。双方で諾《だく》といった取り決めがあるんで、正面から文句は言えない」

それで、商いで江戸に来た版元達は、東の版元相手に、憂《う》さ晴らしを始めた。作れなくなった本の損失分を、少しでも取り戻せたら幸運と、あちこちで重版の訴えを出し始めたのだ。

「江戸憎しとなったから、地の本を多く買っている貸本屋まで巻き込まれ、可哀想《かわいそう》に、道で嫌がらせを受けましたとさ」

種彦は、ここで上方の版元達を見る。皆、不機嫌の塊のような表情を浮かべていた。

「『御江戸出世物語』に目を付けたのは、あの話が、目立っていたからだろうな。だが金が目あてとなると、桂堂への嫌がらせは、意味がよく分からん」

もしかしたら事のきっかけ、東西で揉めた本に、桂堂が関わっていたのだろうかと問うと、一角屋が桂堂を睨んだ。

「あたしら上方の版元は、六人ばかりが集うて、往来物を作ろうとしてたんです」

「往来物？」

種彦は、どこかで聞いた事があると考えてから、山青堂が仲間に入って、桂堂らと共に作る本だと思いつく。大枚が掛かる本だと言っていた。

「その本が、偶然似てしまったのか」

「手習いに使う本やさかい、そりゃ、似る事もありましょ」

作るのに金子が掛かっても、先々多くの寺子屋に売れると思うから、版元達は大枚を出したのだ。つまり、客が重なってしまう訳で、江戸の版元も譲れなかったに違いない。

「中身はそっくりな訳やおまへんでした。でも似た所があると言われ、類板だと言われ、結局、あたしらが引くしかなくなって」

上方は大損をすることになり、一大事、大騒ぎとなったのだろう。

「長年の経緯を考えたら、江戸の者は上方の版元に、少しは遠慮するべきでっしゃろ」

それをしなかったから、今回の騒動になったと言われ、種彦達は顔を見合わせる。

「あのなぁ、おれは類板なぞしたことはないぞ。何でおれまで、巻き込まれたんだ？」

種彦が問うと、山青堂が本を作ったせいだと言う。山青堂が、新米故に、己も類板には関係無いと繰り返すと、桂堂と一緒に、問題の往来物を作るから悪いと決めつける。

「江戸の者は、上方の思いを、知らねばならんよって」

すると。種彦の眉間《みけん》に、深い深い皺が、くっきりと刻まれた。

「ふざけた事を、言うんじゃねえよ」

旗本の当主とも思えぬ言葉が、口から転がり出る。

「おれは、お前さん達がうるさい事を言ってる、その往来物のせいで……山青堂がその本に、なけなしの金をつぎ込んじまったせいで、初めての戯作の代金を、まだ貰ってないんだぞ！」

大体版元達は、戯作を書いた当人そっちのけにして、本を出す自分達の権利ばかり、どうしてそう言い立てるのか。

「腹が立ってきた。この機会だ。上方の版元も江戸の版元も、きっちり説明してくれ。どうして本を書いた戯作者は、最初にぽっちり貰うだけなんだ？」

「殿様、そいつは行事さんが、今日皆さんを集めた趣旨から外れた事ですよ。ああ、一角屋さんと睨み合って、どうするんですか」

善太が止めたものの、その時既に、皆の不満が噴き出しかかっていた。

「全ては、江戸の版元が悪いんや。往来物の権利を寄こせっ」

もう我慢出来ないと、一角屋が大声を出した途端、「約束事を、お守り下さいな」と、桂堂が言ったものだから、たまらない。

「阿呆な事を」「あ、ほ、とはなんですかっ」「金を払え」「昔は一席設けて、食べさせてやっただけで、働いたのに」「馬鹿野郎っ、戯作者を何だと思ってるっ」「ああ、何するんですかっ」「はは、わはははは
っ」

声が入り乱れ、直ぐに、誰が何を言っているのか、はっきりしなくなる。だが、とにかく不満とやけくそが部屋に満ち、ついでに拳固が振り回された。

「ちくしょーっ」

誰かが叫んだ。もう、泣きそうな声だ。だが、大声で怒鳴ったせいか、すっきりとした感じもあった。

「ははは、面白れぇ」

それを、素早く一歩引いた所へ逃れた善太が笑いながら、しばし面白げに眺めていた。やがて、皆へ落ち着いた言葉を掛ける。

「皆さん、聞いちゃいないとは思いますがね。良い思いつきがあるんですが」

往来物は寺子屋で使う教本だ。東西で、暮らしも好みも幾らか違うだろうから、中身も東西で、少々変えた方が良いのではないか。

「ですから、ここは西と東の版元が組んで、同じ往来物を元に、二種類作ればいいんじゃないかと思うんですがね」

そうすれば最初の費用を安く出来るし、今回の不満の大本が、消える事になる。一つの事を始めたら、かつての遺恨は、その内昔語りになっていくだろう。たぶん、きっと。

「そんなところが、今回の騒動の落としどころですよ。ああ、やっぱり直《す》ぐには収まらないか。おや、殴っちゃ駄目だ。噛みついてどうする。本当に誰も聞いちゃいないねえ」

善太がからからと笑い声を上げるのを、一発殴られつつ、種彦は目の端に留めていた。

行事の鈴屋が癇癪を起こし、皆が疲れ、やがて事は収まっていった。大もめであったが、鈴屋と種彦、山青堂は、善太の話を耳に入れていたので、気がつけば、その案が本当に受け入れられる事となった。驚いた事に一時後には、上方と江戸は、手を結ぶ事になったのだ。

「ま、他にやりようもないからな」

するとこ。種彦の言葉には返事もしなかったのに、商人達ときたら、今し方揉めていた鈴屋の一間で、早くも商売の話をし始めたのだ。

「上方の絵師にも、高名な御仁がおられます。その方も使って欲しいんですが」

「どういうお人で……おお、知っております。いや、人気の絵師じゃございませんか」

それを見て溜息をついたのは、何度も殴られた種彦で、へたり込み、版元にはついて行けないとこぼす。隣に立つ善太が笑った。

「まったく、版元さん達って、強い方々ですねえ。まるで狐狸《こり》妖怪か」

「まあ、そうだが。でもなぁ、この場にはもっと、訳の分からんもんがいるんだぞ」

種彦は顔を上に向けると、並の中間とはどこか違う男へ、半眼を向ける。

「さっきの案は、いけてた。だから早々に、この場が収まったんだが」

いつからあの案を考えていた？　己一人で、思いついたのか？　種彦が問うと、善太はまた笑い出す。

「さあ、どうでしょ」

種彦の目が、すっと細められた。

「善太、お前は一体、何者なんだ？」

確たる返答はなかった。

戯作の五　いや、恐ろしき

お江戸に、物騒なこと有り、でして。

お江戸の〝禁書《きんしょ》〟

禁書、というからには、勿論《もちろん》、出しちゃ駄目《だめ》って、お上が決めた本。他の本のパクリである〝重版〟てぇのも、禁書の一種だ。

でも禁書という言葉には、重版とは比べものにならない、厳しい意味合いが含まれてる。

それが、どれくらいきついものかっていうと、下手をしたら首と胴体《どうたい》が、切り離される程、という事になる。禁書を出したんで、獄門《ごくもん》、つまり首をすっぱりと切られ、その首をさらされた人が、実際いたんだ。

本を書いたばっかりに、この世とサヨナラする事になる。江戸の世、こんな恐ろしい事が本当にあった。

じゃ、どんなものが、禁書なのかってぇ事ですがね。上の方々にとって都合の悪いもの、って言っちゃうのが、一番正しいかも。

だけど、そんな風に言ったって、それじゃどの本が禁書だか、はっきり分からない。首が飛ぶのは嫌だー、まだ胴体とサヨナラしたくないっていう版元《はんもと》が困る。

そこで一応、こんな本、駄目ナンですぅ、という指針はあった。
一、まずはキリスト教関係。これは問答無用で×。
一、重版、絶版となった本。
一、風紀を乱す好色本。エロ本ですな。
一、将軍家の事を書いた本。
一、家筋、先祖の事を書いた本。
（大名家など、ご立派な家が自称している家系図や、偉いご先祖様の事を、あの家のご先祖、実は別の人なんですぅ、って書いちゃうのは拙《まず》かった）
一、検閲《けんえつ》を受けてない本。
一、儒書、仏書、医書など、全《すべ》ての書物で、『猥成儀異説《みだりなるぎいせつ》』等を、取り混ぜて書いたものは駄目、だそうだ。
要するに、権威に刃向かうな！　世を不安にする変な事を書くな！　今までと違う事などを、書くんじゃねえ！　って事か。

書本《かきほん》

手書きの本。写本《しゃほん》。

版木《はんぎ》を彫り、刷って作る版本が出来る以前は、本と言えば手書きの本や、それを写した写本だった。

版本が出来て、書き写しの間違いがなくなり、本を沢山作れるようになったから、皆喜んだ。だがぁ……、それでも書本は、それ以降も作られたんだ。

一つには、書本は安く作れるからだ。そして、検閲を経なくとも本に出来るから、お上に睨《にら》まれそうな危ない本が、書本の形で作られたりした。

しかし、人に知られると危ない本だからって、作者当人だけが読むんじゃ、何のために書いたのか分っからない。といって気軽に、沢山の人に回し読みして貰《もら》っちゃうと、首を切り落とされる危険が増す。

さて、作者の悩みは深い。

さてさて、これを読んでいるそこのあなた。あなたは筆禍《ひっか》により、すぱりと切り離され、獄門台の味噌《みそ》の上に据えられた、他の戯作者《けさくしゃ》(作家)のさらし首を見た事があったとする。

そして、あなたが書いて、これから出そうという本も、どうも危ない気がしてきた。禁書の内に入るのではと、そう思えてきたのだ。でも、せっかく苦労して書き上げた本だ。問題作だ。傑作だ。

さあ、その本、どうします？

絶対に他言しないと安心出来る、二、三名の仲間だけに読んで貰うか、それとも……。

決断や、いかに。

1

ある日、江戸は御徒町《おかちまち》にある旗本《はたもと》、高屋《たかや》家の屋敷に、三つ紋付《もんつ》きの黒羽織《くろばおり》に、格子《こうし》の着物姿、つまり同心《どうしん》が現れた。そして応対に出た中間《ちゅうげん》の善太《ぜんた》は、玄関で首を傾《かし》げる事になった。

（はて、殿様に同心の知り合いなんて、いたっけか？）

しかし今ならば、多分見舞いだろうと判断し、善太は一旦《いったん》勝子《かつこ》に取り次いだ後、柳《やなぎ》と名乗った同心と岡《おか》っ引《ぴ》きを、さっさと奥の種彦《たねひこ》の部屋へと案内した。だが、奥方の勝子に見舞いの礼を言われた途端、同心達は、医者と布《ふ》団《とん》に目を向け、何とも間の悪そうな表情を浮かべたのだ。

善太は廊下で、また首をひねる。

(ありゃ、見舞いじゃなかったのかな?)

しかしそうなると、同心達がやってきた訳が分からない。するとここで種彦が、医者の松柏《しょうはく》に止められたにも拘《かか》わらず、肘《ひじ》をついて布団から身を起こした。律儀《りちぎ》にも、来客に礼を言ったのだ。

「けほっ、これはわざわざのお越し、かたじけない。その……」

だが客達の顔が目に入るや、少しばかり首を傾げ言葉を切る。

「ええと、その、どちら様で……」

途端、咳《せき》が続いて、種彦は大きく顔を顰《しか》めた。おかげで柳同心の返答は、口に出される事もなく消えてしまう。

「言わぬ事ではない。殿様、まだ起きては駄目ですよ。寝ていて下さい」

医者が、患者を夜着《よぎ》の下へと押し戻すと、種彦は客達に、申し訳ないと小声を出す。

「いや、とんでもない。ご迷惑な時に、来てしまったようだ」

柳同心が当惑していると、勝子がまだ咳き込んでいる種彦へ、気遣わしげな視線を向けた。

「もう十日程も、調子が悪いのです」

その時、柳は再び名乗ろうとしたのだが、丁度善太が茶を運んで来ると、先に話し出したものだから、また言葉が途切れる。

「うちの殿様ときたら、熱を出した途端、食べられなくなってね。だから治りゃしない」

善太は茶を出し終えると、松柏へ顔を向け、例の物が来ましたと言う。

「ならば、直《す》ぐに支度《したく》を。生きの良い方が良かろうからな」

なに、見舞いに来て下さったからには、客人は患者の事を、第一に考える筈《はず》。よって今ここで用意しても構わぬだろうと、患者第一の医者は、きっぱりと言い切る。

「生きが良い？」

客と、そして種彦が首を傾げる中、善太は廊下から庭へ降り、桶《おけ》を二つ、沓脱《くつぬ》ぎの上に運んだ。そしてその上に、まな板を置き、それからにやりと笑うと、台所から別の手桶を運んで来た。

「殿様、知り合いが、いいもんを調達してくれましてね」

善太はそう言うと、桶の中から太った鯉《こい》を取り出してみせたのだ。

「病にゃ、鯉の生き血が一番。そいつをぐーっと飲みゃ、殿様も直ぐに床《とこ》を払えまさ」

鯉の生き血は、取ったら直ぐ飲まなくてはいけない。それで松柏と善太は、部屋の脇《わき》で血を取る事にしたのだ。すると夜着の下から当の患者が、首を絞められたような声を出した。

「げほぉっ、おれは鯉の生き血など……飲まんぞっ。気味悪ぃ」

すると、また続けて咳き込む。中間は、大きく口を歪《ゆが》めた。

「殿様、我《わ》が儘《まま》言っちゃいけねえよ」

善太は、嫌がる種彦の言葉を無視し、さっさとまな板の上に鯉を押さえ込んで、支度を始める。すると種彦が逃げだそうとし、それを見た松柏医師が、柳同心らに、とにかく種彦を押さえろと命じた。

「な、何で我らが……」

柳は一応抗議したが、医者に睨まれ、患者を急ぎ布団の中に引き戻す。善太が庭から、主《あるじ》へ渋い表情を向けた。

「殿様、みっともない事、しないで下さいな。客人に迷惑をかけたじゃないですか」

言うなり、包丁でずんばらりと鯉の頭を落とし、尾を掴《つか》むと碗《わん》の上に逆さに吊《つる》す。血がしたたり、辺りに匂《にお》いが満ちた。

「ひ、ひぇええぇ……」

断末魔のような声を出したのは、鯉ではなく、種彦の方であった。碗にたっぷり血を受けると、善太はそれを松柏に差し出す。

「殿様、血は、洗って落とすのは大変ですからね。こぼさないで飲んで下さいましよ」

「嫌だ、飲まんと言っただろうが」

するとこの時、生き血が入った碗へ、柳同心が溜息《ためいき》と共に手を伸ばしたのだ。

「とにかく、御当主がそれを飲まぬ内は、話が満足に出来ないらしい。ならば、我らが飲ませてしんぜよう」

そう言うと柳は、目くばせ一つで岡っ引きを動かし、種彦の口を開けさせる。「ふげっ」種彦が短く悲鳴を上げた時、同心は口へ、素早く生き血を流し込んだ。

「ふがが っ、ふっ……うえぇええぇっ」

病を治すというより、墓の中へ突き落とされたような声が、部屋中に響く。だが、無事に種彦が全てを飲み終わると、松柏が患者の具合を確かめ、大いに頷《うなず》く。善太は機嫌良く笑うと、ちょいと舌を出した。

「上々吉だわいな。奥様、これだけ大声が上げられるんなら、殿様は大丈夫ですよ」

そう言うと、首のない鯉に目を落とす。

「残った鯉は、鯉こくにしましょう。殿様が好きだからね」

善太が鯉の鱗《うろこ》を取り始めたので、腰を上げた松柏を見送りに、勝子が部屋から出て行く。すると善太は庭で鯉をさばきつつ、同心らを見て、まるで独り言のようにつぶやいた。

「さてさて、生き血を主に飲ませて下さって、おかたじけ。だが、おれがこの屋敷に来てから、お姿を拝見した事のない方々が、見舞いに来られた。何故《なぜ》かねえ……」

善太は他の中間と違い、種彦らへ遠慮もくそもない言葉を口にする。しかし、妙に頼りになる男を、種彦は遠ざけられずにいる。その善太も、さすがに来客が同心とあっては、遠慮があるらしく、正面から無礼は言わない。するとやっと、岡っ引きが同心の名を、臥《ふ》せっている種彦へ告げた。

「高屋の殿様、こちらは北町の同心、柳十郎兵衛《じゅうろうべえ》様で。旦那《だんな》は今日御用《ごよう》の向きで、こちらに来られたんです」

「けふっ、御用の向き？」

岡っ引きによると柳は、三日前に、御徒町にある竹の湯の二階で行われた、戯作を語る会のことを、聞きたいのだそうだ。すると庭で鯉を料《りょう》っていた善太が、呟き込むばかりの種彦に代わり、あれこれ言い始める。

「おんや、同心の旦那が聞き込みとは、その湯屋での会で、何ぞあったんですかね」

しかし、だ。善太がここで、首を傾げる。

「あのぉ、殿様は旗本ですよ。なのに何故、同心の旦那が話を聞きに来るんで？」

町奉行所は、町人を管轄《かんかつ》する所であった。種彦は武家で、しかも旗本だ。故《ゆえ》にもし万が一、素行不良につきお調べがあるのなら、目付《めつけ》の受け持ちとなる筈であった。だから善太は、同心らが見舞いに来たものと考えたのだ。

「こんっ、万が一って……何だ」

種彦がぎょっとした表情を浮かべると、勿論心得ておりますと、慌《あわ》てて柳同心が頭を下げる。

「湯屋には、町人ばかりが居るように見えたので、戯作の事は町奉行所が調べております。ですが何故か、こちらの殿様が竹の湯の二階においでだったと、噂《うわさ》する者がおりましてね」

「うちの殿様が、湯屋にいた？」

だからその、少し話だけでも聞かせては頂けないかと、柳は言うのだ。その口調は丁寧であったが、言葉には疑いが含まれている。夜着の下の種彦が、ちらりと善太と目を合わす。未《いま》だに喉《のど》は痛いが、生き血のおかげか、種彦の頭は結構冴《さ》えていた。

（おいおい、三日前、湯屋で何があったって言うんだ？）

同心が言い訳しつつも、旗本の屋敷にまで話を聞きに来る位だから、大事に違いない。だがこの時、善太が庭でからからと笑い出した。

「柳の旦那。うちの殿様に三日前の事を聞いたって、何にも分かりゃしませんよぉ。何しろ高熱を出して、寝込んでましたから」

やっと少し熱が下がったのは、昨日だ。三日前など、大身《たいしん》旗本、石川《いしかわ》の殿様が見舞いに来て下さったのに、頭も上げられなかったと言ったものだから、柳が顔を庭へ向けた。

「石川伊織《いおり》様が、こちらへいらっしゃったのか？　三日前に？」

「おっ、御大身のお名前をご存じなんですか。ご親切に、軍鶏《しゃも》を持ってきて下さいました」

あの軍鶏で作った汁のおかげで、種彦の熱が少し下がったと、善太は頷いている。

「やっぱ人は、まず食べなきゃ駄目だね」

ならばと善太は松柏に言い、種彦に鯉の生き血を飲ませる事に決めたのだ。

「三日前も、松柏先生が往診に来てました。伊織様にも会ってます。本当に病だったかどうか、医者の先生に確かめればいいですよ」

　善太が言うと、岡っ引きらが唸《うな》るような声を出す。種彦がちらりと視線を送ると、柳同心が僅《わず》かに、唇を噛《か》んでいるのが目に入った。

（おや、本気でおれを疑っていたのか？）

　鯉を輪切りにしつつ、善太は柳をじっと見ている。すると柳は、わざとらしい程大きく頭を下げた。

「いや、噂は間違っていたようだ。同心ごときが、旗本の御当主に妙な事を言い出し、誠に申し訳ない」

　出来れば町奉行所には内密にと頼まれ、大事になるのが嫌な種彦が、床内で小さく頷く。すると、そう言って貰えた礼にと、今調べている事を、柳は種彦に語り始めた。

　三日前、土地の者ではない下っ引きが遠出の帰り、たまたまその湯屋へ寄った。それで、会で語られた危うい戯作話は、奉行所の知る所となった。

「で、急ぎ私どもが調べに入ったのです。だが何しろ湯屋での話ですから、当日、その刻限《こくげん》に誰が居たか、今ひとつ分からない」

　湯屋は、会の事など知らぬと突っぱねるし、柳達は頭を抱えていたという。

「そんな時、高屋殿が湯屋に居られたとの噂を聞きました。こちらの御当主は、戯作を書かれるとの話も、耳にしました」

よって湯屋の会の事を何か承知していないかと、柳は旗本屋敷へ押しかけてきたのだ。

その話を聞いた種彦は、黙り込んだ。旗本の屋敷には風呂があるから、種彦が、馴《な》じみのない湯屋の二階で寛《くつろ》ぐ事などない。多分柳も、種彦が客として湯屋へ行ったとは考えていない筈であった。

（つまりだ。この同心はおれが、その妙な戯作を作った主ではないかと、疑ってんだな）

旗本の当主が、何で同心に疑われなきゃならんのかと、腹の底から怒りが湧《わ》いてくる。今朝までは、こんなに怒る気力も無かったから、鯉の生き血の効き目は素晴らしかった。

ここで善太がまた、庭先から質問をする。

「えー、戯作ごときで、どうして同心の旦那が、そんなに怖い顔をなすっているんで？」

戯作で奉行所が動いたと聞いて、真っ先に思い浮かぶのは色っぽい話だ。だが、挿《さし》絵《え》も付いていない語りでは、そう凄《すご》いものになるとも思えない。善太はにやっと笑ったが、しかし柳は真剣な表情のままであった。

「湯屋での語り、色事ではなかった」

「おや、では……」

何なんだろうと、善太と種彦が柳同心へ目を向ける。すると同心が、種彦の顔を覗《のぞ》き込むようにして、肝心の点を語り始めた。

「その戯作者、頭巾《ずきん》で顔を隠したまま、皆へ戯作を語ったのですが、とんでもない事を口にしましてな」

この世には、戯作にして語っては拙い物事が、幾つもあるのだ。例えば切支丹《きりしたん》の本を出してしまうと、町奉行所が動く。そして。

「将軍家や、御政道《ごせいどう》の批判をした者がいれば、やはり奉行所の耳に届くのです」

「けほっ、お上を批判？」

種彦が目を見開いた。つまり湯屋の二階で、そんな阿呆《あほ》を語ってしまった者がいたのだ。だから同心の柳が無茶を承知で、旗本の屋敷にまで乗り込んできたのだろう。

（おいおい、拙い。大いに、本当に拙い）

種彦が夜着で顔を隠す。関係無いのに、何故だか赤くなったような気がしたからだ。

（御公儀への批判とは、度胸が良すぎる事を。語った者は、首が胴から切り離される

ぞ）
これは、そのくらいの話であった。

2

ここ十日、種彦はたまたま、病で寝込んでいた。

おかげで一件とは無関係と分かり、同心の柳達は大人しく帰る事になった。

そして湯屋で戯作が語られた刻限、高屋家へ見舞いに来ていた伊織も、幸運な事に、疑いから外して貰う事が出来たのだ。伊織は、妻の直子《なおこ》に代わり、『御江戸出世物語《おえどしゅっせものがたり》』の作者だと名のっていたから、種彦同様、下手をすれば疑われかねない立場であった。

（こりゃ、戯作を書く者は、暫く《しばら》妙な目を向けられかねんな）

種彦は鯉の生き血以上に、とんでもないものに出会った気がして、外出をする気にもならず、大人しく養生する事に決める。

しかし。

三日過ぎても、世の中は平穏にならなかったらしい。昼過ぎ、やっと良くなって床上げした種彦のところへ、山青堂が駆け込んできたのだ。

「彦さん、聞いて下さいまし、彦さんっ」

山青堂が顔を蒼《あお》くして語ったところによると、何故だか少し前から、見も知らぬ相手が、己《おのれ》の後を付けてきているという。おかげで酷《ひど》く落ち着かないらしい。

「いえ、あたしばかりじゃありません。桂堂《かつらどう》さんも、知り合いの版元さんも、そんな話をしてまして」

「おい狸《たぬき》、落ち着け。おれに、思い当たる事があるから」

「落ち着く事なんか出来ません！」

山青堂は興奮して、うろつきながら同じ話を繰り返す。だが勝子が、茶を女中に持たせて姿を現すと、やっと黙った。それから思い出したかのように、籠《かご》に入った見舞いの卵を差し出した。

「あら。殿、今晩は卵入りの雑炊にしましょうね」

卵を手にした勝子が、嬉《うれ》しそうな声を出す。ようよう山青堂と向き合った種彦は、ゆっくりした口調で、先日来た柳同心の用向きを語って聞かせた。

「はい？　戯作を語ると言って、御政道に口を挟んだ者がいたと。彦さんも、巻き込まれかけたんですね？」

では、我ら版元が付けられているのは、禁書騒ぎのせいなのかと、山青堂は顔を引きつらせた。同心達は湯屋にいた戯作者を、今も諦《あきら》めずに追っているらしい。

「さて、あたしは本当に、関係ありません。ですが……知り合いに、ほとぼりが冷めるまで、上方へでも、旅してもらわなきゃいけない御仁《ごじん》がいたかな」

くるりと目を回し、ぶつぶつと名をつぶやく。

「危ういのは御政道批判ですよね。春画《しゅんが》は問題なさそうだと。……ああ、あたしの知人は大丈夫だと思います。ですが彦さんだって、関わりがあるとも思えないのに」

誰がどうして種彦の事を、湯屋に居たなどと噂したのかと、山青堂は眉《まゆ》を顰《ひそ》めている。今回無事であったのは、たまたま寝付いていたが故だ。そうでなかったら、種彦は柳から罪人扱いされたかもしれない。

するとここで善太が、奥様に言われた煎餅《せんべい》を持って参りましたと、顔を出す。そしてちゃっかり部屋の隅に座り込むと、話の輪に加わってきた。

種彦は図々しい奴と思ったものの、善太が話しだしたので、つい聞いてしまった。

「柳の旦那はお屋敷に来た訳を、こう言ってました。湯屋で戯作を語った者について、話を聞きたかったからだって」

だが善太には、それが真実だとは、とても思えないという。

「殿様はその訳、分かっておいでですか？」

善太には、既に考えがあるようであった。すると勝子が優しく、善太は凄いと褒《ほ》めたものだから、種彦が己も分かっていると、直ぐに理由を語り出す。

「お勝、柳殿の狙《ねら》いは、おれじゃなかったと思う。多分、伊織殿の方だ」

「まあ……でしたらどうして、伊織様のお屋敷へ、おいでにならなかったのでしょう」

勝子が少し目を見開くと、部屋の隅で善太が、小さく笑い出した。

「奥様、同じ旗本でも二百俵なら、土塀《どべい》脇に長屋門はあっても、門番はいません。門脇の潜《くぐ》り戸に付けた貧乏徳利《ど》が、その重さで戸を閉める門番がわりだ」

よって面識のない者でも、門を入り、屋敷の玄関まで来る事は簡単であった。しかし相手が四千石ともなると、話は違う。長屋塀のついた門には、常時門番が詰めており、殿様と簡単には対面できない。

「つまり、うちの殿様の方が会いやすかったんで、とりあえずこっちへ来てみたってえ所かね。殿様と伊織様は知り合いだから、話が聞けそうだし」

「あら、善太。門にも詳しいのねえ」

「あのぉ、そもそも何でその同心、伊織様に会いたかったんですかね」

山青堂が煎餅片手に口を出し、首を傾げた。柳が今、調べているのは、湯屋の二階で語られた戯作の騒ぎだ。しかしまさか大身旗本の伊織が、町中の湯屋へ行く事はあるまい。

種彦は茶を飲んで喉を湿すと、溜息をついた。

「多分、伊織殿が、覆面《ふくめん》頭巾を名乗ったからだろう」

伊織の事を、世間はとんでもなく売れた、『御江戸出世物語』の戯作者だと思っている。

だが真実は、伊織の妻である直子が、覆面頭巾を筆名にして本を書いていたのだ。しかし直子はおなごであるから、あれこれ言われるのを避ける為《ため》、表向き伊織が作者だとしていた。

「そして、だ。湯屋で戯作を語った者は、頭巾で顔を隠していたそうだ」

「あ……それで覆面頭巾である、伊織様が疑われたのですね」

勝子が納得の表情を浮かべる。

柳は、顔を隠して戯作を語った者有りと聞いた時、まず高名な戯作者を頭に浮かべたのだろう。覆面頭巾は、己の正体が明らかになった途端、書くのを止《や》めてしまっている。多分、暇と不満を抱え、御政道に文句を言ったと、考えたのかもしれない。

「伊織殿は出世をなさっている。昼間から湯屋へゆく暇など、あろう筈もない。あの同心、どうかしているぞ」

種彦は口元をひん曲げる。

「柳同心は、うちに来て焦《あせ》っただろうよ。伊織殿の無実が分かってしまい、目算《もくさん》が狂っちまった」

ならばと柳は、次に戯作に関係のある版元や他の戯作者に、的を絞ったに違いない。

「成る程。これは暫く、我らは用心せねば」

山青堂が一つ息を吐いた。

「彦さんも、気をつけて下さいね」

今、戯作者が下手な疑いを掛けられると、大事になりかねない。すると勝子が、にこりと笑みを浮かべた。

「大丈夫ですわ。私の殿は、妙な事はなさいませんから」

「う、うん。勝子、勿論《もちろん》そうだ」

種彦が、己は勝子大事の良き夫だと口にすると、何故《なぜ》だか善太がにやにや笑い出す。種彦が中間に、きつい眼差しを向けたその時、玄関の方から何やら声がした。

「おや、お客人だ」

善太が立ち上がり、素早く廊下を行く。すると程なく、倒れそうな客人に腕を貸しつつ、奥へと戻ってきた。

「桂堂さん、どうしました」

山青堂が、吊り上げられたかのように立ち上がり、種彦も思わず老版元を見つめた。勝子が善太に手を貸し、桂堂を部屋内に座らせると、老版元は涙の伝う顔を皆に向け、

「北松《ほくしょう》さんが、北松さんが」と繰り返した。

「北松って……おれの初めての戯作に絵を添えてくれた、絵師の北松か？」

あの若い絵師がどうかしたのだろうか。湯飲みに水を入れて差し出し、種彦が問うと、一息に飲んだ桂堂が、言葉を絞り出す。

「北松さん、何でも禁書に関わっちまったという噂で……獄門になったとか」

「ひえっ」

山青堂が悲鳴を上げ、種彦は一寸《ちょっと》目を見開いた。

「北松が、晒《さら》し首になった？　それはまた、何と急で……どうして……」

ここで種彦はぐっと唇を引き結ぶと、桂堂と向き合う。そして北松が、どこの刑場に晒されたのかを問うた。

「店へ来たお客が、その話をしていったんです。噂を聞いたばかりで、何も分からず……」

すると善太が、刑場は三つ……いや五つあったかなと、指を折る。

「北松さんは、並の町人だ。晒されたんなら、おそらく骨ヶ原《こつがはら》刑場か、鈴ヶ森《すずがもり》刑場かと」

北松はどこの生まれかと桂堂に聞けば、神田辺りの筈と返答があった。

「日本橋の北か。じゃあ多分、千住《せんじゅ》、骨ヶ原の方ですよ」

「本当に、色々詳しいな、善太」

種彦は立ち上がると、勝子に着替えを頼む。それから、動けるかと桂堂に聞いた。

「ここで噂話に震えていても、始まらん。確かめるぞ」

種彦はこれより、骨ヶ原へ行くと決めたのだ。舟を仕立て大川《おおかわ》へ出れば、結構早くゆけるだろう。骨ヶ原の仕置場《しおきば》は、浅草山谷《さんや》から、宿場千住へ向かう道の、西沿いにある筈であった。

「殿様は病み上がりだ。お供します」

善太も立ち上がると、山青堂が桂堂の手を取り、引っ張り上げた。

「一緒に行きましょう。とにかく北松さんがどうなったか、確かめなくては」

「そ、そうですね。獄門はただの噂かもしれない。まだ、亡《な》くなったと決まった訳では」

種彦の仕度を手伝う間に、勝子が女中に、水を入れた竹筒と大福餅《だいふくもち》を竹皮《たけかわ》に包んだものを、用意させる。出かける時、腹しのぎにと言ってそれを皆へ渡し、お気をつけ下さいと言って送り出してくれた。

四人で堀へと急ぎつつ、どうして北松さんがと、桂堂がまたこぼす。横を歩きながら、種彦がちょいと老版元に顔を向けた。

「今は彫り師や刷り師、絵師なんかも、金稼ぎに戯作を作る事がある。桂堂、北松はどうだったんだ？」

もし戯作を書いていたなら、ひょっとして、件《くだん》の湯屋の戯作者だと思われたのかもしれない。その言葉を聞いた桂堂が、眉を顰める。

「はて、件の湯屋の戯作者とは？」

山青堂が横から、最近の揉《も》め事を、桂堂へ説明した。

「何と、御政道批判をした者がいたとは」

短く漏れ出た言葉に、緊張した響きがあった。

「でも北松さんは、ただ絵を描くのが好きな若者です。お上への批判など、書く筈もないんですが」

やがて真っ直ぐな堀川が見えてくると、善太がさっと走ってゆき、岸にいた船頭と舟を出す話をつける。

「おや、これは手際《てぎわ》がいい」

山青堂は褒めた後、岸で桂堂に手を貸し、堀に浮かんでいた舟へと乗り込む。種彦が悠々とした素振りで後に続き、最後に善太がひょいと飛び乗って、舟は青い空の下、岸辺を離れた。

(北松は本当に、獄門になったんだろうか)

種彦は、今考えても仕方がないと思いつつ、舟の上であれこれ思い煩《わずら》う。

(命を落とすには、北松は余りにも若い。もう会う事がないとは、とても思えねえ)

あの、にこにこと明るい顔が、どす黒く変わり果て、骨ヶ原に晒されているのか。考えただけでも空恐ろしく、種彦は唇を噛んでしまう。

(何でだ？　どうして話作りに関わっただけで、首が飛ぶ心配を、しなけりゃならないんだ？)

種彦の周りには、御政道にもの申すような、激しい輩《やから》はいなかった。あれこれ、思い通りにならない事も多い世の中だ。そんな中、少しばかり話を楽しみたい者へ、心躍る戯作を届けるのが、版元や絵師や戯作者の仕事だと、種彦は思っている。

今周りにいるのは、そういう考えの者ばかりだから、世間から重く扱われない代わりに、とがめ立てても受けては来なかった。山青堂だとて、政事に口を出したりはしない。

（なのに、剣呑《けんのん》な噂が一つ聞こえて来たと思った途端、こんな事になるとは）

竹筒から水を飲んだとき、種彦の耳元に、船頭の声が届く。

「もうすぐ大川へ出ますんで、ちょいと揺れますよ」

じき、川幅の大きく違う大河が、舟の先に現れてくる。白い帆を掛けたものや、猪《ちょ》牙舟《きぶね》、屋根舟《やね》、幾つもの舟が、行き来しているのが目に入る。水しぶきと共に舳先《へさき》が向きを変え、一行は北を目指した。

途中で一旦小舟に乗り換え、大川から山谷堀へ入る。この辺りが近いからと言われて吉原近くで降り、その後一行はやや北向きに、ぐっと田舎の風情《ふぜい》を見せてきた道を辿《たど》る。

途中、一度道を北西におれると、じきに見えてきたものがあった。骨ヶ原の入り口に、獄門台が現れたのだ。

「ほ、北松さんっ。あそこに載ってるのは、北松さんですか？」

胸程もある高さの台に、黒い塊があるのが見える。広げた手の幅程の狭い場所に、味噌で支えられた首が、据えられていたのだ。

台は左右に二つ並んでいて、脇に、罪状を書いた捨札《すてふだ》らしきものが立っている。下には何に使ったのか、樽《たる》が幾つか転がっていた。

少しだけ離れた所に、筵囲《むしろがこ》いの小屋のようなものがあって、そこに立てかけられた竹の先に、妙に新しい、御用と書かれた提灯《ちょうちん》が下がっている。

小屋の中にいた数人の者が、わざわざ梟示《きょうじ》場にやって来た種彦達に、刺すような視線を向けてきた。

「北松さんっ」

山青堂が獄門台に向かって駆け出し、桂堂は二つの首を見た途端、道に立ちすくんでしまう。皆が一瞬、黙り込んだ。

するとその時、奇妙な程、間が抜けた山青堂の声が、骨ヶ原に響いたのだ。

「あれっ、このお人達……違います」

「ち、違うとは？」

慌てて種彦が、獄門台に駆け寄る。頬のこけた、奇妙な顔色の首と向き合い、一寸仰《の》け反《ぞ》ったが、足を踏ん張る。

そして……目を茶碗のように大きくした。

「北松は、いないぞ」

「はい？」

善太に支えられつつ、桂堂も台に寄ってくる。そして多分、見た目が大分変わっているだろう首に目を向けた後、少しして、大きく安堵《あんど》の息を吐いた。

「あ、ああ、どちらの首も違います。北松さんじゃありません」

良かった、本当に良かったと繰り返し、老版元は肩から力を抜く。それから、つと獄門台から離れ、刑場へ連れてくる事になり申し訳ないと、皆へ深く頭を下げた。

「馬鹿な勘違いをして騒ぎ、申し訳ありませんでした。私ときたら、どうして北松さんが、罪に問われたと思ってしまったのか」

ほっとした思いが言葉に滲《にじ》む。

だが、しかし。ここで一同へ、声を掛けてきた者がいたのだ。

「おや、勘違いとな。つまりはどういう訳で、ご一行が骨ヶ原へ来たのか。それがしはそれを、聞いておきたいですな」

驚いた種彦らが声の方を見ると、何と先だって高屋家へ来た柳同心が、連れの同輩と共に近寄ってきていた。種彦は口元がひん曲がるのを、止められなかった。

（こいつら、何だってこんな所にいるんだ）

勿論、罪人を捜し引っくるのは、同心の役目であった。刑場とも無縁ではなかろう。しかし、だ。いつもこの場に居るとも思えないものを、出会ってしまったのは、身の不運であった。

（本を作っただけで、どうして俺達が同心に絡《から》まれなきゃならんのだ）

一度同心に聞いてみたいが、今回の件には、御政道批判が絡んでいる。

（まかり間違えば、旗本高屋家が取りつぶされるほどの騒ぎにもなりかねない）

だから種彦は、仕方なく口をつぐんだ。

するとこの時、柳の後ろにいた同心が、北松とは誰なのかを聞いて来た。何故その者が、獄門になったと思ったのか、桂堂に重ねて聞いてくる。その同心は己の名を、今田《いまだ》竜之進《たつのしん》と名乗った。

「お前の知り人は、獄門になりかねない罪を、犯していたのか？　それで気になったのかな」

穏やかに尋ねてはいたが、今田の声は低い。桂堂はまた、顔を強《こわ》ばらせ立ちすくんでしまった。

3

老版元桂堂は、気が優しいのか老齢の故か、相手に強く出られると、身を縮こまらせてしまう事がたまにあった。

(こりゃいけねえ。同心が二人で、桂堂を囲んでいるじゃねえか)

種彦は表情を固くし、山青堂と共にさっと桂堂の側《そば》へ寄った。だが何も言わぬ内に、足音を耳にし、ふと振り返る。

その場にいた他の皆も直ぐに、道の向こう、千住の方角へ目を向けた。

「ありゃ、こっちへ来るのは……一角屋《いっかくや》さんじゃや、ありませんか」

山青堂が、必死に駆けてくる男の顔を見て、驚きの声を上げる。先だって、江戸の版元達と揉めた上方の版元が、見た事も無い男達と連れだって、刑場へやって来ていた。

「あ、ああ、本当に首がっ、首が並んでいるやおまへんか」

一角屋達は声を上げると、揃《そろ》って獄門台から幾らか離れた所で立ち止まる。そして種彦達の事など目に入らない様子で、大声で名前を呼び始めた。

「駒吉《こまきち》、獄門になった言うんは、本当なんか？　返事をしとくれ、駒吉っ」

「おい一角屋、止《よ》せよ。獄門首が返事をしたら、背中を冷てえもんが流れそうだ」

種彦が眉間《みけん》に皺《しわ》を寄せつつ歩み寄る。一角屋は「駒吉っ」と言葉を重ね、更に獄門台へ近づこうとして……不意に妙な表情を浮かべ、側に来た男へと顔を向けた。

「あれ、旗本の殿様。なんでこちらに？」

「そりゃ、こっちが聞きたい事だな」

そこへ山青堂も顔を出し、種彦の横から頭を下げる。桂堂までが横にいるのを知ると、一角屋は、呆然《ぼうぜん》とした顔つきになった。

「何で皆さんがここに？　ここは刑場でおますわな？」

慌てて獄門台の方へ目を向けてから、眉尻《まゆじり》をぐっと引き下げる。

「あたしは、駒吉を探しに来たんですわ。でも……どないしたことか、おりまへん」

獄門首になると、見た目が随分変わるとは思うが、目の前にある首二つ、どちらも駒吉とは思えないという。

「一角屋とやら、駒吉とは、一体誰なのだ？」

ここで今田同心が、種彦らに近寄ってきた。縞《しま》の着物の着流しに、巻羽織《まきばおり》。その特徴有る姿を見て、一角屋は、梅干しを食べた時のように口をすぼめる。そして丁寧に頭を下げると、駒吉というのは、江戸店《えどだな》を任せている大番頭《おおばんとう》だと説明した。

「江戸での商いも一段落したんで、あたしはそろそろ、上方へ戻ろうかと思いまして」

ところが。今後の話をしておこうとしたら、大番頭がいない。奉公人らと探していた時、知り合いから使いが来て、何と大番頭が獄門になったらしいというのだ。一角屋はそれで慌てて、この刑場へやってきたという。

「使いを寄こした知り合いは、誰だ？」

今田が問うと、返事をしたのは一角屋の連れで、種彦が知らぬ男であった。

「それは手前、西池屋《にしいけ》でございます」

西池屋も一角屋同様、江戸店を持つ、上方の版元だという。そしてその奉公人が、今朝方、とんでもない話を聞いたのだ。

「小僧によりますと、軒先から、大きな話し声が聞こえたんだそうです。なんと、うちの番頭巳之助《みのすけ》と、一角屋の駒吉さんが獄門になったと、噂していたとか」

驚いた店の者が、慌てて巳之助を探したが、商いで出たとかで姿がない。不安になって一角屋へ行ってみたところ、駒吉もいない。これはおかしい、ひょっとして噂は本当なのかと、西池屋達は居ても立ってもいられなくなり、骨ヶ原へ飛んできたのだそうだ。

「なのに、うちの番頭も駒吉さんも、ここにはおりません。どないなっとりますのや」

するとここで、やっと落ち着いてきた桂堂が、自分も同じように、店で客から噂を聞いたと言い出した。

「成る程、皆、そうやって噂に踊らされ、骨ヶ原まで来たって訳か」

今田同心はうんざりした表情を、同僚へと向けた。すると柳同心は口元を、への字にしている。

「だが噂一つで、わざわざ刑場へ駆けつけて来たとは、お主らは十分怪しい。何ぞ悪さをした覚えがあるのではないか？」

「おいおい、無茶を言う」

種彦は顔をしかめ、溜息をついた。

「おれ達を疑うより、駒吉や北松が獄門になったと噂を流した者を、とっ捕まえてくんな」

わざわざ店の前で、間違った噂を流した奴がいるのだ。獄門首が絡んだ話だけに、ただのいたずらとも思えない。

「それはお前達を調べた後、探る事にする」

同心らは、あくまで版元達を離さぬ気であった。

(やれ、誰がどうして、我らにこんな嫌がらせをしてきたのやら)

種彦はしばし考えこんだ。このままでは皆、同心達から故無く絞られかねない。いや、覚えのない事を、押っつけられる事すらあり得た。

(拙いな)

少し首を傾《かし》げてから、種彦は獄門台脇の小屋で働いている、六、七名の者達の方へ、ゆっくりと歩いていった。そして、刑場に来てからどうも胃《い》の腑《ふ》の調子が悪い故、良かったら食べてくれぬかと言って、男らに己の大福を差し出したのだ。柳同心がちらりと、視線を向けてきたのが分かった。

男らは、つっけんどんな返答を寄こす。

「旦那、おれらはご覧の通りの人数だ。それっぽっちの大福じゃ、分けるのに苦労するじゃねえか」

つまり、もっと寄こせと言われた訳で、種彦は直ぐに善太と山青堂の所へ戻ると、二人にも大福を出して貰った。そして包みをまた、男達へ差し出す。

戸惑った顔でそれを受け取ると、男らは、どうせなら金子《きんす》が良かったのにと言い出した。だが種彦は苦笑を浮かべ、首を横に振る。

「金はないなぁ。おれは戯作者でもあるが、とんと売れてないんでね」

いささか気恥ずかしそうに小声で言うと、大福を食べ始めた男達の顔に、笑みが浮かんだ。

「へぇぇ、あんた殿様って呼ばれてるからには、武士だろう。戯作を書いてるのかい」

どんなもんを書くのかと問われ、種彦は小屋内にしゃがみ込むと、あれこれ話し始めた。

その間にも獄門台の少し先では、同心の柳が皆へ、問いを繰り返している。一角屋が言い返すと、今田同心までが質問を始め、版元達の顔に、うんざりした表情が張り付く。

「同心の旦那方、おんなじ事を四べん、五へんと聞かれても、おんなじ答えしか出来ませんのに」

「では、もう一度問う。真面目《まじめ》に考えろ」

その時であった。仲間のやりとりを、身を小さくして聞いていた西池屋が、急に後ろを見たのだ。その顔から血の気が引いており、そっと獄門台を見る。

「あのぉ、今、何か聞こえませんでしたか？」

言われて山青堂が、一旦話を切り、顔をくるりと回して辺りへ目をやった。

「いや、何も……」

「あ、ああ。ならよろしいんやけど」

西池屋が、ほっとした声を出した、だが、しかし。今度は桂堂が、背後へ目を向ける。

「あれ、本当に何か聞こえたような」

山青堂も獄門首を見た。善太はぐっと唇の端を引き上げ、一角屋が声を強ばらせる。

「同心の旦《だん》さん、この辺りには……そうや、刑場ですよって、人が喋《しゃべ》るみたいに鳴く烏《からす》なんかが、いるんやおまへんか？」

何だか、妙な声を聞いたと口にする。

「何でぇ……とか、聞こえたような」

「人の声で鳴く烏など、おらん。刑場で、おかしな事を申すな！」

今田同心が、きつい目で一角屋を睨《にら》む。すると、今度は先程よりもはっきりと、誰かの声がしたのだ。

「ああ、酷い……痛い……」

「ひっ、ひえっ」

西池屋が、短い悲鳴を上げる。二人の同心がさっと顔色を変え、獄門台の後ろへ回り込む。それから辺りを見回すが、怪しい姿はない。

するとこの時、驚く程近くから、また声が聞こえてきたのだ。

「旦那……ここですよう」

その言葉はまるで、地から湧き出てくるようで、刑場にいた者達は浮き足だった。

「獄門首が喋った」

西池屋は目に涙を溜《た》めている。

「もしかして、まだ死んで間もないから、喋るんかいな?」

「落ち着け。死人が口をきくものか!」

この時柳同心が、獄門台脇の小屋へ大股《おおまた》で駆け寄った。辺りで誰かが姿を隠すとしたら、そこしかない。

「ここかっ」

声と共に、一気に筵をまくりあげる。

しかし。

いつも働いている連中が数人、迷惑そうな顔で飛び退いただけで、鳥一匹姿を現さなかった。それを見た西池屋が、一層顔を引きつらせる。皆、じりじりと獄門台の方から、身を引き離し始めた。すると。

「寂しいよう……行くなぁ」

今度は魂消《たまげ》る程はっきりと、声が聞こえたのだ。「ひえっ、恐ろし」西池屋が飛び上がり、悲鳴と共に遁走《とんそう》を始める。釣られて、連れの者達も駆け出した。

「お、おいっ。まだ話が終わっておらぬぞ」

逃げる者達の背へ、同心らが慌てて声を掛けたが、止まるものではない。戻って来いと大きな声を出したが、追っては来なかった。

「まあ、お役目で、刑場に居るのだろうからな。いきなりあそこを離れるなんてぇ事は、同心達は出来ないよなぁ」

いや気の毒と種彦が走りながら言うと、横を駆ける山青堂が声を掛けてきた。

「おや彦さん、居たんですか。姿がなかったんで、置いてきちゃったかと心配しました」

「殿様、さっき渡した大福、役に立ちましたかぁ？」

隣に寄ってきた善太が、にやにやしながら聞く。種彦は鹿爪《しかつめ》らしい顔で頷くと、ちらと後ろを見て、刑場から十分遠ざかったことを確かめてから、西池屋に近づいた。

耳元で囁《ささや》く。

「旦那ぁ、ここですよう」

「ひ、ひええっ。追ってきた、声が、追ってきた」

西池屋が足をもつれさせ、転びそうになったのを、善太が素早く支える。直ぐに皆が走るのを止め、道ばたに立ち尽くした。

「な、なんや。さっきの声は、殿様のもんやったんかいな」

からかわれたと思ったのか、一角屋が顔を赤くする。だが山青堂はにこりと笑うと、今の怪談話は、良き出来の戯作でありましたと、種彦を褒めた。

「刑場という場所を上手《うま》く使った、一場面でしたな。前後のお話を、いつか作って下さいまし」

「そ、そりゃ殿様は、戯作者ですわな。でも、あんなところでいきなり、とんでもない話を語らんでもええのに」

西池屋が文句を言うと、種彦は「悪りぃなあ」と言い、人が悪そうな表情を浮かべた。

「だが短くて怖い戯作のおかげで、あのしつこい同心から、逃げられただろうが」

「そりゃ、同心方からは、逃げ出せましたけどねえ……確かに逃げられたけど……ああ、確かにそうですな」

そう言うと、西池屋は何度か瞬《まばた》きをし、二度ほど首を傾げた。そして一角屋と顔を見合わせた後、やっと納得の表情を見せたのだ。

「おお、そうでおます。あたしら、あの嫌ぁな旦那方から、離れられたんですな」

「悪さをした訳で無し、己らはもう大丈夫だろう。知り人も獄門台にゃ載ってなかったし、さて、帰ろうか」

種彦が言うと、皆ほっとした表情を浮かべ、歩き始める。

「殿様、とにかく、ありがとうございます。助かりましたわ」

両脇には田と畑が続き、鄙《ひな》びてはいるが、道幅は結構広い。一角屋が、道の先が千住だと言うので、宿場まで、皆一緒に歩いて行き、一休みした後、同じ舟で大川を下ろうという話になった。

「それにしても、忙しい一日だったな」

ゆっくり歩みつつ種彦がぼやくと、桂堂が懐《ふところ》から大福を取り出し、甘いものでも食べようと言う。他の皆はもう持っていないと知り、大福をちぎって分けると、桂堂はいつ食べたのかと、不思議そうに聞いてきた。種彦は笑って、食べたのは刑場の小屋にいた者達だと話す。

「あいつらは、おれが怖い話をするのに、力を貸してくれたんだ」

彼らの手助けがなければ、種彦は同心達に見つからずに語る事など出来なかっただろう。最初は小屋の後ろへ種彦を隠し、場を変える時は、筵で種彦の身を包み、取り囲んで一緒に歩くことで、周りの目から隠してくれた。

「大福を礼として渡した。だが戯作語りに加わる事を、あいつら結構楽しんでたぞ」

そう告げると、東西版元達の顔がほころぶ。

「話を共に作る事は、いつでも面白いもんでおます」

戯作者だけでなく、刷り師、彫り師、絵師に版元など、本作りに関わる者達は皆、それが分かっているから離れられなくなってゆくと言い、一角屋は笑う。

「というより、端《はな》から話作りを止められん阿呆だけが、続けていると言いましょうか」

「お、おれらは阿呆なのか」

種彦が呆然とすると、他の版元らは楽しそうな声を上げた。誰も、違うとは言い出さない。

「何だぁ？　何となく、納得出来ぬというか」

ぶつぶつこぼしているうちに、やがて軒の連なりが見えてきて、人通りも増えてくる。西池屋が道の先を指さした。

「少し先に、千住大橋があります。そこから舟に乗れますよって」

前にも来た事があるとかで、江戸生まれの種彦より、上方の版元の方が、余程千住の地に詳しい。じき、蕎麦《そば》を食べさせてくれる店を見つけ、一行は一休みしようと暖《の》簾《れん》をくぐった。


しばしの後、皆で舟を頼んで大川を下り、両国橋《りょうごくばし》の辺りまで来たところで、上方の一角屋達と桂堂が先に降りた。

種彦らは、そのまま舟で神田川《かんだがわ》へ入った後、和泉橋《いずみばし》辺りで降りる心づもりであった。だが種彦は不意に思いついて、そのまま先へ進む事にする。伊織を訪ねてから帰ろうと思いついたのだ。

「疲れた上に、蕎麦屋で結構、長々飲んじまった。明日また、外出をするのは辛《つら》いからな」

しかし種彦は早めに、今回の一件を伊織へ知らせておきたかった。本作りに携わる者達に、悪意を持つ者がいる気がしたからだ。

(伊織殿も用心した方が良かろう)

それで舟に乗ったついでだと、種彦は石川家まで、足を伸ばす事にしたのだ。となれば当然、供の善太は付いてくるにしても、山青堂まで舟を降りようとしないので、目を丸くする。

「お前さん、疲れちゃいないのかい。今日はあちこち歩いて、大変だったろうが」

「あたしは彦さんより、うんと商売向き、つまり丈夫です。それにですね、版元達が騒ぎに巻き込まれた件は、大いに引っかかるので、伊織様の意見もお聞きしておきたいんで」

真っ当な言葉だが、種彦は山青堂から考えを請《こ》われた事がないから、なにやら面白くない。だが旗本の殿様が、狸版元の言う事など気にしては格好がつかないので、知らぬ振りをした。

三人は水道橋《すいどうばし》近くで舟から降りると、武家屋敷の塀ばかりが続く道を、しばし南へ歩んでいった。すると驚いた事に、石川家の塀の外で伊織の姿を見つけたのだ。

「おや、あんな所に、一人でおられる」

種彦が片眉を上げた。大身旗本の伊織は外出時、供を何人も連れているのが、常であったからだ。だが直ぐ、伊織の背後に目を向ける。

「いや、ちゃんと近くに誰ぞおったか」

笠《かさ》を被《かぶ》った従者であった。珍しいと言ったその時、横にいた善太が走り出していた。

「おい、どうした」

善太は返事もせず、暮れてきた人気のない道を、飛ぶように駆けてゆく。

「おや、あの男、何か様子が妙な」

山青堂が目を見開いたその時、伊織に近づいた者は、突然刀を抜きはなったのだ。刀身が光る。

「伊織殿、危ないっ」

他に出来る事を思いつかず、種彦はとにかく大声で叫んだ。伊織が迷いなく横に飛び退き、その場所を刀が薙《な》ぎ払う。「ひっ」山青堂の悲鳴に、がきりという鈍い音が続いた。伊織と賊との間に入った善太が、次の一撃を、長どすの鞘《さや》で受け止めていた。

4

善太が刃を一旦押し戻している間に、伊織は己が出来る事をした。つまり素早くその場から離れ、種彦達の方へ駆けてきたのだ。

すると笠を着けた男が、その背へまたも切っ先を向ける。しかし善太が咄嗟《とっさ》に、男の刀を弾《はじ》いて邪魔をした。善太の得物《えもの》は長どすで、刀よりぐっと短いにも拘わらず、後れを取っていなかった。

男は仕方なく善太と向き合う事になる。深編み笠だったので、種彦はその顔を、顎《あご》の辺りしか見る事が出来ない。

(伊織殿の従者だとばかり思っていた。よく見れば、とてもそうは見えないものを)

善太はあの深い笠を怪しんで、駆けたのだと得心する。しかし、目の前で中間が見せている剣の腕前には、ただ呆然とし声が出なかった。

(たまげた。善太は強い！)

腰の入った素晴らしい足さばきを、供の中間は見せていたのだ。更に驚いたことに、斬りつけてきた男の方も、この太平の世に、どうしてこんな腕前が要るのかと、首を傾《かし》げたくなる程の強さであった。

隙《すき》なく刀を構え、相手の動きを見きる。振り下ろされた一撃を、待っていたかのようにかわす。どすが繰り出され、それが空を突く。

種彦が声もなく、二人の斬り合いに目を奪われていると、驚く程強い中間が、道の先から怒鳴ってきた。

「殿様、加勢する気がないんなら、さっさと逃げてくれっ」

要するに、種彦達は邪魔だと言うのだ。供の者から、話にならない腕前だと言われた訳で、己はこれでも武士なのかと、自嘲《じちょう》の笑いが浮かんでくる。

しかし種彦は直ぐに、伊織を引っ張って、今来た神田川の方へ駆け出した。山青堂もしっかり付いてきている。とにかく川に逃れてしまえば、弱い殿様でも、伊織を守る事が出来る筈であった。

三人は走りながら舟を見つけ、乗り込んで急ぎ岸から離れると、そこでようやく息をつく。山青堂が道の向こうへ、気遣わしげな目を向けた。

「三人で逃げてしまいましたが、善太さん、大丈夫でしょうか」

すると伊織が、心配は要らぬだろうと口にした。

「笠を被った男も、かなり強かったがな。しかし大分、腕に差はあったと思う」

己は、剣の腕はさっぱりだが、四千石の旗本として、武道に優れた家臣は取り立ててやりたい。それ故、見る目だけは結構あるのだと、伊織は苦笑と共に語った。

「それにしても腕の立つ中間で、助かった。種彦殿、どういう経緯で善太を雇われたのか」

「どういうと言われましても……その、よくあるように、口入屋《くちいれや》が紹介してきたのです」

あんなに強いとは驚いたと言うと、伊織も山青堂も頷いている。種彦は、今来た方へ顔を向けた。

（そういやぁ、あいつ、妙にあれこれ出来る男だよな）

中々気が利《き》くし、蕎麦は打てるし、本もよく読んでいる。勝子も気に入って、最近は話しかける事が多い。種彦とて、気がつけばこのところ、供には善太ばかり選んでいた。今では他の奉公人達まで、善太を頼りにしていたりする。

その善太が今日、驚く程の活躍で、伊織の命を助けたのだ。

（あいつ……何者なんだ？）

何でああいう男が、給金の安い中間に、甘んじているのであろうか。種彦が答えを見つけられず黙り込んでいると、伊織が船頭に、ここいらで岸へ着けるよう命じた。

「この先に、大名家の辻番《つじばん》が有るはずだ。辺りを見回るように言おう」

舟を降り辻番へ顔を出すと、三人は笠で顔を隠した、剣呑《けんのん》な男の事を告げる。すると中に、伊織を見知っている者がおり、直ぐに二人ばかりの大名家陪臣《ばいしん》が同道してくれる事になった。

しかし、急ぎ石川家の屋敷へ戻ってみれば、道に残っていたのは、渋い顔をした善太だけであった。先程、伊織達が居なくなると、相手の男は早々に刀を引っ込め、反対側へ走って逃げたというのだ。

辻番の者らに、なぜ追わなかったのかと問われ、善太は、身を守る為のどすしか持っていなかったと、手にしたものを見せる。どすと刀では、力が違いすぎる。陪臣二人は、それならば仕方がないと納得したのだ。

(でも、どすしかなくとも、善太の方が強かったが)

種彦はそう思ったものの、もう、あれこれ言う気力がなかった。みな無事だったと分かった途端、総身が倍ほども重く感じられ、思わずよろけた為、山青堂が慌てて支えてくれた。

「彦さん、また具合が悪くなったようですね。こりゃ早く、お屋敷へ帰らなきゃ」

もう伊織と話すどころではなく、山青堂が今更だがと言って、周りで危うい事が続いている事を、簡単に告げた。その間に善太が、石川家の門番を呼び伊織を託すと、三人はとぼとぼと神田川まで歩いてゆく。情けないことに種彦は、舟に乗る時、山青堂と善太に手を貸して貰《もら》う始末であった。

(やれ、己の頭まで重く感じるぞ)

船縁《ふなべり》にもたれかかると、苦笑が浮かんでくる。そして疑問も浮かんできた。舟で今、向かい合って座っている中間は何者なのだろう。

（あ、伊織殿がどうして一人で、屋敷の外にいたのか、聞くのを忘れた）

あの笠を被った男は誰で、なぜ伊織に斬りかかったのだろうか。

（絵師の北松は、獄門台に晒されてはいなかったが……一体今、どこに居るのやら）

謎《なぞ》だ。謎が山盛りであった。ひょっとしたら獄門の噂と、先程武士に襲われた一件は、関係があるかもしれないと思う。だが。

（……もう何も考えられぬ）

益々重くなる我が身を感じ、目を閉じる。そして種彦はそのまま、神田川を運ばれていった。

屋敷へ帰った後、種彦は見事に高い熱を出し、また寝込む事になった。

すると心配を掛けたと言って、無事であった絵師の北松が、まず見舞いに来る。北松は師匠の用で、品川の方へ出かけていたのだ。

次に、上方へ戻る前にと、一角屋と西池屋が顔を見せ、番頭らの無事を告げていった。そして少し良くなった頃、着物を着た狸が、見舞いの卵と一緒に現れた。

「彦さん、そんなに寝込んでばかりじゃ、流行《はや》りの戯作者には、なれませんよ」

姿を見せると直ぐに、狸版元山青堂は、勝手を言ってくる。何人もの版元に、仕事を頼まれるようになったら、戯作者たるもの、夜もすがら、数多《あまた》の話を書きまくらねばならないのだという。つまり丈夫でなければ、やっていけぬようなのだ。

「けっ、阿呆な……げほっ、ことを」

咳《せ》き込むと、勝子が茶を持ってきてくれる。山青堂は、今回伊織が襲われたことで、奥方の直子が大層心配していると話した。どうやら、伊織の見舞いにも行ったらしい。

「困った直子様は彦さんのように、実際に起こった事を、戯作に直してみようとなさったそうです」

直子は大身旗本の奥方だから、事を解決する為、一人で調べて回る事など出来ない。そして、家臣や周りの者達に、うかつな話をすることも、ためらわれたらしい。それで、分かっている事実を膨らませ、話の前後を考え、どういう経緯で誰が事を仕掛けたのか、見当を付けてみようとしたのだ。

しかし、だ。直子は頭の中で、話を一から作るのが好きな戯作者であった。よって、実際の話を元にしようとしても、今ひとつ上手くいかなかったらしい。

「やりつけない事を急にやろうとしても、難しいとおっしゃってました」

山青堂は、感慨深そうに言う。

「あれだけ売れっ子でいらした直子様でも、大して売れなかった彦さんより、不得手な事もあるんですね」

「げふっ、うるさいわ……」

「それでですね、伝言を頼まれました。彦さんの具合が良くなったら、石川の屋敷へ、一度来て頂きたいとの事なんですが」

直子は、できたら種彦と一緒に、今回の件を戯作にしてみたいという。

しかし直子が外出をするとなれば、伊織も同道するに違いないが、その他出を、今はなるべく少なくしたい。よって申し訳ないが、種彦にお越し頂きたいとの事であった。

「おや……けほっ、合作をしたいと?」

種彦は頷《うなず》き、治ったら行くと返答をする。その時ふと、善太の顔が浮かんだ。

(今回は、あいつを供に出来ないな。善太の話が、合作の中に出てくる気がする)

出来すぎた中間だから怪しんでいるなどと、当人の側では、言えないではないか。

ましてや善太は、伊織の命の恩人であった。

「おい狸。当日はお前さんが……げほっ、供をしろよ」

「おや。ええ、構いません。お二人の合作、面白そうですし」

すると、勝子も同道したいと言い出し、山青堂と、手土産の話になる。直ぐにでも行きたい狸版元が、また鯉の生き血を飲んだら、早く治るのではと迫ったものだから、種彦は、掻《か》い巻《ま》きを頭から被った。

「種彦さん、ご足労頂いて、ありがとうございます」

五日後、かわいい妻、勝子のおかげで体調を整えた種彦が、石川家の旗本屋敷へ顔を出した。

高屋家よりもぐっと格の高い、門番のいる門から入ると、いつもながらに禄《ろく》の違いを実感する。広い玄関から広間、次の間と通って廊下を奥へと進んだ時、石川家は割と細長い作りになっている事に、今日気がついた。

それから中庭を囲む廊下へ出て、土蔵を右に見つつその先へ行くと、いつも物語の集いで使う部屋が見えてきた。

「種彦殿、勝子殿、ようこそ。おお、山青堂、それに善太も来たか」

伊織が、命の恩人に笑みを向けると、善太は部屋の端でにやっと笑い、己の主を見る。種彦がそっぽを向いたので、どうしたのかと伊織が問うと、中間は、殿様に置いてきぼりを食わされそうになったと言い出した。

「酷うございますよねえ。石川の殿様なら、おれがお供して来ても、きっと喜んでくだされるのに」

何しろ善太は伊織の命を救ったのだ。すると種彦が、阿呆《あほ》な事を言うと、石川家の家臣に、屋敷の外へつまみ出して貰うぞと、善太を脅しにかかった。

「お前は、そういう口の減らない奴だ。だから、心配だったのだ」

「心配って……何がです？」

「今日おれは直子殿と、最近、実際に起こった事を元に、戯作を作る事になっている」

種彦や直子自身、勝子や伊織、それに版元達も、当然話に出てくる筈であった。

「ははあ、つまりおれも、戯作に顔を出すんですね」

格好良くお願いしますと、善太が言い出したものだから、種彦は寸の間、拳《こぶし》を握りしめた。しかし、どう考えても善太には敵《かな》わないので、直ぐに手を膝《ひざ》に置く。

「この度の戯作は、本当にあった事実に沿って話を作る。お前の顔の事など知るものか」

とにかく、だ。戯作を作り、それが上手くできた場合、登場人物達が、己の意志が有るかのように、勝手に動き出す事がある。特に今回は、戯作者も知らない経緯を感じ取りたくて、物語にしてみるのだ。己から動いてくれる者がいれば、ありがたい。

「となると、だ。善太、お前がいかなる人物として動き出すか、おれにもまだ分からんのだ」

もしかしたら戯作の中で、善太は悪人面《づら》をするかもしれなかった。

「よく分からん奴だからな」

親は浪人だったと聞いてはいるが、出身すら知らない。あれこれこなせるのに、どうして渡中間《わたりちゅうげん》を続けているのか、謎であった。

「問うても、他に職もないしとしか、言わぬときている」

殿様、その通りなんですよぅという善太の声は聞かず、種彦は先を続けた。おまけに善太は剣の腕も立つから、戯作中、気に入らない形で登場させた場合、怒って暴れたら止めるのに困る。よって種彦は今日、善太を屋敷へ置いてくるつもりであったのだ。

「なのに、強引に付いてきちまって」

「あのねえ、彦さん。中間一人追い払えない殿様って、かなり情けなくないですか?」

ここで山青堂が、横から阿呆な事を言ったものだから、種彦は思い切り顔を顰《しか》め、月代《さかやき》を小突く。すると、山青堂が種彦の口元をつまみ、種彦がやり返し……二人は直ぐに、善太と伊織によって引き離された。

「ああ、殿様に付いてきて良かった。やっぱりおれが必要だったみたいですね」

善太が溜息《ためいき》混じりに言うと、直子は苦笑を浮かべつつ、戯作の事を話し始めた。

「種彦様、今日は先日の出来事を、ご一緒に、戯作に出来たらと思っておりますが」

伊織を助けたい直子は、真剣な表情を浮かべている。話を作る事で、何者が伊織を襲ったのか、明らかに出来たらと願っているのだ。

「でも二人で作るのは、互いに初めてですし」

しかも直子は、事実を取り入れて戯作と成す事を、不得手としている。

「上手くやれるでしょうか」

「なぁに、やってみて上首尾ならば、続ける。下手な試みだと分かれば、止めればよいことで」

種彦が軽く言うと、直子がほっとした様子になった。

「そうですね、では……そろそろ合作を始めましょうか」

頷いた種彦はいずまいを正すと、まず直子の文机《ふづくえ》を借りる。そしてそこに、持ってきた紙を何枚も置いた。

「直子殿は、話の全《すべ》てを、一から作るのがお好きなんですよね。その場合、最初はどのようにして、戯作を始められますか？」

「物語を作る時、これが書きたい、という事柄がある場合がございます。『御江戸出世物語』では、大賢《たいけん》とお綺羅《きら》の恋が、それでした」

その事柄についてや、人物達の名や特徴、話に出てくる場所の事、人の関係などなど、まずは思いつくままに書留めてゆく。それを整理し、大きな物語の流れを思い浮かべると、書き加えたい事や、違うと思う箇所などが見えてくるというのだ。

「この辺りで一度、簡単な筋をまとめてみます。あのお話では、二人の出世と筋を絡めようと、決めていました」

そこから、話の枝葉をのばしてゆくのだ。紙がもったいないから、この段階では安い紙に細かい字で書き、増やしては削りを繰り返す。後で書き直しが多くなり、読みづらくなったりせぬよう、下書きしておくという。

種彦は深く頷いた。

「事実を元にする場合も、やり方は似ていますね。私はまず、興味を引かれ、使いたいと思った出来事を書き出しておきます」

種彦は既に、今回起こった問題を記してあり、文机の上に広げてゆく。

一、湯屋で誰だか分からぬ者が、御政道批判をした。

一、同心の柳が、種彦の屋敷へ来る。種彦と伊織殿の無実を確認。
一、北松、一角屋大番頭駒吉、西池屋の巳之助が獄門になったと、噂が流れる。骨ヶ原にて、噂が嘘《うそ》である事を確かめる。
一、伊織殿、屋敷の前で笠を被った侍に襲われる。
一、善太、長どす一本で、伊織殿を助ける。
「中心になる話は、やはり御政道批判をしたのは誰か、ということでしょうか。そして、そんな中、起こってきた小さな謎の解決ですね。ああそうだ。伊織殿に一つ、聞き忘れていた事があった」

種彦は伊織の方を向くと、襲われた日、どうして一人で屋敷の外へ出ていたのかを問う。すると驚いた事に伊織は、種彦に呼び出されたと返答したのだ。

「私に呼ばれた？　ああ、簡単な文が届けられたんですか。きちんと訪問する程ではないが、ちょいと耳に入れたい事があるから、門の外までお願いしたいと書いてあったんですね」

成る程と言い、種彦は紙に、一つ書き加えた。
一、伊織殿、偽《にせ》の文で呼び出される。
それから直子に、まずは、これらの出来事が起こった場面を、思い浮かべてみるのだと告げた。その内登場する人物達が、作中で動き始める。そして段々、その人物達が話を動かしてゆく。その場面に至るまでの時や、随分後の日へ、物語を広げてゆくのだ。

「途中、思いついた事や新たに決まった事柄を、書き留めておきます。それを整理し、物語として盛り上げ、一本の戯作としてゆくわけで」

直子が、得心した顔で頷く。

「種彦様は、そうやって作っているのですね。ええ、これなら出来そうな気がします」

合作であるから、交互に戯作を作っていく。直子や種彦がつっかえた場合、互いが補いあって、話を進める事になる。そして運が良ければ、体験した事実の他にも、見えてくるものが有るはずであった。

5

大身旗本石川家の奥座敷にて、いよいよ種彦が一度やってみたいと思っていた、戯作の合作が始まることになった。直子と共に、御政道批判の一件を戯作にし、語ってみるのだ。

話と成せば、まだ事実が分からぬ事、例えば悪人が誰かという点まで、見えてくるかもしれない。いや、是非そうなって欲しいと、皆は思っているのだ。

「戯作を作っていると時々訪れる、稲妻がひらめくような一瞬が、真実を教えてくれれば良いのですが」

種彦がつぶやくと、直子も頷いている。

話の最初の部分は、まず、事実を元にした戯作作りに慣れている、種彦が語る事になった。幾らか進んだ後、直子と交代する予定だ。

「それでは、ここから始めましょう」

種彦は、文机に並べた要点の内、『同心の柳が種彦の屋敷へ来る。種彦と伊織殿の無実を確認』と書かれた紙を指す。同心達が病人種彦の元を訪れた時の状況が、まず語られ始める。戯作の始めに入れるべき事、聞き手への説明も、忘れず並べる。だが、それればかり続くと鬱陶《うっとう》しい故《ゆえ》、軽い喧嘩《けんか》、勝子とのやりとりも混ぜ込んだ。

そして、鯉の生き血の一件を、実際よりも大げさで分かりやすい騒動として話したところ、小さな笑い声が部屋内から聞こえてくる。

「あら、面白い入り方ですこと」

横に座った直子が、小声で感想を漏らした。

種彦もそうだが、ほとんどの戯作者は、同業の話作りを見る事など、まず無い。正直、共作をしなければ、種彦も人前で、思い浮かんだ話を語ろうとは思わなかった筈《はず》だ。

皆の視線が気になる。周りの僅《わず》かな身の動きも、己が話の中に入り込むのを妨げる。正直に言えば、考えづらかった。

(しかし今日は愚痴も泣き言も、御法度だな)

気合いを入れると、種彦は己達が獄門首を確認に行き、同心に絡まれたあげく、骨ヶ原から逃れる場面までを、一気に作っていった。皆も、何が起こったか承知している所故、早めに進めてゆく。

しかし、それでも元のままでは面白く無いので、同心らが何故《なぜ》高屋家へ来たのか、謎解きにして推測を語ったら、向かいで山青堂が薄く笑みを浮かべた。事情はどうあれ、戯作者の本性は戯作者、版元は版元だ。戯作が語られれば、版元はそれが本にしたい話かどうかを判断してくる。種彦はちょいと緊張した。

(勝子や善太は、きっと御政道批判の事などそっちのけで、話を楽しんでいるんだろう)

種彦は謎や恋、嫉妬《しっと》を、必死に組み入れていった。それは戯作の為、読み手からしばしの時を貰う代わりに、戯作者が差し出す、心躍る仕掛けであった。

すると、横手で話を聞いていた善太が、目をしばたたかせ始める。良く知っている件だけに、事実と戯作の違いが分かってきたのだろう。

「こりゃ面白いですね。面白いけど……どうして先だっての事が、こんな話になるんだ？」

するとここで直子が身を乗り出し、種彦の目を見てきた。段々興が乗ってきたらしく、己も戯作を語りたくなったのだ。

直ぐに頷くと、種彦は「交代」と短く言い、自分は黙る。そして、直子が語るのを期待と共に待った。売れっ子の戯作者が、物語をどう進めてゆくのか、興味の塊であった。

(勿論《もちろん》、剣呑な御政道批判をした者を、おれは突き止めたい。それは本心だが)

しかし、しかし、だ。今は何より、直子の戯作を聞きたかった。種彦は、己が語ったものと、どう違うのか、どれ程の差があるのか、知りたくてたまらなかった。

よって直子が話を継いで、骨ヶ原へ行った帰りの種彦達を、戯作の中で神田川の岸へ降ろすと、鹿爪らしい目的は、頭の中から吹っ飛んでしまった。

作中、あの日と同じように、石川家の塀脇に賊が現れると、直子は直ぐ善太を、伊織の元へ走らせる。それから、緊張感に満ちていたあの一幕を、それは華麗な、大立ち回りの場面に変えてみせたのだ。

「中間善太が命を賭《か》け、身を挺《てい》して、伊織殿をお助けもうす。善太は、飛ぶように駆け寄った。だがその時、卑怯《ひきょう》にも賊は数人の仲間を呼び、二人を取り囲んだのだ！」

白刃《しらは》が幾本も向けられるが、善太の手には、短いどすが一本あるのみ。敵方は輪を描くように周りを囲むと、二人を追い詰めてゆく。

「絶体絶命の危機。伊織と善太の命は、嵐《あらし》の中の、灯火のごとくにて」

さあ、どうなる！　どう逃れる。直子の語気が強まった。その時、呆然とした善太のつぶやきが、話に挟まる。

「あの、おれが向き合ったのは、一人きりでしたけど」

途端、種彦が懐にあった扇子で、ぱしりと中間の頭を叩《たた》く。慌《あわ》てて口元を押さえた善太をよそに、直子は話を更に大胆に進めた。賊が刀を振りかぶったその時、何と善太が旗本屋敷の長屋塀の上へ、軽々と飛び上がったのだ。

「ひえっ、どうやって……」

一瞬、善太は悲鳴を上げてしまった。その間に作中の善太は手を伸ばし、伊織までも軽々と引っ張り上げ、二人は塀の上を駆け隣の屋敷へと移り、賊から逃れてゆく。するると種彦達が舟で、仲間の逃げる先へと回り込む。そして二人は何と、塀の上からその小舟へと大きく飛んだのだ。

「舟が揺れ、水しぶきが上がる。ざんぶりと頭から被り、皆、ずぶ濡《ぬ》れとなりしが、種彦と山青堂は、見事に二人を受け止める」

一行は抜き身と共に追ってくる賊を振り切り、悔しがる声を背に、手の届かぬ所へ逃れたのだ。

「おや、おれは、無事だったらしい」

善太が、ほっとした表情を浮かべ、ぐっと身を乗り出した。直子の語りは続く。

「天空には満月があり、江戸の町を照らしていた。するとこの時、事をしくじった賊達の顔に、嫌《いや》な笑いが浮かんだのだ。彼らは急に、伊織の屋敷へ戻っていった」

「おや、事が起こったのは、実は夜だったのでございますね」

山青堂の、楽しげな声が聞こえた。

直子は事実に依《よ》らず、話を作ってゆく戯作者の本領を発揮し、更に驚きの出来事を重ねていった。種彦は舌を巻く。

(荒唐無稽《こうとうむけい》なようでいて、話が時々ちゃんと、実際の事と重なるから、凄《すご》い)

伊織や種彦達はあの日と同じく、賊の襲撃から逃れられたのだ。

次に直子は賊らに、石川家の塀を乗り越えさせてしまった。主がいない中、直子と、遊びに来ていた勝子は、なす術なく賊達に囲まれた。またもや危機が迫る。

「あのぉ、お屋敷の御家来衆はどうなさったんでしょう。どうして奥様を助けないんです」

懲《こ》りずに、阿呆な一言を口にした善太は、今度は伊織の扇子で、叩かれてしまう。

「善太、家臣が主の活躍を阻《はば》んで、どうする。麗《うるわ》しきおなごを助けるのは、格好の良い男と決まっておるのだ」

「へっ？」

「ああ危ない。直子達へ、賊が刀を向けた。二人が持つのは懐刀《かいとう》のみ。どうなるのか」

皆の目が直子に集まる。種彦は手を握りしめ、次の言葉を待った。そして。

「さて……いかがしましょう。種彦さん、そろそろ代わって下さい」

「えっ、直子殿、その」

心地よく話に浸っていた種彦は、直子の突然の指名に、目を丸くする。そして焦《あせ》った。己の戯作では今まで、賊が人の丈よりも高く飛び上がったり、かわいい勝子が襲われた事など、無かったからだ。

（ど、どうしたらいいんだ？）

一瞬、言葉に詰まる。しかし。

（心が躍る）

直子の話は、冷静になり筋だけ追えば、いささか現実味の無い所もある。だが聞いている間、夢中になる代物《しろもの》なのだ。

（面白い！　こういう作り方をしてみたい）

種彦は一つ頷くと、直子の語りを真似《まね》てみようと決め、話し始めた。

「賊が二人に迫る。男数人で、か弱きおなごを囲むなど、卑怯千万」

ここで追い詰められた勝子が、かねて夫から預りし丈の短い笛を取り出すと、咄嗟《とっさ》に吹いた。夜空に鳴り響いたその音に、危機を察した男達が、急ぎ石川の旗本屋敷へ駆け戻る。

「勝子」

「直子」

今、助けると、声が揃《そろ》う。善太は早くも長屋塀に乗り、続いた伊織と種彦は刀を抜くと、地の利を生かして一味と向かい合う。これから、斬り合いが始まるのだ。

だが。

（ううむ……今一つ、話の展開が固いな）

種彦は語りつつ、僅かに眉《まゆ》を顰《ひそ》めた。何かが足りないというか、このままでは並の斬り合いになるしかない。だがそれでは、先程直子の戯作を聞いていた時のような、のめり込む感じには、なりそうもなかった。

（何が原因だ？）

種彦達は、おなごらを救う為、賊と対峙《たいじ》せねばならない。そこは変えられない。

（しかし斬り合いをさせ、俺達が勝ったんじゃ、先が見えるというか、ぱっとしないんだよな）

何かが、いや誰かの振る舞いが、間違っているのだろうか？

（誰か、人を動かすべきか）

そう考えた途端、種彦は答えを見つけたような気がした。そして戯作中の善太のどすを、味方だと思って背を向けていた種彦に、突きつけてみたのだ。

「善太、正気か！」

伊織が、己の刀で種彦を助けようとする。すると、だ。ここでまたしても、思わぬ裏切りが成された。

「おっと、石川の殿様。善太へ刀を向けちゃ、困りますな」

その声と共に、新たにどすを取り出し、裏切りを告げてきたのは、思わぬ人物であった。大層人なつっこい狸顔《たぬきがお》、馴染《なじ》みの版元、山青堂もまた、敵対する者だったのだ。

(あ、あれ?)

語りつつ、種彦自身が驚いている間に、悪党山青堂は、堂々とした敵役になってゆく。狸のような体つきのくせに、大層軽い身のこなしで、斬り合いを始めたのだ。

「こりゃまた、驚きのお味方だ」

戯作中の善太まで驚き、話は妙な方へ進んでしまった。もはや、御政道批判をした謎の戯作者の、影すら見えないではないか。

(どうして、こんな流れに……)

種彦が呆然としたその時、部屋内から声が上がった。

「彦さん、どういう事なんですか!」

頓狂《とんきょう》な声を上げ、話をぶち切ったのは、山青堂だ。

「何であたしが、悪役なんですかっ」

「おい、こら、止《や》めねえか」

山青堂は止められても種彦へにじり寄り、思い切り文句を言い始める。

「彦さん、どうしてです？　何で、よりによって、あたしが敵方にならなきゃ、いけないんですか？」

納得いかないと言い募る版元に、善太が横から、おれはいいのかとぼやいている。しかし、山青堂はそれには構わず、いつになく気色ばんでいた。

「あたしは変わらず、彦さんと楽しくやってきたのに。酷《ひど》いですよぅ」

「山青堂さん、語っているのは戯作です。版元さんならば、物語が事実とは違う事くらい、承知でしょうに」

ここで直子が、苦笑と共に取りなしてくる。それでも山青堂が了解しないでいると、首を捻《ひね》ったのは、種彦自身であった。

「うーん、そういやぁ、変だな。どうしていきなり、山青堂が敵方に回ったんだろうか」

腕を組み、考え込む。

「正直な話、正体の知れねえ所のある善太は、敵方に回すこともあると、思っちゃいた」

その方が話は面白くなりそうだったので、種彦は善太を意図的に裏切らせたのだ。身内と思っていた人物の裏切りというのは、衝撃的な出来事だ。読み手は「おお」と、声を上げたくなる。ただ。

「だけど、今の戯作の中で、何で山青堂まで裏切ったんだろう？」

己で語っておいて、種彦は眉間《みけん》に皺《しわ》を寄せていた。

「種彦さん、是非そうしようと思って、話を動かした訳では、なかったんですか？」

直子に問われ、首を横に振る。

「今回は、それこそ作中の人物、山青堂に引っ張られて、話が進んだという感じだった」

すると山青堂が、半泣きの声を出す。

「酷いですよう、彦さんはあたしを、心の底でずっと、悪人だと思ってた訳ですか」

すると種彦は、直ぐに否と言った。

「いや山青堂は、悪じゃあないな。一見間抜けだが、実は腹黒い奴だったら、作中でもっと面白く動かせる。弱そうなのに善太を顎《あご》で使い、襲って来た賊の親玉として、名乗りを上げさせたい所だ」

しかし戯作は、そんなに派手な事にはなっていない。

「でも、山青堂は裏切ったんだよなぁ」

種彦が寸の間黙り込むと、また山青堂の愚痴が降ってくる。

「ああ、情けない。彦さんを一人前の戯作者にしたのは、あたしなのに。そもそも彦さんは、戯作を語る事はあっても、文に直し、きちんと書いちゃいなかったでしょう？」

しかし山青堂と出会ったことで、種彦は戯作を本気で書き下ろすようになった。戯作は貸本屋から認められ、版木が作られ、本が出た。種彦は、一人前の戯作者になったのだ。

「なのに……その恩人を悪人にするなんて」

するとその時、種彦は大声を上げたのだ。

「あーっ、それだ」

「殿、それって、なんですの？」

小首を傾げる勝子へ、種彦は己が何に引っかかって、戯作中で山青堂を敵方に回したのか、やっと得心がいったと告げる。

「おれは山青堂のことで、ずっと気にかかってた事があった。納得がいってなかった」

その疑問はいつも、種彦の心の内にあった。それはいつか不信感となっていたのだろう。

「ああ、すっきりしたぞ」

「ちっとも、すっきりしませんよ。何が嫌だったって言うんですか。金ですか？」

種彦は違うと、即座に否定した。金の話は、既に表へ出ているいざこざであり、知らぬ間に溜《た》まっていった不信ではない。

「では……何なんです？」

段々呆然《ぼうぜん》としてきた山青堂に代わり、善太が問うてくる。すると種彦は、山青堂の目を見つつ、はっきりと言った。

「山青堂は、ある日突然おれに、戯作者にならぬかと声をかけてきた」

種彦の、まだ書いてもいない戯作を世に出したいと、そう言ったのだ。

戯作者になりたい者にとっては、夢のような話だった。最初は断った種彦も、段々誘惑をはね除《の》けられなくなった。いつかは戯作を書きたいと思っていたものだから、つい本当に書いて、山青堂へ渡してしまった。

しかし、疑問が残った。

「何故おれに、戯作を書けと言ったんだ？」

「あのそれは、きちんと説明した筈ですが」

山青堂が、戸惑っている。勿論、種彦もその覚えはあった。たしか、狂歌連で種彦が語った、知り合いの嫁姑《しゅうとめ》話が面白かったからだと、山青堂は言っていた。

だが。

「何で戯作として、紙に書いた訳でもない語りを聞いただけで、戯作者になれと勧めて来たのだろうと思った。本心じゃ納得してなかったな」

ただ、その不信を山青堂へ伝えれば、己の才を己で否定するようで、口が開かなかった。

「これがだな、既に沢山戯作者を抱えている、桂堂のような版元だったら、違った。たまたま話が好みだったのかと、考えただろうよ」

しかしだ。山青堂はこれから、地本問屋《じほんといや》を開く所だった。つまり、初めて出す本が全く売れなかったら、商いが早々に、立ちゆかなくなるかもしれぬ時期であったのだ。

「なのに、売れるかどうか分からない新米を、おだててきた」

それは確かに、奇妙な話だ。隣で伊織も眉根を寄せ、直子も首を傾げている。皆、山青堂へ目を向けた。

「ですが……そんな事を言われても」

山青堂が今にも泣き出しそうな表情を浮かべると、直子が不意に、種彦と山青堂の出会いを、戯作に直すと言い出した。今、試みていたように、その時の様子をもう一度、物語で再現してみるのだ。まずは山青堂の台詞《せりふ》を、柔らかい声が語った。

6

「彦さん、書いて下さいね。全く知られていない戯作者でも、面白ければ本は売れます。しかも新米の彦さんであれば、潤筆料《じゅんぴつりょう》がぐぐと安く済むので、助かります」

「書く前から、値切るのかっ」

種彦にうんざりした口調で言われても、山青堂はちろりと舌を出すのみであったと、直子は話を作ってゆく。それから山青堂は旗本屋敷を出て、知り合いの所へ向かう。そして、どうやら種彦に一作書いて貰えそうだと、勝手な手応《てごた》えを伝え相手に頭を下げた。何しろ、面白い戯作を安く書けそうな新米、種彦の事を教えてくれた、有りがたい人なのだ。

直子が、山青堂へ顔を向ける。

「それで山青堂さん、このお相手の名前は？」

「はい？　勿論、桂堂さんですよ」

さらりと口にしてから、山青堂は己でびっくりしたらしく、背を伸ばした。

「おや忘れてた。そういえば彦さんの名を口にしていたのは、桂堂さんでした」

ただ、直子の語りとは少し違い、山青堂はまだ、桂堂と知人ではなかったので、種彦の名を直接教えてもらった訳ではない。桂堂が他の人に、種彦の事を話していたと、人づてに聞いたのだ。だから当時どうして桂堂が、種彦の事を承知していたのかは分からない。

すると不意に種彦が立ち上がり、桂堂の所まで、この件について聞きに行くと言い出した。

「せっかくの機会だ。事をはっきりさせたい」

だが。ここで山青堂が怖い声を出す。

「彦さん、せっかく始めた試みから逃げて、どうするんです。今やるべきは、御政道批判をした戯作者を突き止める事でございましょう？」

不機嫌な狸に真っ当な意見を言われ、種彦は渋々座り直す。それで、とにかく種彦と直子は、御政道批判した者を突き止めるべく、話へ戻ったのだ。

ところが。

一旦《いったん》気が他所《よそ》へ向かった為か、種彦の戯作は、伊織と種彦対、善太、山青堂の対決を繰り返すばかりとなり、先へ進まなくなった。仕方なく直子と交代したが、今度は大蝦蟇《おおがま》や猫又《ねこまた》など、怪しい者達が跋扈《ばっこ》する戦いへ、物語が転がっていってしまい、伊織が襲われた真相など、明後日《あさって》まで語り続けても、出て来そうにない。

「あら、まあ。さっきまで、話は膨らんでも、ちゃんと本筋と、繋《つな》がっていたのですが」

しかし戯作の流れは、他所の方へ逸《そ》れてしまった。皆は顔を見合わせると、今回のかつてない試みが失敗に終わった事を、渋々、認める事になったのだ。

「いや、面白い挑戦であったのだが」

残念だと伊織が言った横で、作中で悪役にされたにもかかわらず、善太は大いに楽しめたと笑っている。すると山青堂が、せっかく共作から新たな事が分かったのだから、それを役立てようと言いつつ立った。

「彦さん、桂堂さんから、ご自分が戯作者として推された訳を、聞きたいのでしょう？　ならば帰りに、桂堂さんの所へ寄りましょう」

どうやらまだ、ちょいとばかり腹を立てているようで、山青堂は話作りが終わったばかりだというのに、種彦を急《せ》かしてくる。

「あら、もうお帰りになりますの？」

直子が残念そうに言うので、勝子はもう少し残るという話になり、善太と種彦は山青堂に、表へ押し出されてゆく。廊下に出ると、後ろから直子が、声をかけてきた。

「あの」

今日の礼と、勝子をきちんと送り届ける旨《むね》、言ってくる。そして。

「共作、面白うございました。できたらその、また作ってみませんか」

今度は、きな臭い目的抜きで。その言葉を聞いた種彦は、大きく笑みを浮かべた。

「是非、その内」

すると伊織や勝子、善太までが、絶対その場に同席したいと言い出す。ひょっとして、もしかして、己が戯作の登場人物となり、お江戸の旗本屋敷の屋根を駆け巡ったりしたら、わくわくするではないか。強く格好よく、悪人を倒してゆくのだ。美男美女として、素敵な相手に出会えるかもしれない。

「勿論、あたしもその時は馳《は》せ参じます。ですが今は、お暇《いとま》しますよ」

山青堂が、種彦の耳を引っ張った。


種彦達三人が顔を出した時、桂堂は店にいた。そして、種彦の噂《うわさ》をした訳を尋ねられ、大いに首を傾げた。

「確か彦さんの事は、以前から噂で聞いていたんです。ええと、貸本屋さんから。誰だったかな」

桂堂は、多分貸本屋の大徳《だいとく》だと口にする。しかしその口調は、何時《いつ》になくきつかった。

「山青堂さん、彦さんと直子様で戯作を共作したんですか？　今日？」

聞きたかった。自分も戯作仲間なのに、どうしてその場に呼んでくれなかったのかと、桂堂が責めてくる。山青堂が慌てて頭を下げ、何故か善太まで謝ると急ぎ店から出て、その貸本屋に会う為、一旦神田川へ向かい舟に乗った。大徳は貸本屋の世話役山青堂も見知っており、得意先は日本橋《にほんばし》から京橋辺りだという。

「あのお人は良いお客を、沢山摑《つか》んでおられましてね」

通町《とおりちょう》と言われる大通りに、得意先の大店を多く持っていた。しかもそういう店の主には、家族で読むからと、本を借りるのではなく買ってくれる者が、結構いるらしい。

「だから大徳さんは、仕入れる本の数が多いんですよ」

舟は一旦大川へ出てから南へ下り、三つ又を永久橋の方へと入った。それから江戸橋をくぐると、三人は日本橋近くで舟を降りる。顔の広い山青堂が、近所の地本屋へ寄って、大徳の事を尋ねると、丁度居合わせた貸本屋が、大徳であれば、今日は日本橋には居なかろうと言った。

らしかった。

「大徳さんは最近、八丁堀《はっちょうぼり》に行く事が多いって噂だよ」

武家の中でも奉行所へ勤める者は、付け届けが多く、禄の割には裕福で、本をよく借りて貰える。その上、大徳は最近、贔屓《ひいき》の大店《おおだな》の主達《あるじ》に、上手《うま》い事持ち掛けている

「奉行所へ金子を渡しても、一度、集めてから皆で分ける故、誰が出したか覚えて貰えない。ならば貸本を、お店の名で、世話になっている八丁堀の旦那へ届けちゃどうかと言ったとか」

試みは好評で、大徳は、八丁堀に出向く事が増えたのだそうだ。

「面白いやり方を考えつくもんだ」

貸本屋へ礼を言うと、三人は堀川沿いを少し戻って、八丁堀へと歩いてゆく。すると、だ。善太がいかにもさりげなく、懐《ふところ》から手ぬぐいを取り出し、頭から被《かぶ》ったのだ。日差しが暑いようにも、顔を見られたくない仕草にも思えて、種彦は口元を歪《ゆが》めた。

橋を渡り、町屋の端から、同心らの住まう武家地へ目を向けた三人は、どうやって大徳を探そうかと、歩きながら話し始める。種彦は、ひょいと山青堂の顔を見た。

「八丁堀にゃ、先だって会った柳同心や、今田同心なんかも住んでるんだろうな」

「そりゃ勿論。定廻《じょうまわ》りの旦那ですから」

大店の主達が付け届けをする相手は、多分そういう者達であった。そして似た身分、役職の者達は、親戚《しんせき》である事も多い。

「ならば、まず柳同心の屋敷を探そう。そこから同役の屋敷を教えて貰えばいい」

大徳はその内のどこかに居る筈だと、種彦はすたすた武家地へ歩を進める。後ろで善太が、不機嫌そうな声を出した。

「殿様、何も今から、八丁堀のお屋敷へ押しかけなくたって。大徳という貸本屋に話を聞くのは、明日でもいいじゃないですか」

商いへ出る前に家へ行けば、簡単に、確実に当人と会える。余計な苦労をしなくても済むのだ。

すると種彦が振り返り、にっと笑った。

「確かにその通りだ。だが、帰らねえよ」

そして何と、八丁堀に来てみたら、大徳が種彦の噂をした訳が、何となく分かってきたと、そう言い出した。密に並んだ、奉行所勤めの者達の屋敷を見て、ひしひしと感じるものがあるという。

「多分おれの名が、この界隈《かいわい》で何度か、噂に上ったからだろうな」

それを、同心宅へ本を貸しに行った大徳が、何度か耳に挟んだ。それで大徳は、種彦の名を心に留めたのだろう。

「だが八丁堀の面々など、おれは知らん。つまり同心達は、おれの戯作者としての力量を期待して、噂したんじゃなかろうよ」

同心達は種彦の事を、旗本なのに小普請《こぶしん》から抜け出そうともせず、狂歌に励んでいる、駄目な男と見ていた筈だ。要らぬ事を書きそうな要注意の一人として、口の端に上ったのだ。

「おや、それが注目のお人の名と化け、あたしの耳に届いた訳ですね」

山青堂が頷く。しかし、だ。己は人の噂だけで、己の店の先々を託す戯作者を決めたのではないと、言い張った。

「やはり一度聞いた彦さんの話が、面白かったからです。そしてですね、ぴんとくるものが、あった為《ため》ですよ」

読み手を楽しませる力。山青堂は種彦に、それを感じたのだという。

「勿論、版元によって、戯作者に期待するものは、それぞれでございましょう。ですが、あたしは彦さんの作を気に入ったんで」

だから己の、版元としての船出を賭けたのに、種彦は酷いと山青堂はふてくされて小石を蹴《け》る。種彦は連れを見て……じきに笑い出した。

「ああ、分かった、分かった。済まねえな。おれが悪かったよ」

山青堂に拾い上げて貰って良かったと、大仰に言うと、ようやく狸版元の機嫌が直る。

「ならば彦さん、潤筆料、ちょいとまけてくれませんか」

「駄目だ」

仲直りはしたものの、二人はそのまま、さらに奥へと歩いてゆく。眉根《まゆね》を寄せた善太が、もう帰ろうと再び言うと、振り返った種彦が否《いな》と言った。

「だってさ、さっきから善太が、困った顔してるからな。なあ、山青堂」

「ええ、善太さんにとって八丁堀は、居心地が悪い場のようです。以前、同心の旦那と会った時は平気でしたのに、何故でしょうねえ」

山青堂が、じっと中間を見る。善太はすっと、視線を外した。

「お、おれは別に、居心地が悪いとは……」

この時、道の先に数人の武士達が現れたので、種彦が柳の屋敷を聞こうと、近寄ってゆく。善太が心持ち身を引くと、その時山青堂が不意に、善太の頬被《ほおかぶ》りに手を掛け、さっと奪ってしまった。

「何をするっ」

声を出した途端、皆の目が善太の方へと向けられた。「うっ」道ばたで一瞬顔を引きつらせたものの、善太は直ぐにほっとした表情に戻り、種彦達へ、ぺこりと頭を下げる。

だが。ここで善太の背の方から、声が掛かったのだ。

「おや、お久しい。滝川《たきがわ》殿ではありませんか」

そろりと振り返ると、善太と同年配の男が、人の良さそうな顔で笑っていた。

「三宅《みやけ》の道場でご一緒した、中山《なかやま》です。最近道場へは来られぬな。ご家族はご健勝か」

そこへ種彦が駆け寄ると、善太と中山某《なにがし》の間に立つ。そして、わざと意味ありげな言葉を囁《ささや》いてみたのだ。

「申し訳ない、今はお役目中にて……」

「あ、これはその、徒目付《かちめつけ》の」

中山某はさっと、中間姿の善太に目をやると、とんだご無礼をと小声で言い、急ぎその場から離れてゆく。思わぬ言葉を聞き、山青堂は目を光らせ、種彦は善太を見つめた。数人の武士達は、善太の方をちらちら見ながら、何か話を始める。緊張が形あるもののように、伝わってきた。

（徒目付……何とそれが、善太の正体か）

種彦は息を呑《の》み、善太の傍らに立ち尽くす。余りにも出来の良い中間は、やはり別の顔を持っていたのだ。

徒目付といえば、旗本を監察する目付支配の者で、お目見え以下の御家人などにも、目を光らせる立場だ。江戸市中にて、隠密《おんみつ》として働く者もいると聞く。小普請の暇人には、何をしているのか分かる筈もない相手で、その分、ひやりとするような怖さが伴った。

（善太が八丁堀を嫌がっていたのは、知り人が多くいたためか。道場仲間と言ったな）

こんな男が、一体何の目的があって、種彦の側《そば》にいたのか。目を向けると、善太は黙ったまま空を仰ぎ、大きく息を吐いた。

「しくじりました。身元を知られては、いけなかったんですが」

「おい……何の目的があって、おれの側になどいたんだ？」

どうしても聞きたくなって、種彦が思わず問う。しかし善太はゆっくりと、首を横に振っただけであった。話してはいけない事なのに違いない。そして。

「残念、もう殿様の側で、戯作を楽しむ事は、出来なくなりそうだ」

つまり善太は、元の身分に戻り……中間として、高屋家に現れる事はないのだ。狼狽《うろた》える山青堂の横で、種彦はそっぽを向く善太を、ただじっと見ていた。

「徒目付が、八丁堀へ現れたためかね。先だって、湯屋で戯作者が御政道批判をした件は、決着がついたようだ」

善太が高屋家の屋敷から消え、十日も経《た》った頃。昼餉《ひるげ》に蕎麦《そば》を出してくれた勝子へ、種彦がそう告げた。一件は大っぴらに裁かれる事はなく、ただ八丁堀の同心が一人、病死したという話で幕が下ろされたようだ。御政道を批判したのは柳同心の親戚らしいと、伊織が伝えてきた。

「まあ……お気の毒な事で」

いきなり亡《な》くなった故、自死したのかもしれないが、それは表に出ない事であった。

「危うい戯作を語ったと言っても、実はそれ程、大した話じゃなかったようだ。上役のさらに上役が決めた事に、不満があった。それを面白おかしく、語っちまったって事だ」

しかし、よりにもよって同心の一人が、内々の話、しかも他言無用の仕事の話を、他所へ漏らしたのだ。大いに拙《まず》かった。

「それで八丁堀の同心達は仲間を守る為に、最初、罪を押っつける相手を求めたんだな」

だが、湯屋で客を前に話をした故、その中身からして戯作者の正体は武士に違いないと、人に知られていた。ただ、そういう男は、なかなか見つからない。それで旗本の高屋家にまで、同心が来る事になったのだ。

けれども種彦が病故に外れ、一番目をつけていた伊織に罪を着せられぬとなり、同心らは困ったのだろう。その内戯作に関わっているなら町人でも構わぬと、版元達の中に、罪を押しつけられる相手を探し始めた。それで妙な事が、種彦の周りであれこれ起きたのだ。

「そんな時、徒目付である善太が、八丁堀に現れたんだ。そりゃ同心連中は、慌てただろうよ」

しかも善太は、中間に身をやつしていた。

「いかにも、隠密に動いてますという感じだ」

時期から考えて、善太が、御政道批判をした者を探る為、高屋家へ入り込んだとは思えない。しかし同心らの不審な動きは、目付に筒抜けの筈であった。

「八丁堀の面々は、事が露見したと断じたんだな」

つまり同心らは、誰が御政道批判をしたのか、端《はな》から承知であったのだ。語ったのは、身内であったのだから。しかし庇《かば》いきれなくなり、要らぬ事を湯屋で話した当人に、詰め腹を切らせたのだろう。病死と届け、家が続くよう配慮したのが、せめてもの温情という訳だ。

「たかが湯屋で語った、戯作一つ。無かった事にしてやりたかったんだろうが」

話した当人も、相当追い詰められていたのだろう。湯屋にいなかった証《あかし》があるにもかかわらず、男は伊織を襲っている。斬ってしまえば死人に口なし、罪を押っつけやすくなると考えたのだろう。

「柳同心の親戚は、相当腕の立つ御仁だったっていうから、間違いないでしょう」

だがその行いは、徒目付善太に阻まれた。そして、もう揉《も》みつぶせる話では無くなってしまったのだ。

「何とも後味の悪い話だが、これで皆、事を終わりとするんだろうよ」

石川家の伊織夫妻は、これで狙《ねら》われる事はないと、ほっとしているだろう。そして高屋家は、大層使える中間を一人、失った。機転がきき腕が立ち、奉公人と言うより、まるで仲間のようであった男が、気持ちにぽかりと穴をこしらえたまま、消えてしまったのだ。

勝子が、茶を淹《い》れてくれた。

「善太は自分の屋敷へ、戻ったのですよね」

隠密として、本来のものでない暮らしをするのは、大変だったろうと勝子がつぶやく。

「でもこの家では、結構楽しそうにしてましたよね。探るほどのものは、無かったと思いますが」

種彦が苦笑を浮かべる。

「あいつは百俵取りの徒目付で、滝川善治郎《ぜんじろう》と言うそうだ。結構、戯作好きに見えたのに、これで縁もなくなるか。残念だな」

何故この家へ来たのかは、未だ分からない。やはり種彦がものを書く男であることと、無縁とも思えなかった。

（ひょっとして目付が、うちへあいつを送り込んできたのかね？）

種彦はひやりとしたものを感じている。

（本当に、これで事は終わったのか？）

僅かに首を振ると、種彦は美味《うま》い蕎麦をたぐった。

戯作の六　明日が知れぬ世であれば

驚くべき事が、起きてしまうんだな。それが戯作《けさく》なのさ。

戯作を一冊、世に出す事は、博打《ばくち》と似ている。

戯作、つまりしょーせつの出版は、水ものだ。例えば、版元《はんもと》である桂堂《かつらどう》や山青堂が揃《そろ》って、素晴らしーい戯作だと保証したって、売れない時は、売れない。てこでも売れない。それが、本というものなんだなぁ。

この『売れない』という言葉は、自作を世に出す戯作者であれば、誰もが知り合いになるかもしれない、とても怖い怖い単語であった。よって大概の戯作者は、こっちへ来んなと、この字を嫌う。だがこの言葉、とても人なつっこく、気に入られたら逃げ切れないのが普通であった。

しかし、だ。本てぇもんは、ある日突然、本当に思いもしない時、売れ始めたりもする。

「一体なんで、あの戯作が売れたんでしょうねえ」

「本当に、どうしてだろうな」

本を出した版元と、書いた当人である戯作者が、揃って首を傾《かし》げたとしても、売れるときは売れるのだ。

余り多く人目につくと、あんな本は気に食わんという厳しい言葉が、よみうりに書かれたりする。本を書いた当人は、化け狐《ぎつね》に謀《たばか》られており、朝が来たら全《すべ》てが夢と消えるのではと、毎夜、枕《まくら》を睨《にら》む事になる。

しかも、そういう好不調の波は、お江戸から、はるか後の世にまで続いており、未《いま》だ途切れた事がない。誠に本は不思議の塊、出版という世界は、大いなる謎《なぞ》に包まれた領域なのだった。

夢を見る。一儲《ひともう》け。疑心暗鬼。溜息《ためいき》。

本を書くと、何故《なぜ》だか取っつかれる事になる言葉。それでも、めげず、くじけず、戯作を書く勇気のある御仁《ごじん》は、数多《あまた》現れるのだ。

1

ある日山青堂が、高屋《たかや》家の屋敷へ駆け込んできた。門番がいないのを良い事に、勝手に玄関から上がり込み、奥にある種彦《たねひこ》の部屋の前までやってくると、版元は一声叫んだのだ。

「う、売れましたーっ」

「は？　何が売れたんだ？」

興奮して、後の言葉が続かない版元を見て、種彦は文机《ふづくえ》の前で溜息をつく。

「おい山青堂、何、顔を赤くしてるんだ？　おや、久しぶりに訪ねてきたのに、手土産がないな。用意した品を、売っちまったのか？」

すると山青堂は、阿呆《あほう》を言わないで下さいと言い、部屋へさっさと入り込み、種彦の前で両の足を踏ん張った。

「版元が売れたといったら、そいつは本に決まってます！」

「ほお、誰の本が話題になったんだ？」

京伝《きょうでん》が新作でも出したのかと聞くと、山青堂は種彦の目の前に、すとんと座り込んだ。

「それが、驚かないで下さいましよ。気を確かに持って下さいね。売れたのは何と……彦さんの本なんです」

「おや、おれがいつ、新作を出したんだ？」

冗談にしては、凝《こ》った持ちかけ方だと、種彦はちょいと笑った。確かに種彦は、以前本を出した事がある。しかし、夏乃東雲《なつのしののめ》という筆名で出したその一冊、『恋不思議《こいのふしぎ》江戸紫《えどのむらさき》』は、とんと売れなかった。

おそらく今では、貸本屋《かしほん》すら、見向きもしないに違いない。つまり売れ残った本は、山青堂の店の隅で埃《ほこり》を被《かぶ》っている訳だ。

しかし山青堂は、何時《いつ》になく硬い表情で、売れたという言葉を繰り返した。

「うちの店に突然、たっくさんの注文が舞い込んで来たんですよ。『恋不思議江戸紫』が、欲しいって。あの本が、急に売れ始めたんです」

「へっ？」

誰が何と言おうと、売れているのだと繰り返し言われ、種彦もやっと、冗談ではないらしいと思い始める。そこへ勝子《かつこ》が、茶を運んできた女中と共に現れたので、種彦は戸惑いつつも口にした。

「おい、お勝。おれの本が売れたんだそうな」

「あら殿、それはようございました。いつの間に、新しい御本を出されたんですか？」

問われて種彦は、苦笑を浮かべる。

「そうだよなぁ。ずっと売れなかった本が、突然売れ出すとは、誰も思わんわな」

しかし一番驚いて混乱状態になっているのは、実は本を出した版元、山青堂のようであった。立ったり座ったり、とにかく落ち着かない。

「それで？　どれくらい売れたんだ？」

種彦が試しに聞いてみると、手持ちの在庫を全部売り切り、今、百五十部、新しく刷っている所だという。

「百五十部……」

少ない部数を聞き、種彦は勝子と目を合わせると、にこりと笑った。

「そいつは目出度《めでた》い。おれに払った潤筆料《じゅんぴつりょう》と、お仙《せん》から『恋不思議江戸紫』の元話を買った代金が、回収出来るといいな」

種彦の本は、山青堂一人が金子《きんす》を出し、作ったものであった。版元は戯作者へ、最初に一度潤筆料を払うのみだから、他に利を分けねばならない者はいない。よってこれから刷る分は、経費を除いた儲けがそっくり、山青堂の懐《ふところ》に入ってくるのだ。少部数であろうと、再版《さいはん》は大変嬉《うれ》しいものに違いない。

「え、ええ。初回だからとあれこれ奮発し過ぎて、あの本、まだ赤字なんですよ。費用分を回収出来れば、本当に嬉しいです」

そうすれば、また種彦に戯作を頼むことが出来ると、言い始め、種彦は次作の依頼を受けていない事を、思い出す。

（何だ、本が売れなかったものだから、懐が寂しいのか。それでおれに、次を書けとは言えなかったんだな）

悪かったなと言い、今度の再版で何とかなればいいがと、心底思う。すると勝子が、簡単な肴《さかな》で良ければ、直ぐに用意するので、三人で再版を祝おうと言い出した。

「殿の御本が、初めて世間に認められた、お祝いです。山青堂さんの、初再版でもあります。ささやかでも、祝杯をあげたいと」

「なんだお勝、大げさだなぁ」

そう言いつつ、種彦の声も嬉しげだ。山青堂もやっと落ち着いて座ったので、三人は、勝子が手妻《てづま》のような早さで作った卵焼きと、浅蜊《あさり》の佃煮《つくだに》で、杯を傾ける事になった。

山青堂は、酒がなみなみと注がれた杯を掲げると、それは嬉しげに笑った。

「夏乃東雲さん、再版がかかり、おめでとうございます」

「おっ、そうか。『恋不思議江戸紫』の戯作者は、夏乃東雲だったな。未だに慣れなくていけねえ」

いやこれも、版元山青堂のおかげだと、大人の返答をすると、山青堂がそれはそれは美味《うま》そうに、杯を干す。種彦も、昼日中だという事も忘れて、ぐっと一杯やったが、家で飲んでいるいつもの酒とは思えぬ程、極上の味がした。

「へ、へえ。こんなに美味く感じるものか……」

売れたとて、もう金子が入って来る訳でもないのに、自分はどうやら、もの凄《すご》く喜んでいるらしい。何だか照れくさくて、種彦は急ぎ卵焼きへ箸《はし》を伸ばすと、勝子の腕前を大いに褒めた。

すると。

その時廊下を駆けてくる、足音が聞こえて来たのだ。高屋家は一応二百俵取りの旗《はた》本《もと》であるから、下男も中間《ちゅうげん》も雇っている。だが、徒目付《かちめつけ》であった善太《ぜんた》が居なくなってから、どうも奉公人達が緩《ゆる》みがちでいけなかった。

「こら、静かにしないか」

種彦が眉間《みけん》に皺《しわ》を寄せ、廊下に向け小言を言ったが返答もなく、いきなり障子戸が開けられた。そして、顔を真っ赤にした山青堂の手代《てだい》、長介《ちょうすけ》が姿を現したのだ。

「おや、こりゃ久しぶりだ。長介、息災だったか？」

顔見知りの登場に、機嫌の良い種彦は、おおらかに声をかける。

　しかし、であった。長介は山青堂よりも、更に頭に血が上った様子で、種彦に返答をせぬまま、主《あるじ》の前に座り込んだ。

「旦那《だんな》様、だ、ん、な、さま、その、その、大変です。もの凄くなって、その、その……」

「長介、落ち着け」

　先程まで、己も興奮していたのに、山青堂はぐっと余裕の出た素振りで、手代の肩に手を掛けた。そして、とにかく何が起こったのか、事実だけを述べろと言ったのだ。すると頷《うなず》いた長介は、思わぬ事を報告した。

「旦那様、『恋不思議江戸紫』が、再版しました」

「それは承知しているよ。だから今、彦さんと祝っているんだよ」

「でも旦那様、旦那様がご存じなのは、最初の再版、百五十部のことでございましょ？　その話を聞いて直ぐ、お出かけになりましたから」

「さ、最初の再版？」

　ここで、種彦と山青堂の声が揃う。最初のとは、どういう事なのだろうか。それではまるで、次があるかのようではないか。

「旦那様がお出かけになって直ぐ、貸本屋さん方が見えまして」

どうやら、夏乃東雲の本を読みたいという者が多く出たので、仲間内で数をとりまとめ、もう一度再版をするよう言ってきたらしい。

「次も百五十、お願いしたいとの事で」

「おや、倍になった」

山青堂が、目に星をたたえたような顔つきとなる。長介が口を開いた途端、刷る部数も、入って来る金子も二倍に化けたのだ。

「なんとなんとぉ。おお、昨日まで、金子のやりくりばかり考えておりましたのに。版元をやっていると、こういう事もあるんですな」

再版分が売れて、ちゃんと金子が入って来たら、皆でおいしいものでも食べに行きましょうと、山青堂が気前の良い事を言い出したものだから、長介も種彦も、にやりと笑みを浮かべる。本を出している者、関わっている者達だけが知る、身の内からぞくぞくとするような、何ともいえない瞬間であった。

「ふふふ、山青堂、三百冊出す事になったのは実に目出度い。でも気前よく使いすぎると、あっという間に、金子はなくなるぞ」

店賃《たなちん》を払ってから遊べよ、と言う種彦に、山青堂は、狸《たぬき》が笑ったような顔を作って言い返す。

「こういう気分の良い時に、細かい話はよして下さいな。一日に二度も再版の話を聞くなんて、もしかしたら、もう二度とないかもしれないほどの事ですし」

「おいおい山青堂、珍しくも随分と、気の弱い事じゃないか」

「彦さん、再版というのは、難しいものなんですよ!」

そこへ、勝子が二度目の再版の祝いだと言って、酒をまた持ってきてくれた。祝い直しをしようという事になって、もう一度皆の杯に酒を注ぎ、長介共々、杯を高く掲げる。

ところが。

その時、廊下から戸惑うような声がかかった。山青堂の使いだという小僧が訪ねてきたと、下男が告げたのだ。

「小僧? おや、竹助《たけすけ》ですか。わざわざあの子一人で、こちらのお屋敷まで来るなんて。何があったのでしょう」

驚いた長介が玄関へ飛んでゆき、皆は顔を見合わせる。すると、目の前で山青堂が、急に情けなさそうな表情を浮かべた。

「何でしょう……二度目の再版は、間違いだったんでしょうか」

ひょっとしたら再版の知らせが、重複して山青堂へ届いたのかもしれない。それが分かったものだから、百五十冊余分に刷らぬよう、貸本屋達が慌《あわ》てて山青堂の小僧を寄こしたとも考えられる。

「その、そもそも『恋不思議江戸紫』の再版自体が間違い、なんて事は、ないですよね？　似た題の本と、取り違えたとか……」

余りに浮かれていて、反対に心配になったのか、山青堂が気弱な言葉を重ねてくる。種彦も、今まで思い切り喜んでいたのに、酔いが醒《さ》めてきてしまう。

「間違い……そうかもしれんな。今更再版が掛かるなんて、変だと思ってたんだ」

「彦さん、や、やっぱりそうなんでしょうか」

「山青堂、気持ちが、情けないほど落ち込んで行くぞ。どうしたらいいんだ？」

長介から話を聞くまでもなく、全ては夢だったと、そういう気になってくる。

「やっぱりおれの本じゃ、再版など無理なのかねえ」

「そ、そんな！」

二人の視線が畳の方へ向いてしまった。

するとそこへ、取り乱したような足音が、廊下から聞こえた。長介が戻ってきたのだ。

「旦那様、大変です。その、大変です。凄く大変です」

「長介さん、大変とばかり言ってちゃ、訳が分かりません。何が大変なんですの？」

「奥様、三百部、です！」

その数を耳にした途端、種彦は顔から血の気が引いてゆく気がした。杯へ、ちらりと目をやる。

（三百と言うからには、再版すると聞いた数の全部が、間違いだったんだろうか。つまり、やっぱり一部も、再版はしないって事か）

その時長介が、訳の分からぬ事を、言い出した。

「また再版だそうです。追加は三百部」

「はあ？」

山青堂はこの知らせに、ほっと息をついた。

「ああ、では三百部再版という知らせは、間違いじゃなかったんだね。しかし何だって、竹助はお屋敷にまで来たんだろう」

長介が、一瞬目を大きく見開いた。それからゆっくりと首を横に振ると、旦那様は勘違いなさっていると言う。

「はて、何がだい？」

「旦那様、再版する数は、三百ではございません。小僧が持ってきたのは、更に更に、追加で三百欲しいという知らせでございました」

つまり。

「『恋不思議江戸紫』の再版分は、六百冊なのでございますよ」

「……六百？」

最初に刷った数の、倍を再版する事になったというのだ。

「合計、九百冊？」

山青堂は顔を赤くし、今度は直ぐに蒼《あお》くなった。種彦と二人、吃驚《びっくり》したまま声を失っていると、勝子が嬉しそうに笑う。

「あれまあ、おめでたいお話ですこと。それで長介さん、殿の御本はどうして急に、引っ張りだこになったのでしょう」

種彦も同じ疑問を持ったものだから、耳を澄ませ答えを待つ。すると長介は、考えもしていなかった事を口にした。

「それがですね、小僧によると、山青堂へは貸本屋だけでなく、芝居好きのお人も、本が欲しいと言って沢山来られたとか」

不思議に思った山青堂の小僧が、訳を尋ねてみたらしい。すると客は、今掛かっている芝居に、種彦の書いた『恋不思議江戸紫』を手にした役者が出てくると、教えてくれたのだ。

「それに、芝居の一場面の筋立ても、大層殿様の戯作と似ているようで」

「まあ……それで、芝居を見た人達が、本を求めて下さってるんですね」

その芝居を見てみたいと言う勝子の横で、山青堂はまだ惚《ほう》けきっている。種彦は、一旦《いったん》納得した表情を作ったものの、心の内では様々な思いが、行ったり来たりしていた。

（芝居で取り上げられただけで、こうも売れ行きが、違ってくるものなのか）

先程までの目出度い気分は吹っ飛んだまま、何故だか戻って来てくれない。代わりに、妙なものに取り付かれたような心持ちとなり、何とはなしに落ち着かなかった。

種彦は唇を引き結んだ。

2

「東雲先生、来て下さったんですね。あれま、嬉しいこって」

種彦が芝居小屋近くに姿を現した途端、それを見つけた呼び込みから、声が掛かった。すると賑《にぎ》わっている小屋前の通りに、直ぐに大きな人だかりが出来る。

「あれ、夏乃東雲先生だよっ」

「先生、お仙の話をもっと書いてっ」

種彦は人の輪の真ん中で、袖《そで》を摑《つか》まれ手を握られ、あっと言う間に、揉《も》みくちゃにされてしまった。その傍らで山青堂が、一緒に揉まれて、目を白黒させている。すると芝居小屋の若い衆、馴染《なじ》みの喜八《きはち》が飛んできて、二人を無事救い出してくれた。

種彦と山青堂が、大きく息をつく。

「いや喜八、済まねえな。まだ初日には間があるから、小屋の前がこうも賑わっているとは、思わなかった」

「先生、この辺りは、人の往来の多い所でございますから」

座元がお待ちですと言われ、二人は芝居の掛かっている日であれば、客らが木戸銭《きどせん》を払って入る戸をくぐる。種彦達は今日、新しい芝居の前祝いをするからと誘いを受け、河原崎座《かわらさきざ》へやってきたところであった。

売れ始めてから二月は過ぎるが、種彦の戯作、『恋不思議江戸紫』は、更に好調に売り上げを重ねている。おかげで種彦、いや夏乃東雲は、今やすっかり人気戯作者であった。山青堂も版元としてその名を知られ、貫禄《かんろく》を付けてきている。

河原崎座の櫓《やぐら》には、もう新しい芝居の幕が張られていた。

つい先だってまで、河原崎座で掛かっていた芝居『恋並春秋鏡《こいならべしゅんじゅうのかがみ》』は、種彦と山青堂の毎日を、魂消《たまげ》る程、変えるものとなった。

『恋並春秋鏡』も種彦の戯作と同様、最初は当たらない芝居であったそうだ。とにかく、客が入らない、来ても寝てしまう、あげくは帰ってしまうものだから、座元は焦《あせ》った。それで座付きの狂言《きょうげん》作者に頼み、何か当たるものはないかと、あちこちの場面を、どんどん差し替えていったらしい。

そんな中、若手女形の市川桜月《いちかわおうげつ》という役者が、仲の良い狂言作者に特に頼んで、種彦の本を参考に、新しい場面を書いて貰《もら》ったという。

「桜月さん、何と住まいが近かったらしく、東雲先生の本に出てくる、お仙さんを見知っていたということで」

種彦と山青堂は先に、喜八から事情を教えて貰った。江戸から急にお仙が居なくなった訳を、種彦の本で知った桜月は、おなごが、急に江戸を離れるその心を、己の芝居で見せたくなったらしい。若手故《ゆえ》に、短い場面しかやらせては貰えなかったが、とにかく見事に演じたのだ。

「桜月さんは、綺麗《きれい》だからねえ。ぞくっとする、いい場になりましたよ」

すると。

桜月が出るその場面だけ、客が起きていた。そして三日もせず、安い立ち見席、大向こうの客が増えて来る。座元は試しにお仙の出番を増やし、種彦の本まで小道具として、芝居の中で使わせてみた。するとその本が売れ出し、山青堂達は、芝居の人気に気がつく事になったのだ。

「ああ、本当に思わぬ話になったもんだ」

小屋内に入った後、種彦達はまず、中二階にあるお稲荷《いなり》様へお参りする。二人は廊下脇《わき》にある小さな祠《ほこら》に、神妙に手を合わせた。

「この度は、思わぬ運をもたらして下さって、ありがとうございます」

真剣な種彦の横で、山青堂は廊下に頭がつきかねないほど、深くお辞儀している。

種彦はもう一度、お稲荷様に頭を下げた。

「しかし、芝居はなかなか評判だというのに、座元さん、思い切った決断をなさいましたね」

山青堂が、喜八にそう話しかけると、人の良い若い衆は、小さく舌を出す。

「桜月さんが出る所は、いいんですが……話が元のままの所は、どうにも入りが増えないんですよ」

桜月の出番が限られるせいか、短い間芝居を見に来る立ち見客ばかりが増え、高額な桟敷席《さじき》が埋まらない。だがそれでは儲からない。そこで座元は、大いなる決断をしたのだ。

「桜月さんを主役に据える大抜擢《だいばってき》。そしてお仙の話、つまり東雲先生の戯作を元にした狂言を、全幕で演じるとは。いやぁ、うれしいですねぇ」

山青堂は、満面に笑みを浮かべている。

芝居を変更するには大道具も追加が要るし、狂言作者は、本を大きく書き直さねばならない。役者の稽古《けいこ》も必要だ。準備の為、しばし小屋を休まざるを得ないが、座元はそれも承知の上で、山青堂に種彦の話を使いたいと頼んだという。

「勿論《もちろん》、承知しましたとも」

狸版元はすぐさま算盤《そろばん》を弾《はじ》き、世話をしている貸本屋達へ、急ぎ使いを送った。そして、『恋不思議江戸紫』は、既に大いに当たっており、なおかつこの後、全幕ものの芝居で上演されると、言い触らしたのだ。

その日からの事を思い出し、種彦はただ笑うというより、苦笑に近い表情を浮かべる。

「驚いたわ。更に戯作が、売れるようになったもんなぁ」

狸版元は種彦に、笑いっぱなしの顔を向けて来た。

「三百冊から始まった本が、再版につぐ再版です」

「不思議だ。山青堂、お前さんは本当に狸で、おれを化かしているんじゃないか？」

本と共に、山青堂が出した桜月などの錦絵《にしきえ》も、飛ぶように売れている。山青堂の手にした儲けは、既に百両をゆうに超えているのではと、知り合いの版元、桂堂《かつらどう》が笑いながら言っていた。

今山青堂は、戯作という名の金子をせっせと刷っている状態で、いささか、たがが外れ気味だ。

「ま、お前さんが幾ら儲けようと、戯作者には関係のない話だがな」

なのに山青堂は、お仙の話の続きを書いてはどうかと、種彦をせっついてくる。

「おい、本物のお仙はとうに、江戸を離れているんだぞ」

続き物は無理。余り欲をかくと、ろくな事がないぞと言うと、次は潤筆料を奮発しますからと、何だか嚙《か》み合わぬ返答をしてくる。種彦は「阿呆」と言いつつ、座元のいる三階への階段を上った。

小さな踊り場を挟んで、上の階へと上がると、大きな板間《いたま》が見えてきた。山青堂と種彦の目に、大勢の役者が絡《から》む、芝居の稽古が飛び込んでくる。華やかであった。

「おお、こいつは格好の良い立ち回りだ」

稽古だから、役者は衣装など着けていないし、顔も作っていない。しかし迫力のある動きに、種彦が思わず声を出すと、脇に座っていた役者達の中から、声が掛かった。

「あら嬉しい。東雲先生のおいでじゃありませんか」

柔らかな声と共に、蠟燭《ろうそく》の側《そば》から立ち上がったのは、紫縮緬《むらさきちりめん》の野郎帽子《やろうぼうし》をつけた、桜月であった。

二月前までは、大して名も知られていなかった若手は、今では、錦絵が刷る側から売れる程の、人気女形となっている。その為《ため》か、出世作をもたらしてくれた種彦や山青堂へ、いつも優しい笑みを向けてくれるのだ。

部屋の両隅で、敷物の上に座っていた他の役者達も一斉に立ち上がり、種彦に頭を下げてくる。こういう事もまた、戯作が売れる前であったら、考えられない事であった。

「おお先生、おいでなさいまし。山青堂さんも、ようこそ。ささ、桜月も一緒に、こちらへ」

愛想の良い声を掛けてきたのは座元で、広い板間の左側、己《おのれ》の近くへ導いてくれた。二人と桜月が炉端《ろばた》に座ると、目の前で二十人近くの者達が、また稽古を始める。

板間の一番奥には、囃子方《はやしかた》が並び、その手前、稽古をする役者達の直ぐ前には、座付き狂言作者の筆頭、立作者《たてさくしゃ》が座っていた。次に座頭が座る場がある。稽古をしている向かいには、出番を待つ役者らが、ずらりと揃っていた。

板間では丁度、金子を盗《と》られた長介が激高する場面を、演じていた。華やかに見せたいのか、戯作よりも随分と、派手なものになっている。

種彦や山青堂ら、話に登場した者以外にも、沢山の輩《やから》が長介を止めるのだが、当人は刃物を振り回し、何とか逃げようとする。面白い役者の動きと、騙《だま》されたのではと疑いつつも、女を信じたい長介の気持ちが前面に出て、良い一幕になっていた。

「いやぁ、面白いですな」

喜八から湯飲みを貰った種彦が、にこやかな顔で褒めると、板間で稽古を見ていた役者達は、一斉に安堵《あんど》と喜びの笑みを浮かべた。やはり芝居の世界でも、外の者が褒めるのを聞くまでは、不安がつきまとうらしい。座元も大いに嬉しげに頷き、良かった、今度は長く打てそうだねえと立作者へ声を掛けている。

「いや、先生に褒めて頂けると、心強いねえ」

芝居は大当たりを取れば、入って来る金子が桁外《けたはず》れになるらしい。この世界、千両貰える役者が何人もいるというのだから、興行の規模が分かるというものだ。

ここで桜月が、種彦に小皿を手渡す。

「先生、鈴木越後《すずきえちご》の饅頭《まんじゅう》です。ご贔屓《ひいき》が送って下さったんで、お一つどうぞ」

見るからに高そうな饅頭を貰うと、種彦は大いに楽しんで味わった。

(あの鈴木越後の菓子が差し入れとは、豪儀《ごうぎ》なもんだ)

同じ人気があると言っても、貰う物は、戯作者より役者の方が、随分と良い気がする。だが版元も座元も、大きく儲け、一気にその金子を失うかもしれないという怖い立場は、似ていた。

「今日は大茶屋で、前祝いと参りましょう。ですがもう少々、稽古に時が掛かりそうで」

主立った役者達も同道するから、もう少し待ってくれと言われ、種彦達は頷く。良かったら、誰ぞに小屋の中を案内させようと座元が言うと、それこそ競うように、役者達から供を買って出る声が上がった。

「立ち役の市川大九郎《いちかわだいくろう》です」

「女形の、岩井小菊《いわいこぎく》です」

「先生が、狂言の話もお聞きになりたかろうということで。狂言作者の小不動《こふどう》です」

「若い衆の喜八です」

「わにに、そいつは承知だ、喜八」

種彦と山青堂は、付いてきた四人に、芝居小屋の中を案内して貰い、茶屋遊びまでの一時を過ごす事になった。まずは一階から見て回り、皆が稽古をする三階へと戻るのが良かろうと、全員で階段を下る。

「済まねえな。若手の役者なら、他の役者の動きを見ておきたかろうに」

種彦が若い二人へ気を遣うと、にやりと笑って返答をしたのは、狂言作者の小不動であった。

「いや東雲先生、二人は大いに、喜んでると思いますがね」

何しろ役者は皆、種彦と親しくなりたいのだ。

「先生の戯作で、当たり役を貰えた桜月さんの出世を、見ておりますからね」

己にも、あんな良い役を回して貰えたらと、願っているのだ。兄貴分を追い越し、一夜にして人気者となり、いつか千両役者にも、なれるかもしれないではないか。

「おいおい、桜月はお仙の役を、自分で狂言作者に頼み、芝居にして貰った筈《はず》だぞ」

種彦の力なぞ関係無いと言い切ると、立ち役と女形、二人の若手は苦笑している。

まあ、お仙という当たり役を摑んだ桜月の事が、役者仲間は羨《うらや》ましいに違いない。種彦自身、先に売れていた直子の事を、羨んだものだ。

「しかし、どちらかというと、桜月の方がおれの、恩人じゃないかね」

大体、『恋不思議江戸紫』とて、戯作として読むには良かろうが、あれをそのまま芝居にしては、かなり地味なものになる。

「そいつを、面白い舞台に変えたのは、何と言っても狂言作者の手柄だろう。桜月は座付き作者に感謝すべきだな」

本心そう思って話したところ、小不動が僅《わず》かに、唇をひん曲げた。

「おや東雲先生、随分と我ら、狂言作者に気を遣って下さる事で」

「小不動さん、東雲先生は、不必要なほど実直だから、気遣いは苦手ですよ。だからきっと、本心です」

ここで山青堂が、何だか引っかかる言い方をしたが、小不動は薄く笑っているだけだ。

(何だってんだ？　座の狂言作者は……おれのことが、気に入らないのかね？)

座付き作者の書き下ろしを、変える事になったのが気にくわないのだろうか。

(だが……良くある話と、聞いたんだがな)

種彦が一つ、小さな溜息をかみ殺したその時、横で山青堂が明るい声を上げ、眼前に見えてきた、小屋の一階を指さした。

「彦さん、こりゃ芝居が掛かっている時とは、随分と違う様子ですねえ」

「おや、本当だ」

いつもならば客が入る平土間の枡席《ますせき》に、今日は大道具が散らばっていた。四角く区切られた土間のやや左寄りには、正面の舞台に向かって、真っ直ぐな花道が延びているが、その途中にも大きな波の下絵が置かれていて、絵師が筆を振るっている。

「大きなものは、この広い場所で作るんでさ。大道具も棟梁《とうりょう》達が、ここで」

喜八の説明を聞き、種彦が頷いた。

「客がいないと、小屋がぐっと広く思えるな」

両側には、金持ちが座る席、東西の桟敷席が二階にまで重なって連なり、壁を作っている。しかしこちらも勿論、がらんと無人であった。

「もうちっと小さな道具類は、それぞれの工房で作っております。先生、山青堂さん、色々と揃った部屋が沢山あって、面白いですよ」

「おや、それは楽しみな事で」

部屋を移ろうとしたとき、ふっと辺りが暗くなった気がして、上を見上げると、窓を開け閉めしている姿が目に入った。それも見ておきたかったが、山青堂達は、はや工房へ移っていく。

「おや、鬘《かつら》の山ですね」

大きな火鉢の横で、鬘を整えている部屋に入ると、山青堂が声を上げた。脇に数多《あまた》の鬘がずらりと並んで、壮観であった。

「こっちは、古着屋のようだ。いや大層豪華だから、御殿の御衣装部屋か」

別の部屋では棚に華やかな着物が並んで、それを役者に合わせたり、着せてみたりしていた。

「間近で見ると、本当に綺麗なもんだな。こういう衣装は、座元が誂《あつら》えてくれるのか？」

種彦が問うと、役者二人が一瞬、顔を見合わせる。それから、揃って首を横に振った。

「何てぇ事のない、百姓の衣装なんかは、前のものが取ってありますがね。これというお役が付いた者は、己で着物を誂えるんですよ」

「へええ、そうなんだ」

着物は安くはないのだ。新しいものを買うのはなかなか贅沢《ぜいたく》な事で、江戸で暮らす並の者達は、普段に着るものは古着を買う者が多い。

「だが、役に合う衣装となりゃ、古着ってぇ訳にゃいくまい。そりゃ物要りで大変だな」

　種彦が言うと、大九郎も小菊も大いに頷いている。大役を演ずる程になれば、自分で衣装を作った方が、工夫も遊びも出来て良いだろう。しかし並の役者では、金子の工面で頭が痛い筈だ。種彦は表からは見えない、苦労の一端を見た気になり言葉を切った。

　それからも、次から次へと面白い工房が現れ、種彦も山青堂も、時を忘れて楽しんだ。そして派手な場所ではないが、種彦や山青堂が大いに興味を示したのは、狂言作者達が集う、作者部屋であった。この部屋で、芝居に必要な、字で書いたものを全部引き受けているという。

「台帳、つまり芝居の台本は、他所《よそ》へ持ち出すのは禁止です。つまりあたしらは、ここで読んで、色々学ばねばならない訳で」

「おれが借りる訳には、いかないのか。残念」

　小不動の説明に、種彦が眉尻《まゆじり》を下げた、その時であった。六人が一斉に動きを止め、目を見開く。

「な、何だ？　今のは……悲鳴？」

女の声のようにも、子供の声のようにも、男がわめいたようにも思えた。しかもその後、地の底から湧《わ》き上がるかのような音も、聞こえて来たのだ。

寸《すん》の間《ま》、口を開く者はいなかった。

3

「一体、何があったんだ？」

種彦、山青堂、市川大九郎、岩井小菊、小不動、喜八の六人は、急ぎ部屋から出て、音が聞こえた方へと走った。

人の集まっている方へ着いてみると本舞台で、先程顔を出したその大きな広間は、何故だか一面、驚く程暗かったのだ。「おや……」種彦が驚いていると、直ぐに幾らか明るくなる。職人達が大道具を作る仕事を放り出し、舞台へ上がっていく。同時に誰かが、小屋の奥へと走っていった。

「何かあったんですか？」

集まっていた者達へ山青堂が声を掛けると、一人、二人が振り返ったが、何故だか返答がない。その代わり、人垣が少し崩れて、本舞台の床が目に入ってきた。

「あれ、奈落《ならく》への穴が、開いてるじゃありませんか」

呆然《ぼうぜん》とした声を出したのは、小菊であった。

種彦でも知っている事だが、奈落は本舞台を回したり、スッポンと呼ばれる切り穴から、役者を上げたりする場所だ。本舞台と花道の下にある。しかし。

「何で切り穴が今、開いてるんだ？」

今はまだ芝居もかかっていないし、稽古も三階で行っている。今、奈落を使う筈もないのだ。

そこに足音が聞こえ、大勢を従えた座元が、強《こわ》ばった顔で階段を下りてきた。

「今のとんでもない声は、何なんだい？」

だが座元は直ぐに言葉を切ると、辺りへ目を向けた。

「舞台が、何だか薄暗いね？」

集まっていた職人達が、慌てて小屋の上方にある窓を指さした。その高い場所で、何人かが頭を下げている。

「あのぉ座元、窓番です。丁度《ちょうど》あっしらが上の窓を、閉めたところだったんですよう」

芝居小屋の明かりは、明かり取りの窓から入る日の光と、提灯《ちょうちん》、蠟燭くらいのものだ。幽霊が現れる場面など、窓を素早く閉めれば、あっという間に舞台を暗く出来た。

窓番によると、次の芝居には、その暗闇《くらやみ》の場があるらしい。故に迷惑をかけるが、今日、開け閉めの間合わせをしたいと、窓番は下で大道具を作っている職人らに、そう話を通してあったようだ。

「いきなり悲鳴が聞こえたのは、丁度窓を閉めて、小屋内が暗くなった時で。声がどこから聞こえたのかも、はっきりしねえ」

とにかく窓番らは、二つばかり窓を開けた。ただ始めは、話を聞いていなかった者が急に暗くなり驚いたのだろうと、軽く考えていたから、急ぎはしなかったらしい。

しかし。

「明るくしてから下の本舞台を見たら、奈落が口を開けてたんです」

驚いた棟梁達が人数を確認したが、職人は全員揃っていて、穴へ落ちた者はいないようだ。種彦は中を覗《のぞ》いてみたが、下は真っ暗で、見事なまでに何も見えない。

「とにかく一度、奈落を見てきておくれ」

座元の指示に、棟梁が言葉を返す。

「奈落は暗いですからね。今日は火も入っていないし、あっしらが慣れない奈落へ行っても、一つ二つの手燭《てしょく》の明かりじゃ、とても調べられねぇ。今、奈落番の連中を呼びに行かせてます」

奈落で仕事をしている者は、奈落番と呼ばれていた。しかし今日は皆、休みだという。

この時座元はやっと、側に種彦達が居る事に気がついたらしく、頭を下げてきた。

「いや先生、これから遊びに行こうって時に、何だか妙な事になっちまって」

だが悲鳴が聞こえ、切り穴が開いていたからには、座元としては、放っておく訳にもいかない。三階で休んでいるかと問われたが、種彦と山青堂は首を横に振った。ぽかりと開いた真っ黒な穴が、何とも気になって仕方がなかった。

するとその時、また短い悲鳴が耳に入る。

「ひえっ、た、大変だっ」

今度ははっきり、奈落の底からの声だと分かった。

「奈落番が来たようだ」

喜八が穴の縁にしゃがみ込み、どうしたのかと問う。闇の中で明かりが動き、文字通り地の底から湧き上がってくる声が、凶事を告げた。

「人が倒れてます。そのっ、ああ、間違いない。桜月さんですっ」

座元、桜月は息をしていないと、強ばった声が続く。その一言で、本舞台の話し声が途切れた。

「桜月さんが亡《な》くなった？」

先程見た美しい顔は、もう微笑《ほほえ》む事は無いのだ。種彦にはそれが酷《ひど》く、奇妙に思えた。

桜月は、事故で亡くなったとされた。

小屋が暗くなった折、間違って奈落の穴へ落ちたのだと決まった。

桜月人気に乗って、上演される筈であった種彦の話は縁起が悪いと、取りやめになった。次作は急ぎ、座付きの狂言作者が書くと聞いたが、もう己には関係無いこと故、種彦は筋も聞かなかった。

芝居と縁が切れると、戯作の売れ行きも途端に落ち、山青堂から次の再版の話を聞く事もなくなる。何だかしばし、嵐《あらし》に巻き込まれた夢でも見ていた気分であった。

「やれ、不思議な日々でしたよ」

毎日が落ち着いてくると、山青堂は高屋家へ、またこまめに顔を出すようになった。

「桜月さんが亡くなって、芝居と縁が切れたのは残念でした。でも今回の大当たりは、あたしには良い事ずくめでしたよ」

当分、金の心配で胃の腑《ふ》を痛くする事なく本が出せると、山青堂は喜んでいる。

「そりゃ何よりだ。しかし次作ねえ」

今や売れっ子戯作者となったのに、種彦は、次の話を書こうとしなかった。

「あちこちに引っ張り出されて、書く暇もない、忙しい日々だったからなぁ」

少し休みたいと、本気で思っているのだ。

「あれ彦さん、気合いが入ってませんねえ」

「そういう山青堂だとて、前とは違うぞ。前のお前さんときたら、書け書け、せっかく売れ始めたんだから続きを書けと、言い続けてた」

しかし狸版元は、次作を書きましょうと誘うものの、もう『恋不思議江戸紫』の続きを書けとは、言わなくなっていた。

「彦さんの先々を思えば、今は色々な話を書いた方が、よろしいでしょう」

今度は仇討ちものか、化け猫退治の話などいかがですかと、全く違った筋を勧めてくる。

「売れると、人は変わるねえ」

二人は互いに、貫禄の出た顔で微笑む。

ところがであった。その二人を、「阿呆《あほ》か」という言葉と共に、笑い飛ばした者がいたのだ。気がついた時には、部屋脇の廊下に上下《かみしも》姿の男が立っており、二人を見下ろしていた。

「やっぱり殿様は、間が抜けてるな。鯛でも腐ってると食べられねえし、旗本でも小《こ》普請《ぶしん》だとなぁ」

「ありゃ、善太じゃないか……いや、徒目付、善治郎殿か」

取り次ぎも頼まず、勝手知ったる屋敷へ堂々と入り込んだ男を見て、種彦は溜息をついた。百俵取りの滝川善治郎は、種彦よりも余程りんとした、侍らしい見た目をしている。善治郎はさっさと部屋に入ると、堂々とした笑みを向けてきた。そして急に侍らしい言葉遣いを、種彦へ向けてくる。

「そう言えばそれがし、お二人へ祝いの言葉を伝えておりませなんだな。戯作者、版元として世に認められた事、御同慶の至りに存ずる」

「これはご丁寧な言祝《ことほ》ぎ、有り難き限りでござる。……ところで善治郎殿、こういう疲《つ》っかれるやり取りをしに、わざわざ、うちの屋敷へ来たのか？」

種彦が話の途中で、がらりと口調を変えると、善治郎は、人の悪そうな表情を浮かべた。それから、以前、中間として高屋家へ入り込んでいた訳を、自ら語り出す。

「要するに私はこの屋敷内で、徒目付として働いていたのです。風紀を乱す者達を、ここから見張っていたのですよ」

　版元や戯作者、絵師達は、人を楽しませ心を摑むのを仕事としている故に、世間への影響が大きい。よってそんな者達を、放っておく訳にはいかないというのだ。

「何故よりによって、この屋敷を選んだのか、ですか？　殿様は狂歌好きの旗本ですから、目を付けたんですよ。周りに、似たような仲間が集まりますからね」

　そんな危うい立場なのに、種彦は今回、派手に振る舞ったものだと、善治郎は口元を歪《ゆが》めている。種彦は中間に化け、己を騙していた徒目付を、口を尖《とが》らせつつ見た。

「あのなぁ、おれがあの本を出した当初は、とんと売れなかった。その時は善治郎殿、御身だとて、何も言わなかったろうが」

　売れた途端、文句を言われては敵《かな》わないと、愚痴を言う。すると善治郎は、種彦や山青堂は、人の良すぎる所があるから、心許《こころもと》ない。それ故、目立ってはいけなかったのだと、説教にも似た言葉を返してきた。

　種彦が、啞然《あぜん》とした表情を作る。

「山青堂が、心許ない？　この狸が、か？」

　世間では、狸に化かされるとは言っても、狸が純情過ぎて、危ういなどとは決して言わない。山青堂も首を傾げたのを見て、善治郎はすっと口の端を引き上げた。そして、今日訪ねて来た本当の理由を、二人へ語った。

「それがしは今も役目上、戯作や芝居などに、目を配っております」

その中で、昨日始まった芝居に、善治郎は注目をしたのだ。下手をすれば、世間を大きく騒がせそうな芝居だと、考えたからだ。

「騒ぎの元になれば、お上も放ってはおきません。芝居小屋の者達も、加減を心得ていてくれれば、よかったのだが」

しかし、だ。危うい芝居は既に始まっていた。そして人気や噂《うわさ》というものは、時に人の思惑を超え、一人歩きを始めてしまうものであった。

「そんなつもりでは無かった。こういう結果になろうとは、思いも寄らなかったと言い訳しても、引き起こしてしまった者は、責を問われます」

「それは、そうだろうな。しかしだ。おれはもう芝居とは関係無い。なのに、どうしてその話ばかりするんだ？」

種彦は、狂言芝居の元話を書いた者として、一時、もてはやされはした。しかしその人気も、桜月という役者の死によって、あっという間にしぼむ事になった。

「夏乃東雲という戯作者の名など、思い出す者も、直ぐに居なくなるんじゃないかね」

「おや、そうでしょうか。大勢が覚えていますよ。いや今、噂していると思いますが」

「えっ？」

この答えには山青堂も驚いたようで、種彦と目を合わせる。何故かと問うたところ、善治郎は思いも寄らない事実を語ったのだ。

「今、注目している芝居があると、お話ししましたよね。それは河原崎座の新作です」

「おや、もう次の芝居を始めたのか」

大道具から作り直した筈なのに、随分、早いなと種彦が口にする。すると善治郎は軽く笑い、今回の話は前の芝居のものを、多く使う事が出来たのだろうと言った。

「何しろ新作は、亡くなった桜月の話ですから。いや芝居では桜月ではなく、梅月《ばいげつ》という名前にしてましたが」

「梅月？　つまり河原崎座は、桜月の突然の死を、芝居に仕立てたのか」

急に人気が出た美しい女形が、手折《たお》られるように命を落とした。確かに皆が桜月の名を覚えている今ならば、出し物にしたい所だろう。

しかし。

「でも桜月は、奈落に落ちて亡くなったんだ。あれは事故だった」

いかに人気女形だとはいえ、たまたま奈落に落ちて死んだというのでは、心躍る話にはならない。桜月は売り出し中の役者だったからか、真面目《まじめ》一方、好いた相手すら居ないと、当人から聞いていた。

すると善治郎は、種彦の顔を見た後、唐突に、新作の筋を語り始めた。

「梅月こと桜月には、心に決めたおなご、お千《せん》が居る事になっております。作中二人は、梅月が役者として一人前になったら、一緒になる約束をしていた」

しかしそこに、有り難くない男が現れる。女形、美しい女そのものである梅月を見初めたのは、売れっ子の戯作者であった。

「へっ？」

戯作者は、売れた己の本を芝居にするとき、横恋慕する相手の梅月を、主役を演ずる立女形に抜擢する。断れず引き受けたものの、梅月はより困った立場になった。

「何でお仙の名が出てくるんだ。えっ？　お仙じゃなくて、数の千のほうだって？」

仕方なく梅月は役者を辞め、お千と上方へ行こうと約束をする。だが、これを戯作者に突き止められ、お千は攫《さら》われ、上方に売られてしまう。戯作者の本を出している版元も、悪事の片棒を担《かつ》いでいた。

「ええっ？」

山青堂は言葉もなく、ただ善治郎を見つめる。

「梅月は、お千を攫った男は戯作者だと突き止め、敵を討とうとする。だが、逆に奈落へ突き落とされ、落命した」

ところが。お千は、上方から江戸へ下る途中の芝居一座に救われ、江戸へ戻ってくる。そして梅月の幽霊から事情を聞くと、二人で戯作者を討ち、遺恨を晴らすのだ。

お千は梅月を弔い、一座はその話を芝居にして、大いに客を集めたのだった。

「な、何ですかその話は」

声を震わせる山青堂と、声を失った種彦に、善治郎は落ち着いて語り続ける。

「芝居の中で梅月を殺したのは、戯作者です」

「でもそれじゃまるで……桜月は事故で死んだんじゃなく、戯作者、彦さんが殺したみたいじゃないですか！」

「芝居を見た客らは、きっとそう考えるでしょうね。いや間違いなく誤解するでしょう」

女形殺し。そう決めつけられたら、種彦が世間からどう扱われるようになるか、考えるのも恐ろしかった。善治郎は今日、以前のよしみで種彦達へ、警告に来たのだ。

「人殺しの糞野郎《くそ》！」

「桜月を返してよ。お仙が可哀想《かわいそう》だ」

「何でまだ、あの戯作者はお縄になんねえんだ？」

芝居が始まって十日で、桜月を殺したのは、夏乃東雲だという噂が、江戸の町を駆け巡った。人々はその面白い芝居の筋を信じ、長屋の路地で、井戸端で、東雲こそ悪人であると言い立てた。

「何でこんな事になるんだ？　これじゃあ、外出も出来やしねえ。夏乃東雲の顔を知ってる連中に、何時会うか分からねえからな」

うっかり素性がばれたら、見も知らぬ者達から、袋叩き《ふくろだた》きに遭いかねない。

ただ有り難い事に夏乃東雲は、本を出す時、適当に付けた筆名だったから、それが種彦の事だと知る者は少なかった。

一方、悪の片棒担ぎと名指しされた山青堂は、既に多大な被害を受けていた。『恋不思議江戸紫』を出した版元として世に認められていたから、気の毒にも悪辣《あくらつ》な嫌がらせを受け、一旦、店を閉めるしかなくなったのだ。

いやそれどころか、山青堂は名と顔を知られていた故、家の近所では青物一つ、酒の一滴も売ってもらえないらしい。それで困り切って、妻子は実家へ一時帰し、己は高屋家へ逃げ込んできた。

「何で河原崎座は、あんな酷い話を作ったんでしょう。二人で小屋へ行った時は、皆、親切だったのに」

噂が収まるまで、どれくらいかかるだろうかと、山青堂は肩を落とす。するとだ。今日も勝手に屋敷へと入ってきた善治郎が、苦笑を浮かべた。

「案の定と言おうか、二人とも困り切ってますね」

だから先日、注意したのにと言うものだから、種彦が睨む。だが善治郎は意に介さず、種彦と山青堂へ、更に怖い言葉を口にした。

「こう言ってはなんですが、殿様達を悪人に仕立て上げたあの噂、当分収まりませんよ」

何しろ噂の元である芝居は、大当たりを取り、連日、大入りなのだ。これでは事が収まるどころか、野放しになっている種彦を捕まえろと、奉行所に文でも届きかねない。事は、悪くなる一方だと思われた。

「その内、本当の犯人にされてしまいますよ。桜月殺しの」

善治郎に言われ、種彦は眉間に深い皺を刻む事になった。

4

「しかしな、善治郎殿。芝居で戯作者が人殺しだと分かるのは、梅月の幽霊が真実を告げたからだろ？」

種彦は善治郎に、不機嫌な顔を向けた。だが幽霊がお白洲《しらす》に出て、下手人を与力《よりき》に教えたという話など、聞いた事が無い。

「つまり奉行所だとて、そんな奇妙な話なぞ、取り上げる訳がないって事さ」

「そうでしょうかねえ。下手人がいつまで経《た》っても分からないと、殿様でも良いから捕まえようという気に、なるかもしれませんよ」

山青堂が顔を強ばらせると、横で善治郎はふっと笑みを浮かべる。

「桜月のおかげで売れた殿様が、その恩人を殺す筈はないと、おれは思ってます」

しかし世の者達は、面白い方の話に飛びつくのだ。つまり噂が消えるのを待っても無駄だと、善治郎は言う。

「このままだと殿様は、人殺しにされかねないんですよ。もし早々に事を収めたいのなら、方法は一つしかありません」

「ど、どうすればいいんですか」

山青堂が、その言葉に縋《すが》る。徒目《かちめ》付《つけ》は版元をけしかけてきた。

「下手人を、殿様達が見つければいいんです。誰が殺したかはっきりすれば、皆、思い違いをして悪かったと謝ってくれます」

「そんな。あれは事故です。だから下手人は居ませんよ」

「事故？　そうかな。では三階にいた筈の女形が、どうして奈落で倒れてたんでしょう」

善治郎は、桜月は殺されたと睨《にら》んでいるのだ。それが真実だから、噂も立つ。

「だから殿様、真実を見極めねば。ああ、殿様を助けようとするなんて、おれも人が良いな。まあ、殿様の戯作は面白かったから」

己は徒目付ゆえ、本や芝居、錦絵を作り出している者達に粗相があれば、容赦なく取り締まるべきだと分かっている。だが。

「おれは、戯作が気に入ってしまったんです」

だから罪を問われる羽目になる前に、己で下手人を捕まえろと、善治郎は助言した。

「無茶な。玄人《くろうと》の同心や岡っ引きでも、簡単にはいかぬ事だぞ」

すると善治郎が、何を今更と言い返す。

「殿様は以前、話を作る事で、騒ぎを解決しようとしたじゃないですか。桜月の件も戯作に直せば、下手人が分かりませんか」

「あ……そうでした。そのやり方があった」

頷いたのは山青堂で、文机《ふづくえ》を持ち上げ、種彦の前に置く。だが当人は、首を横に振った。

「無理だ。前にも、失敗しただろうが」

種彦と仲間は、戯作を書く事で、謎《なぞ》の真相に迫ろうとした。しかし作中、登場人物達が勝手に動き出し、話は作者の意図とかけ離れた所へ、雪崩《なだ》れ込んでしまったのだ。

「つまり戯作を書いても無駄。下手人は捕まえられねえって事だ。こうなったらおれは、大人しくしてるよ」

どんな芝居だとて、二年も三年も続いたりはしない。いつか噂も収まると、種彦は言い出した。

「逃げるんですか？　おれは上役から言われて、殿様に自決を勧めに来る、なんて事になるのは、ご免《めん》ですよ」

「冗談でも、とんでもねえ事を言うな！」

若くて才があって、恋しい妻もいる。つまり、さっぱり死ぬ気などない種彦は、寸の間、善治郎を睨み付けた。だが直ぐに眉尻を下げると、部屋の隅で横になり、身を丸くして、ふて寝を決め込んでしまう。

「とにかく寝てる。それがいい」

「阿呆殿様。どんな事になっても、知りませんよ」

善治郎がしつこく言っても、頭を上げない。正直に言えば、種彦は傷ついていたのだ。

昨日まで種彦の事をもてはやしていた、戯作の読み手達。彼らは夏乃東雲について悪い噂を耳にすると、事実かどうか確かめもせず、掌《てのひら》を返した。幽霊の話を信じ、作者の事を怒っている。それが応《こた》えていた。

(おれの戯作、実は皆に、楽しんで貰えてなかったんだろうか)

読み手達はどうして、簡単に種彦を悪役にし、悪《あ》し様《ざま》に言うのか。種彦は何故《なぜ》だか涙がこぼれてきて、頭を上げる事が出来なかったのだ。

ところが。

幾日もしない内に、種彦は決意を持って、真実を知るため立ち上がる事になった。

「お勝、一体どうしたんだっ」

ある日、下男に抱えられるようにして、買い物から帰ってきた妻の姿を見て、種彦は顔色を変えた。何と勝子は、こめかみの辺りから血を流していたのだ。居候《いそうろう》の山青堂が、慌てて手《て》桶《おけ》に水を汲《く》み、塗り薬と晒《さら》しを取りに走る。

「大丈夫です。大した事はございません」

妻はそう言ったが、種彦は急ぎ下男を問い質《ただ》す。すると、種彦が夏乃東雲だという事は、余り知られていないと思っていたのに、筆名を叫び、勝子へ石を投げた者がいたと分かった。

そもそも勝子が買い物へ行った事が、奇妙であった。決まって屋敷へ来る、振り売りはどうしたと聞くと、最近寄ってくれないという。なぜ女中に行かせなかったのか問うたら、揃《そろ》って辞めたと言われた。

「おれが、桜月殺しを疑われてるからか」

それで勝子が自ら下男を連れ、外へ買い物に行く事になったのだ。

「知らなかった。ただ寝てた。済まぬ」

いっそ己が買い物にゆき、石を投げつけられれば良かった。しかし種彦が用を引き受けても、問題は残る。勝子にずっとずっと屋敷内に居ろというのも、また酷い話だった。

「私の事は、心配要りませんよ、殿」

横に座った勝子がけなげに笑うので、種彦は居ても立っても居られなくなった。

「おれは馬鹿だ。善治郎殿が事を解決しろと言ったとき、何としても真実を突き止めるべきだったんだ！」

こうなったらどんなに大変でも、事の真相へ行き着くつもりだと、種彦は山青堂に言い切った。版元は手桶を片付けながら、優しい勝子へ、気の毒そうな目を向ける。

「それで彦さん、どうするつもりですか。実際の出来事を戯作に直して、事の先を推測する方法は、この前、失敗しちゃいました。となると」

戯作者の種彦に、何が出来るというのか。すると種彦は、しばし腕を組んで考え込み……やがて、一つ頷き、やはり話を作ってみると言った。

「以前、謎解きの戯作作りに失敗したのは、登場する人物が、勝手に暴走したからだ」

謎を解くというより物語を楽しむ方に、流れてしまったのだ。だが今度は、事実起こった出来事は、そのまま、いささかも変えず話に使ってみるつもりであった。そしてその場面から、憶測出来る事を幾つか挙げ、実際、一番ありそうな話を選び、先へすすめてゆくつもりであった。

「お楽しみは、抜きだ」

　とにかくやると言い、種彦は文机に紙を広げた。

「桜月が亡くなった件で……動かない事実は、桜月が奈落へ落ち死んだって事だ。で、どうしてそんな事になったのかを考える」

　紙の端にまず、桜月の死と記す。それから考えられる理由を、書き込んでいった。
　一、事故。桜月は一階に降りた時、たまたま開いていた穴に落ちた。
　二、殺し。誰かが桜月を奈落へ落とした。
　三、自死。桜月は何かで悩んでいて、奈落に飛び降りた。
「考えられるのは、この三つくらいか。さて、どれが一番、あり得る話なんだろうか」

「ははあ……このやり方は、面白いですね。長い戯作にするより、分かりやすいです」

「一はあり得る話だ。だが善治郎殿は、ただの事故じゃなさそうだと言っていた」

　二も考えられる。下手人がいたとして、窓が閉められ暗くなった時を狙《ねら》って、桜月を本舞台から、奈落に突き落としたのかもしれない。

「三は……やっと売れてきて、人気がうなぎ登りだったんだ。桜月が自死するとは、おれには考えられないがな」

山青堂も頷く。すると、夫の努力を支えようと、勝子が話に加わってくる。

「不治の病だと分かり、自死したという筋立てはどうでしょう」

「うん、面白い考えだ」

しかし、種彦は少し考えた後、首を横に振った。元気な当人を、亡くなった日に見ている。やはり自死という線は、弱いと語った。

「つまり、事故、殺しのどちらかだな」

事故だとした場合、あの日何故、たまたま奈落への穴が開いていたのかが、疑問として残る。よって、穴が開いていた訳を、これから数多考えなければならない。殺しの場合、誰が殺したか、いや殺せたのか、考えてみねばならない。

「今回は、主人公が引き立ち、面白い話になる筋を選ぶ必要がない。とにかく、見聞きしたのとは違う部分は省いてゆくんだ」

山青堂が、段々目を輝かせてきた。

「おお、上手《うま》くいくかもしれませんね」

「だがつい、戯作を作る癖が出ちまって、話が暴走するんだよなぁ」

山青堂が、自分が止めますよと、明るく言った。

「彦さん、では、まず事故だった、という筋立てから考えてみませんか。桜月の件、事故だと考えると、穴が開いていた理由は何でしょう」

「殿、どなたかが、上手く奈落からセリを上げられるか、試していたのではございませんか？」

勝子の案は素晴らしい。それを答えとしたかったが……種彦は優しい表情で、違うと口にした。

「お勝、あの日、舞台下へ落ちた者がいないか確かめるため、奈落番を他所《よそ》へ呼びに行ったんだ。つまり奈落には、誰もいなかったはずだ。勿論、セリの上げ下げはしていない」

奈落は本舞台の下にあるから明かりを持っていかねば真っ暗で、気軽に入れる場所ではないのだ。そして普段、人の頭よりも高い位置にある切り穴を、奈落番以外が開ける事はない。

「大体、芝居小屋に勤めていても、切り穴の開け方なぞ、知らない者も多かろうよ」

種彦が言うと、山青堂も頷く。

「あの場で、奈落を開けたと言った者は、おりませんでした。あの日は窓の開け閉めを試していて、本舞台も平土間も、いつもより大層暗かった。だから誰かが、穴をこっそり開けたいと思ったら、やりやすい日だったと思います」

「そういえば、窓の開閉を試す事は、皆、事前に承知してたんですよね？」

勝子と二人が視線を合わせる。つまり、小屋内がぐっと暗くなることが、分かっていた日であった。

「彦さん、やはり事故じゃない気がします」

段々、故意に行われた件だという方向へ、話が流れだしていた。

「ああ、殺しと考えた方がしっくりくるよな。それにその方が、いま掛かってる芝居の意味を、色々考えやすくなるぞ」

勝子に、何故ですのと聞かれ、種彦は口元を歪める。

「桜月の件が殺しだったとする。その場合、本当の下手人が、どこかにいる訳だ」

その下手人は勿論、事を暴《あば》かれるのが怖い。いつぞや種彦達が見た晒し首のように、己も骨ヶ原《こつがはら》に晒されるのではないかと、恐怖に取っつかれたら、生きた心地がしないだろう。

その場合、下手人はどう行動するか、幾つかの筋が考えられる。
一、桜月を殺した者は、己が下手人と分からぬ内に、江戸から逃げ出す。
二、ばれはしないと高《たか》を括《くく》り、いつもと同じように暮らす。

三、別人を、下手人に仕立てる。他で罪人が捕まれば、己は安心できるからだ。
「そして今、前作を書いた戯作者こそ、下手人だという芝居が掛かっているな。皆、その話を信じてる。お勝へ石まで投げた」

客達は芝居の筋立てが真実だと疑わず、種彦が下手人だと、噂が立っているのだ。

「彦さんもあたしも、下手人じゃありません。となると実際、己以外の者に、人殺しを押っつけた者がいたんですな。つまり、答えは三だ」

当然、その下手人は一座の者となる。

「桜月が死んだ日は、まだ初日前で、客は入ってなかったからな」

あの場にいたのは、一座に関係する者か、丁度顔を出していた種彦達だけだったのだ。余所者《よそもの》が入り込める場ではなかったからだ。

「そいつは、おれ達へ殺しを押っつけることを、端《はな》から目論《もくろ》んでいたのか、違うのか」

種彦は次に、いよいよその下手人が誰かを、考え始めた。

話合いをした翌日、種彦は山青堂と共に、勇気をふるい、河原崎座の小屋を訪ねる事にした。

だが、夏乃東雲は人殺しだと言い出した芝居一座が、当の戯作者を招き入れるとも思えない。よって種彦は、奥の手を使った。芝居に関係する者達を見張るお役目の、徒目付善治郎に頼み込み、友として一緒に行って貰う事にしたのだ。

「これで、戸を開けるのも嫌だとは、言えまいさ」

早く、勝子を楽にさせてやるのだと言う、種彦の顔つきは厳しい。

「だからって、何で木戸すら開いてない真夜中に、芝居小屋へ行くんですか」

星の瞬《またた》く空の下、連れ出された善治郎が眠たげな声を出しながら、せっせと歩んでいる。種彦は、横を歩く寝ぼけ眼の山青堂を小突いてから、当たり前だと口にした。

「芝居見物は、明け方からするもんだからな」

日が昇ってから暮れるまでが、芝居を執り行う時間であった。明るくなくては、舞台を見る事が出来ない。

「だが小屋内に客がいたら、おれは何をされるか分からねえ。だから我らは、客が入る刻限までに、今回の桜月の一件に、幕を下ろさなきゃならねえのさ」

「おや我らとは、おれも入ってるんですか」

善治郎に問われ、種彦は星明かりの中、影のように見える家並みに目を向けたまま、口の端を引き上げる。

「どこぞの徒目付殿は、戯作が好きになっちまった上、お節介だからな。気の毒にも、戯作者の災難に巻き込まれたのさ」

すると、下手に徒目付へあれこれ見せると、やぶ蛇になりますよと、善治郎は軽い調子で言ってくる。

「ひょっとしたら、夏乃東雲は今度の件で責を問われ、死ぬ事になるかもしれません」

さらりと怖い事を言われ、種彦は寸の間、表情を強ばらせる。だが、それでも今日は引かなかった。このままでは、また勝子が襲われるかもしれない。どう脅されようとも、今は善治郎の力が必要なのだ。

(それにどのみち、もう善治郎殿はこの件に、目をつけているからな)

今更、臆病《おくびょう》風に吹かれても始まらない。

三人が芝居小屋近くの木戸に着いた時、明ければ人が押しかける小屋前の道は、まだそれは静かであった。

しかし芝居小屋へ近づくと、中からは声が聞こえてくる。開演に備え、既に大勢が動いているのだ。種彦が小屋前に立つと、誰が見つけたのか、入り口の木戸を叩くまでもなく、若い衆が顔を見せた。久方ぶりだと声を掛ける。

「有り体《ありてい》に言うが、今、河原崎座に掛かっている芝居で、おれは大いに迷惑を被《こうむ》ってる。だから桜月が亡くなった件について、はっきりさせに来た」

種彦が簡潔に来訪の目的を告げると、案の定、目の前で戸を立てられそうになった。

すると小さく溜息《ためいき》をついた善治郎が、横から声を掛け若い衆を止める。

「それがしは徒目付である」

その一言で、それまでは強気に見えた若い衆の顔が、さっと強ばった。たとえ一座に、世に轟《とどろ》く程人気があり、千両を稼ぐ役者がいようが、貧乏武家の方が強い事もある。権力を握っているのは、やはり武士であった。かつてお上に、取りつぶされた芝居小屋とてあるのだ。

するると。

「先生に入って頂きなさい。話をお聞きしようじゃないか」

奥から、いつの間にやら座元が現れ、種彦達を見つめていた。手燭《てしょく》の明かりがゆらゆらと揺れ、幾つもの影を、小屋の中に落としていた。

5

種彦と山青堂、それに善治郎は、大きな河原崎座の中を、せっせと逃げ回っていた。

夜が明けるまで、まだかなり間がある七つ時、小屋内は暗い。三人はそんな中で、座の連中に追われていたのだ。時々「見つけた」という剣呑《けんのん》な声が闇の向こうから聞こえ、扇子や小道具、一度などは猫まで飛んで来た。

「ひえぇっ」

種彦達はどうにかそれを躱《かわ》し、明かりを点《つ》ける余裕もなく、必死に逃れていく。

「はあっ、草臥《くたび》れた。彦さんが悪いんですよぅ。小屋へ入って直ぐ、桜月さんは殺されたんだって、断言するから」

山青堂が息を切らしつつ、種彦に文句を言う。善治郎も頷《うなず》いた。

「あの一言で、土間にいた座の連中は、殺気立ちましたね。自分達に、桜月殺しを押っつける気かって、言い出しちまって」

そして座元が止めるのも聞かず、種彦ら三人を、取り押さえようとしたのだ。よってたかって簀《す》巻《ま》きにでもされたら、そのまま勢いで堀川へ捨てられかねないから、種彦達は逃げた。戸口は閉まっていた故《ゆえ》、奥へと走り、追いつ追われつが始まったのだ。

「だが山青堂、桜月の事はお前さんも、納得してたじゃないか。あいつは殺されたんだ」

それだけではない。この河原崎座に下手人がいる事は、間違いないのだ。桜月が殺された時刻、小屋には余所者などいなかった。

「おや殿様、そんな話になってたんですか」

善治郎がおおよその話を聞き終えた時、近くから物音が聞こえ、三人は一旦《いったん》、階段近くの部屋に隠れる。善治郎は小声で種彦に問うた。

「で、殿様。下手人の名は……おや、まだ分からないんですか。成る程、今日小屋を調べて、目串《めぐし》をつけるつもりだったんですね」

すると善治郎は、ならば己は今宵、河原崎座へ、来るのではなかったと言い出した。

「へ、何ででしょう」

「山青堂、おれは以前殿様に、下手人を見つけろと言った」

事の真相が分かれば、芝居は中止、酷い噂は収まると考えたからだ。

「しかし、大騒ぎにしろとは言ってないよ。真相を突き止めたら、座の者と話し合って、なるべく穏便に事を収めるべきだったんです」

桜月が、同じ小屋の者に殺されたと知れたら、世間はまた騒ぐ。お上は一件に、厳しい視線を向けるだろう。下手をしたら連座で、下手人以外の者にも咎《とが》めが及ぶかもしれない。

「河原崎座の者達だけじゃない。戯作者として関わった夏乃東雲も、何らかの沙汰《さた》を受ける羽目に、なりかねません」

種彦は旗本だから、目付《めつけ》配下の善治郎が、詰問《きつもん》する事もあり得るのだ。

「そんな立場になるのは、ご免です」

よって善治郎は、今晩もう何も知りたくない故、早々に小屋から逃げ出すと言い出した。

しかし。種彦は口をひん曲げる。

「あのなぁ、善治郎殿。おれは武士だが、刀の腕はさっぱりなんだ」

腰に差している刀が、竹光でない事が自慢という程、情けない腕前であった。つまり。

「この後おれが、座の者の中に下手人を見つけたとする。すると、おれと山青堂は、なおさら身が危うくなるんじゃないかね？」

「おや、東雲さん達を、我らが口封じに殺しかねないとでも、言うんですか？」

この時突然、闇の中から語りかけられ、驚いた種彦がさっと振り向く。善治郎が刀に手をかけた時、襖《ふすま》が開き、声の主が手燭の明かりを掲げたので、現れたのは、座元だと分かった。

「ほら、一座の一人は、そういう事もあると、考えてるようだ」

種彦の言葉を聞き、善治郎は柄《つか》から手を離すと、わざとらしい溜息をついた。

「やれやれ。おれが帰ったら、殿様は身が危ういらしいや。だが、かといっておれが残って話を聞いても、剣呑な立場に立たされそうだ、と」

つまりどのみち種彦は、困った事になるようであった。善治郎は苦笑を浮かべる。

「ならば、せっかく早起きをした事だし、ここにいましょうか。これから戯作者、夏乃東雲が、桜月を殺した下手人は誰なのか、その身を賭《か》けた語りをする訳だ。面白そうです」

すると座元が、話を聞こうと言い出したのだ。

「この部屋なら、誰もおりません。他の者に気づかれず話が出来ます」

座元が部屋に入って戸を閉めると、山青堂が息をつき、座元は顰《しか》め面《つら》で三人に向き合う。そして早く用件を片付け、芝居の幕が開く前に帰ってくれと言い出した。何時《いつ》までも座の皆と追いかけ合いをされては、迷惑らしい。

種彦は、ぐぐと顎《あご》を上げた。

「おい、おれ達は、好きでここに来た訳じゃないんだぜ」

今、種彦達は町へ出たら、石を投げられる。河原崎座の芝居のせいであった。

「あの新作芝居を早々に止《や》めて、おれと山青堂への、謝罪の張り紙を出してくれ。それを約束するなら、直ぐこの小屋から帰ってもいい」

河原崎座のおかげで、種彦の戯作は売れた。その恩を感じているから、一座が非を認めれば、今回の迷惑には目を瞑《つむ》る。種彦は己で驚く程、大いに寛大なところを見せた。

すると。

「大当たりの芝居を止めて、謝れだって？ そんなこと出来るかい」

返答をしたのは、座元ではなかった。いきなり横の襖が開き、何と役者の大九郎が現れたのだ。三人を捕まえる事も忘れ、肩を怒らせているので、種彦は大九郎を睨み返した。

「これほど穏便に話しているのに、謝らねえだと？ 勘弁ならねえ悪人だな」

ならば己は、勝手に下手人を見つけ、疑いを晴らすまでだと、種彦が啖呵《たんか》を切る。そして桜月が殺された事は、座元はとうに承知している。しかし黙っているのだと口にした。

「多分、座の一人がやったと考え、もみ消す気なんだろうよ」

それには、一座の者の他に、下手人がいると噂が立った方が都合が良い。下手人が身内から出て、大騒ぎになるのはご免なのだ。

「じょ、冗談を。座元、違いますよね？」

「そう言うんなら、大九郎に聞くぞ。桜月が落ちた切り穴は、誰が開けたんだ？」

種彦は、先だって山青堂達と話した、切り穴についての疑問を口にする。

「まず、このおれが切り穴を開けた訳じゃない。あり得ないからな」

種彦は言い切った。たとえ芝居の中で幽霊が何と言おうと、種彦は桜月殺しの下手人ではない。

「何故って、理由はお前さん達が一番良く知ってる。おれは桜月から離れた後、この座の四人や山青堂と、ずっと共にいたんだ」

皆と一緒に悲鳴を聞いた。奈落で桜月が見つかるまで、種彦も山青堂も一人になっていない。つまり河原崎座の者は、種彦が桜月を殺してない事を、知っている筈《はず》なのだ。

するとまた他の声が聞こえてくる。

「た、確かに東雲先生は違うな。本舞台の穴は、窓番が窓を閉める前には、開いてなかったし」

五人の目が、新たな声の方へ向く。今度は背後の襖が開き、狂言作者の小不動と女形の小菊が顔を出した。声がしたので、隣から様子を窺《うかが》っていたらしい。種彦が話を続ける。

「しかし、だ。こいつは下手人じゃないと、何人かの名はあげられても、切り穴を開けた者が誰か、分からねえ。余所者が入り込んだとも思えねえ。だから桜月が死んだ後、座の者達は、疑心暗鬼になったに違いない」

主役に抜擢《ばってき》した桜月が亡くなった故、すぐに次の芝居を作らねばならなくなった。しかし、座の者達は新作を作れる状態ではなかったのだ。

「拙《まず》いよなぁ。ごたごた続きで金が無くなったら、河原崎座は芝居を休んで、本櫓《ほんやぐら》である森田座に、小屋を頼む羽目になる」

元々河原崎座は、江戸三座の一つ森田座が、興行に行き詰まったときなどに、座を代行する控櫓《ひかえやぐら》なのだ。

「でも河原崎座は、己から芝居小屋を明け渡すなんて、したくはない。それで座元は、とんでもねえ手を使ったのさ」

元々座とは関係無い戯作者を、下手人に仕立て、それを新作芝居でやる事にしたのだ。思惑は当たり、種彦に悪事を押っつけた一座は、一時でも疑心暗鬼から解放されて、とにかく落ち着いた。おまけにその新作は、客の入りも良かった。

「おかげでこっちは、大迷惑だ」

そう言った途端、薄暗がりの中から新たな手が現れ、ずいと種彦の胸ぐらを摑《つか》んできた。

「立役《たて》者っ、おいでだったんですか」

大九郎の声で、まだ化粧をしていないその男が、誰だか分かった。一座の看板、五《ご》郎《ろう》右《え》衛門《もん》だ。

「先生、暗くて分からんだろうが、この部屋は、一座の者に囲まれてる。だから、な」

口をつぐんでさっさと帰るか……桜月殺しの下手人の名を、すぱりと言えと迫る。ただ、間違えて仲間を下手人呼ばわりしたら、叩きのめしてやると付け足した。

「ふんっ、偉そうに。芝居で戯作者、つまりおれを、人殺しと呼んでるくせに」

種彦は殿様、気は弱くない。よって、へっぴり腰で睨み返した。

「じゃあ下手人の名を言おうか」

正面に向き直り、口を開く。

「座元」

皆が目を剝《む》いた。座元が違うとわめき始めた横で、種彦の言葉が続く。

「そう、座元は違う。あんたが下手人だったなら、話が早くて助かったんだが」

「何が、助かっただっ」

怒る座元を無視して、種彦は説明を加えた。要するに下手人は座元のように、桜月を呼びつける事が出来る者に、違いない。

「何故ってさ、桜月は皆の知らぬ間に、下へ行ってたからな」

稽古《けいこ》をしていた三階で騒ぎはなかったから、桜月は皆の前から、無理矢理下へ連れて行かれた訳ではない。つまり稽古を抜け出し、本舞台のある一階へ、自分で行ったのだ。

「で、誰が桜月を呼び出せたか、だが」

座で一番偉いのは、座元だ。しかし座元は、騒ぎになるまで三階にいた。

「ええ、あたしは下手人じゃありませんよ」

「座元、関係無いのに下手人呼ばわりされるのは、嫌ぁなもんだろ？」

種彦はにたっと笑ってから首を回し、三人を囲んでいる者達を見る。そして急に、今から皆で奈落へ行こうと言い出した。

「先生、何で奈落へ？」

東雲さんから先生に戻った種彦は、部屋を出て奈落へ向かいつつ、座元の問いに答える。

「桜月が奈落へ落ちた事、そいつがどうも妙に思えるのさ。おれが戯作で書くとしたら、誰かを舞台の穴に落として、殺すなんて事はしない。芝居ならともかく、本当にやるのは、とんでもなく難しいからな」

窓番が小屋を暗くしていた間に、こっそり切り穴を開けるだけでも、大変だろう。さらにそこへ落とす事は、この上もなく難しい。

「おまけに、平土間にいた棟梁達に、気がつかれちゃならないんだぜ」

じき、階段の前へ来た種彦は、手燭を借り、足下を照らしつつ降りてゆく。一座の者達は、この暗さにも慣れているのだろうが、階段は急で危なっかしい。暗い中でぞろぞろと、下へと歩む者達の列が続いた。

「でも先生、桜月さんは実際、奈落で亡くなったんですよ」

「小菊、だから今日、おれは芝居小屋を見に来たのさ」

本当に桜月は、穴へ落ちて死んだのかどうか、己の目で確かめる為に。

切り穴が開いていたので、皆は落ちて亡くなったと考えた。だが。

「奈落で死んでたんだ。単に、そこで殺されたとも、考えられるじゃないか」

しかし殺しだと分かると、同心が飛んで来る。それで。

「後から切り穴を、開けたんだろう」

すると、一緒に下へと向かいながら、山青堂が小さく声を上げた。

「そう言えば桜月さんが亡くなった時、まず悲鳴を聞きました。そしてその直ぐ後、暗い中、妙な音も聞いてます」

あれは暗い中、奈落で切り穴を開けた音だったのではないか。聞いたのは、間違いなく悲鳴の後であった。種彦の声が低くなる。

「おい、あれが何の音だったか、あの時一階にいた奴は、誰も分からなかったのか？」

返答はない。だが……分かっていた者も多かったと、種彦は睨んだ。

（皆、本舞台で突然悲鳴を聞いたんだ。おまけに桜月が死んでいた。確証のない事を言い出す勇気のある者は、いなかったんだろう）

下へ下へ。どんどんと降りてゆく。

「でも先生、切り穴は一人じゃ開けられねえ」

後ろから、納得いかぬと大九郎の声がする。

「まさか何人かで、殺したっていうのか？」

種彦は、闇へ目を向けたまま、話した。

「立役者の五郎右衛門なら、付き人がいるから、力を揃え、切り穴を直ぐに開けられたかの。だが名のある役者は、揃って稽古中だった」

あと、衣装や鬘《かつら》の打ち合わせなら、何人かでやるだろう。しかしそっちの部屋へは、種彦達が回っていた。

「となると、残る答えは一つ」

やっと一階まで降り、今度は奈落の口へ回り込む。また階段が続くのを見て、種彦が言葉を切って明かりをかざした。それからいよいよ、最後に残った者の名を告げようとした。

その時。

種彦の口から漏れ出たのは、短い悲鳴だった。後ろから背の真ん中を突かれ、奈落の闇の中へ、頭から転げ落ちていったのだ。

「ひえっ、先生っ」

一瞬で闇さえ吹っ飛び、後は何も考えられなくなった。

6

「ああ殿様、生きていて何より。本当にあの日、河原崎座へ付いていって良かった」

落ちて転んで、奈落の底に這《は》いつくばってから、十日の後。身を打ち足を挫《くじ》き、歩く事もままならない種彦の屋敷へ、善治郎が見舞いに来た。見ると、山青堂もくっついてきており、勝子へ卵を渡している。

「奈落への階段が、上の階のものより短くて、助かりましたね」

そう言って善治郎が笑う。多分そのおかげで、種彦は首の骨を折らずに済んだのだ。

「まさか、小不動に突き落とされるとは、な」

あの時、もし山青堂と二人きりだったらと思うと、冷や汗が出る。種彦を突き落とした小不動を、一座の者が庇《かば》った場合、山青堂共々、奈落で命を落としたかもしれないのだ。その窮地から救ってくれたのは、強い善治郎であった。

「いやぁ、おれは殿様の、命の恩人だ」

では、小不動にどうして襲われたのか、分かっているかと善治郎が問うてくる。種彦は頷き、山青堂が目を見張った。

「桜月を殺した下手人の名を、言わせない為《ため》かな」

しかし、その下手人はあいつじゃないと、種彦は続ける。いや小不動は、殺していないからこそ、種彦を階段から突き落としたのだ。

ここで種彦が咳き込んだので、脇息《きょうそく》が差し出される。それにもたれ掛かると、山青堂と善治郎へ目を向けた。

「小不動には、庇いたい者がいたんだろう」

すると善治郎が、ゆっくりと頷いた。旗本の種彦が怪我《けが》をしたので、小屋に調べが入ったのだ。そして何故小不動が、種彦を襲ったかを調べている内、芋づる式に、桜月の死が事故ではない事が知れた。

「小不動は最初、桜月も己がやったと言ったようです。しかし桜月が死んだ時、小不動は殿様と一緒に、小屋内を回ってましたから。山青堂がはっきり言いました」

種彦に、桜月を殺す間が無かったのなら、小不動にも無理なのだ。それに気がついた同心が、やがて事実へ行き着いた。

「小不動が庇ったのは、師である立作者《たてさくしゃ》と、三人の兄弟子です」

座一番の狂言作者、河原崎座の立作者は小不動の伯父で、父代わりの者であった。その縁で小不動は、一座に入れて貰《もら》えたらしい。

「そうさな、立作者なら、桜月を奈落へ呼べるだろう」

「立作者は、次の舞台の正本《しょうほん》の事で相談したい所があると言って、桜月を呼んだようです」

まだ座元には伝えていない故、余人に聞かれず話をしたい。だからこっそり奈落へ来てくれと伝えたのだ。だが立作者と桜月は、話合いをしていて揉《も》めたらしい。暗い中で揉み合う内、癇癪《かんしゃく》を起こした立作者の、たがが外れた。

「頭を摑んで、柱へ打ちつけてますんで、事故じゃない。しかし立作者は、あれしきの事で死ぬとは、思わなかったと言ったとか」

奈落には、他の座付き作者三人も来ており、人気役者の突然の死を前に、呆然《ぼうぜん》とする事になった。

だがそのままでは、師が人殺しとして捕まる。小屋は大騒ぎになる。いやそれ以上に、狂言作者達には恐しい事態が迫っていた。

座内で殺しなどあったら、直ぐに森田座へ興行を戻す事になるだろう。こんな件で座を交代したら、当分河原崎座は仕事が出来ない。つまり座付き作者は、話が書けなくなるのだ。

「森田座へ移れば良いのでしょうが、あちらにも座付きの狂言作者はいますから」

善治郎によると、その日窓を閉め、本舞台が暗くなる事を作者らも知っていた。よって四人は急ぎ切り穴を開け、その下へ桜月を運んだらしい。桜月の死を事故だと見て貰えるよう、あわてて場をこしらえたのだ。

「やれやれ」

種彦は、大きく息を吐いた。

「おれが要《い》らぬ事をしなきゃ、うやむやのまま桜月は事故で死んだとされたのかね。だがそもそも河原崎座が、あんな嫌な新作をやらなきゃ、おれはもう芝居には関わらなかったんだ」

どうして己を下手人扱いしたんだろうと言い、種彦は少しばかり痛そうに足をさする。すると善治郎が、皮肉っぽく笑った。

「殿様、その訳は……座付きの作者らが、殿様を憎く思っていたからだそうで」

種彦を困らせたあの芝居は、座元ではなく、立作者が案を出したものだったのだ。

「は、何でだ？　恨まれる覚えなどないぞ」

座付き作者と種彦は、ほとんど縁などない。初めて会ったのも、桜月が亡《な》くなったあの日、作者部屋を訪ねた時であった。

　すると答えを口にしたのは、善治郎ではなかった。なんと、横にいた山青堂であった。

「もしかしたら……彦さんの戯作を全幕の芝居にする事が、嫌だったのでは？」

　座付き作者でも、好きなだけ芝居を書ける訳ではない。そもそも河原崎座は控櫓で、作れる芝居は本櫓より少なめだ。おまけに狂言は骨格などに、決まり事が多い。

「客達が知っている伝説や作品を、まず大枠に持ってくる事が、多々ありますから」

　芝居の正本は、作者部屋から持ち出してはいけないなど、狂言作者の修業は厳しい。なのに座付きになっても制約は多いし、思うように書ける機会は、なかなか巡ってこないのだ。

「そんな中、やっと立作者になっても、客の入りが悪いと、話を変えろと言われます」

　あげく座元は、不人気だった前作を止め、種彦の戯作を元に、新作を作れと立作者に言った。種彦に面目を潰《つぶ》されたと感じても、おかしくはない。芝居と関係ない筈の戯作者が、大きな顔をして小屋へ来るのも業腹《ごうはら》だ。

「きっと座の仲間ではない分、彦さんが怒りのはけ口になってしまったのでしょう」

　山青堂の話を聞き、種彦が口を尖《とが》らせ黙り込む。すると善治郎が、また口を開いた。

「だが、桜月は役者。その望みは、座付き作者のものとは違いました」

役者は、何よりも評判の芝居に出たいのだ。そこで人気を得なければ、役者としての先々がない。

「桜月は殿様の話を演じたかった。だから奈落で立作者に、次作は曾我ものにしたい、ちゃんとお仙は話に入れるから、座元に口添えしてくれと言われても、断ったそうです」

ついには争いとなり、これから花開こうという時に、桜月は殺されてしまったのだ。

「何とも気の毒な……」

日の当たる庭へ目を向け、種彦が重い溜息をつく。小不動とて、哀れだと思う。あの男は、座付きの狂言作者から、話を書く機会を奪った種彦を、許せなかったのだ。その気持ちも分かるから、余計につらいと、ついこぼす。

すると善治郎がすいと身を寄せ、顔を覗《のぞ》き込んできた。

「人を哀れむ余裕は、殿様にはありませんよ。おれがこうして、高屋家の屋敷へ来たんですから」

「……は？」

「何度も忠告したでしょう。おれは旗本を監察する目付配下の徒目付で、殿様はその旗本だと。派手な事をしたら拙いって」

だが桜月の死の真相が知れ、河原崎座の興行が、急に森田座へ戻されると決まった事で、世はまた噂《うわさ》に包まれている。

「問題の芝居の話を書いた夏乃東雲も、このままでは済みません。何のお咎めも無しという訳には、いかないんですよ」

茶を替えにきた勝子が、その言葉を聞き、立ちすくんでいる。善治郎は落ち着いた表情で、種彦の足へ目を向けた。

「まだ、出歩くのは辛《つら》そうですね。ではあと十日、待ちましょう」

その後、小普請組支配組頭、浅井《あさい》殿の所へ顔を出すよう言い残し、善治郎は腰を上げた。勝子が慌《あわ》てて見送りにゆき、山青堂が不安げな顔を、種彦へと向ける。

「御目付様でも、善治郎様の屋敷でもなく、組頭の所へ行けとは。どういう事でしょう」

「山青堂の阿呆。いきなり御目付に呼び出されたら、それだけで命が縮むわ」

だが、何らかの沙汰は免れぬと、善治郎はきっぱり言い置いていった。その沙汰が、甲府《こうふ》流しとか、命を縮めるものであっても、今更驚く事は出来ない。

「腹をくくらにゃ、なるまいな」

「くるって……何をどうくくるんですか」

種彦が漏らした言葉を聞き、山青堂は顔色を変える。そして、今や種彦の友である伊織の元へ相談にゆくと言い、屋敷から飛び出していった。

それから十日間、何故だか山青堂が屋敷へ日参し、勝子も忙しそうであった。

(己の生き方、死に方、どう決めるべきか)

種彦はいよいよ、選ばねばならない時を迎えていた。

十日は、駆け足で過ぎた。

小日向五軒町《こひなたごけんちょう》にある、小普請組支配組頭、浅井半兵衛《はんべえ》の屋敷へ向かう日の朝、種彦は勝子の心細そうな顔を見て、大いに反省をした。

戯作を書く事で、今までに何人もの者達が罰を受け、危うい立場に立たされるのを、見て来た筈であった。

(なのに、書くのを止める事が出来なかった)

己の業の深さを思い、種彦は眉間《みけん》に深いしわを寄せる。その後勝子を引き寄せ、身を包み込んだ。

「大丈夫だ。ちゃんと無事、帰って来るから」

黙っている勝子が、いつにもまして愛《いと》おしい。それから供を連れ表へ出た種彦は、門前でふと屋敷を振り返った。

(勝子の前で、もう戯作は二度と書かぬと、約束できなかった)

御徒町から、上役の屋敷へと向かった。門前に辿《たど》り着き、もう一度溜息をつくと、種彦は己を引きずるようにして、浅井家の屋敷へ入る。

すると、意外なほど明るい声を、掛けられたのだ。

「おお、知久《ともひさ》殿、先の晦日《みそか》以来ですな。ようおいでになった」

小普請ならば、毎月十日と晦日には、組頭の屋敷へ顔を出さねばならない。つまり、二人は、もう随分前からの顔見知りであったが、今日の半兵衛は驚く程、応対が丁寧だった。

(これは……一体、どうなっているんだ?)

剣呑な事態を前にして、半兵衛のにこやかさがいっそ、恐ろしい。五百石取り、高屋家よりかなり立派な屋敷の中で、種彦は総身に緊張を走らせた。

今こそ、言わねばならない言葉があった。種彦は己が言うべき言葉を、覚ったのだ。

(もう書かぬ。戯作は一切書かぬ故、お許し下さいと願わねば)

勝子の為にも言うべきだ。直子だとて、戯作は二度と世に問わぬと、決めたではないか。種彦とて出来る筈であった。

だが、なかなか言葉が、口から出てくれない。武家として生きると、手遅れになる前に疾《と》く言わなくてはと思っても、駄目であった。身が微《かす》かに震えてくる。命が掛かっているかもしれぬのに、口が開かない自分の事が、自分で分からなかった。

（どうしたというのだ？　おい、死ぬ気か？）

呆然として、己自身に問うてみるが、答えが見つからない。種彦が二度と戯作を書かなくても、世間は気にもとめないだろう。山青堂ですら、無理と決まれば、別の良き書き手を探しにゆくはずであった。当たり前の話なのだ。

なのに。

（書かないと……何故言えない？）

とにかく口を開けてみた。それでも言葉が出ない。どうしても言えない。何としても……駄目であった。

（甲府へ流されるぞ。下手をしたら、腹を切れと、迫られるぞ）

己は馬鹿なのだろうか。息が苦しくなってきて、種彦は唇を切れるほど嚙《か》みしめる。

（おれは、どうしちまったんだ？）

頭の内ががんがんと鳴り、心の臓が早く打つ。どっと冷や汗が出て来た。

　すると、その時。

　そこに茶が運ばれてきたのだ。驚いた事に、茶菓子が添えられている。「ん？」到来物だがと出された品が、鈴木越後のひどく高直《こうじき》な羊羹《ようかん》だと分かり、種彦は魂消《たまげ》た。

（何なんだ？　こんな菓子、今まで組頭の屋敷で、出された事などないぞ）

　これはひょっとして、末期《まつご》の菓子として、種彦へ饗《きょう》したものなのか。更に顔を強《こわ》ばらせたその時、半兵衛がにこやかに語り出した。

「いや知久殿は、日頃立身には興味無き素振り。そういうお方かと思っておりましたが」

　しかし小普請組支配、二千石の酒井《さかい》様を気にかけていたとは、なかなかであるという。

（酒井様？　そいつは……連歌を嗜《たしな》む、あの酒井様か？　連歌の師匠の孫、吉十郎《きちじゅうろう》殿の父親は誰か、知りたがっていた御仁《ごじん》だ）

　種彦は、一件の真相を見通したが、祖父である柴山《しばやま》には、わざと子供の本当の父の名を、聞かなかった。その酒井様の名が、どうして今頃、出てくるのだろうか。

「酒井様は知久殿のお働き、本当に喜んでおられました。何しろお子がなく、御養子の話すら、上手くまとまらずで。己が急な病で倒れたら家が続かぬと、悩まれていたようです」

ところが！　ここにきて、吉十郎が実子と分かったのだ。酒井家は大喜びで、すぐにも屋敷へ迎え入れる運びだという。

(何と……酒井様が、吉十郎殿の実の親であったのか)

ふと気になって、小普請組支配の雅号《がごう》をご存じかと、半兵衛に問う。すると首を傾《かし》げた半兵衛が、実望《さねもち》だと教えてくれた。

(ああ間違いない。雅号に『もち』の字が入っている。吉十郎殿の父親は、酒井様だ)

おまけに何故だか、この事実を突き止め、酒井に伝えて話をまとめたのは、種彦だという事になっているらしい。ここで半兵衛が機嫌良く、種彦の戯作の件を切り出した。

「知久殿、戯作を書き、世間を騒がせた事、聞いております。今日はその件で話を聞き、上へ報告せねばなりませんが」

しかし上役の酒井から、くれぐれも種彦に配慮して欲しいと、羊羹まで受け取っている。半兵衛はかなり悩んだのだ。

「だが、昨日相談に乗って貰った御仁から、素晴らしい考えを聞けてな」

それはちゃんと罰が下り、しかも誰も傷つかない妙案であった。

「罰が下って、しかも……助かるのでございますか？」

そんな話が、本当にあるのだろうか。いや、一見良さげな提案に見えて、実はまた奈落へ落ち込むような、恐ろしい話ではないのか。種彦は上機嫌に見える上役へ恐る恐る目を向けた。事、ここに至っては、もはや何を言ってもしようがないが、己が戯作を書かぬと言っていないことに、今更ながら気がついた。

（おれは……最後まで言えなんだか）

それが己なのか。命が掛かっていても言えぬ事があった事に、種彦は己の事ながら、酷《ひど》く驚いていた。

半兵衛が真っ直ぐに、種彦の顔を見てくる。沙汰が下された。総身に、震えが走った。

「『夏乃東雲』は今後、戯作を書かぬ事。筆を断てば、委細構い無しとしましょう」

半兵衛は明るく言った。

「殿、お話はどうなりましたか？」

「彦さん、無事ですか。足は付いてますか」

高屋家へ帰ると、勝子と山青堂が玄関で顔を揃えていた。種彦は二人を見て……一言いい放つ。

「夏乃東雲は、腹切りだ！」

「ひっ、ひえぇえ」

「慌てるな、山青堂。種彦は無事。つまり高屋知久は、構い無しという事だ」

ただ、名を馳《は》せた夏乃東雲は、二度と戯作を書いてはならない。組頭の半兵衛が下した、大人の沙汰であった。

「まあ、殿。ほっといたしました」

奥へと廊下を歩むと、後ろで勝子が涙ぐんでいる。すると、心配してくれていたのだろう、部屋から何と伊織と直子が、顔を出し笑みを向けて来た。種彦はとにかく部屋に落ち着くと、伊織夫妻、山青堂、そして勝子に改めて頭を深々と下げた。

「酒井様へ根回しをしてくれたのは、皆でございましょう？　おかげで首が繫《つな》がりました」

しかし、酒井が吉十郎の父だという事は本当だとしても、柴山の了解は取ったのかと、種彦は心配げに問う。すると、上方へきちんと書状を送り、その意向も確かめてあると、伊織が言った。勿論《もちろん》江戸を立つ前は柴山も、吉十郎の父の事を酒井に明かす気は無かったようだという。

「しかし上方へ移った後、慣れぬ地故か、柴山殿は体調を崩されたようで。今でも、何としても父御に名を告げるのは駄目かと、文にて問うた所、まだ幼い吉十郎殿の為、連絡を取りたいと返答をくれた」

だが上方とやりとりするのに、十日しか間がなかった。書状が間に合うか、皆、気を揉んだそうだ。山青堂が大いに頷く。

「それで今回、四日限仕立飛脚を使いました。送る時は他用の飛脚に差し込めたので、勝子様は三分支払うだけで済みました。しかし、柴山様から戻して頂く書状は、そうはいきません」

よって、皆で金を出し合い四両集めた。その時、種彦に支払う筈の潤筆料《じゅんぴつりょう》一両も、先払いの飛脚代に使ったと、山青堂が告げる。

「飛脚代に四両！　それも片道で、か」

「殿の、命のお代でございますよ」

吉十郎の件が、役に立たぬかと言い出したのは、何と勝子だそうだ。酒井の雅号は、伊織が調べてくれた。山青堂が飛脚を頼み柴山の意向を知ると、直子が親類を間に立て、酒井へ早々に吉十郎の事を知らせた。

それで種彦は助かったのだ。

「しかし、上方にいる柴山殿の落ち着き先が、よく分かったもんだ」

逃げるようにして、江戸を発《た》った祖父と孫であった。勿論種彦は、二人のその後など知らなかった。

すると勝子が、恩人がいると言う。吉十郎の名を持ち出せとささやき、上方の住まいを教えてくれた者がいたのだ。

「おや……誰なんだ？」

一応聞いてはみたものの、そんな事が出来る知り合いは、一人しか思い浮かばない。そもそも、中間として高屋家へ入り込んでいた者でなければ、柴山の一件を知らないのだ。そして、徒目付であれば、遠方の事を調べる手立ても、あろうというものであった。

「はい、おれがお教えしたんですよ」

障子が開くや、善治郎までが高屋家へ姿を現し、やれ、殿様が無事で良かったと、笑うように言う。まあ、己が骨を折ったのだから、当然だとも言った。

「殿様は頑固で、戯作を書く事にこだわってましたからね。高屋知久、そして種彦として、今後一切書くのを止めろと言われたら、まともに返答が出来たかどうか。腹でも切る羽目になりかねなかった」

それを避ける為、善治郎は『夏乃東雲』のみを、抹殺《まっさつ》するよう、小普請組支配組頭の耳に囁《ささや》いたのだ。種彦という戯作者に、生き延びて貰う為に。

「ああ……今回の件、最後は善治郎殿が話をこしらえたのか」

己が他の者が作った話の中で動いたのは、初めての事であった。とにかく礼を言い、頭を下げたが、まだ呆然として物語の中にいる気がしていた。

すると山青堂が、大きく笑う。

「彦さん、人に知られたくないからと、適当な筆名を付けておいて、良かったですね」

「それでも、一度はご自分の名としたものですもの。もう名乗れないのは、辛うございますよね」

直子に言われ、種彦は小さく頷いた。直子は今、失った己の筆名を、思い出しているのではと、ふと思った。

(もう二度と、名を失いたくない)

そしてやはり、書くのを止める事は出来ない。あれほど切羽詰まったのに、止めると言えなかった事に呆《あき》れつつ、種彦は己を一つ知ったとも思った。

（書くという事は、何なのだろう。おれは……何故止められないんだろうか）

たとえ売れなくとも、読み手が勝子一人になっても、多分書き続けるのだろうと知って、種彦は苦笑いを口に浮かべる。金にはならず、人に知られれば馬鹿だと言われそうで、情けない。

「それでも……きっとおれは、書くのを止めないんだろうな」

すると、その言葉を聞いた山青堂が、戯作者というのは、そういう、何とも変わった者達であると言ってくる。

「でも、そんな戯作馬鹿だから、書き続けられるんですよ。彦さん、早く次作を書いて下さいね。店を一時畳んだので、随分と出費がかさんだんです」

また儲《もう》けねばと、金子が大好きな版元が算盤《そろばん》を弾《はじ》く。ここで善治郎が、種彦や直子の戯作を、いち早く読みたいから、己も種彦達の集まりに入れてくれと言い出した。ますます戯作が好きになってきた、というのだ。

「今回、善治郎さんが手を貸して下さって、本当に救われました」

ここで勝子が、善治郎に礼を言ったものだから、何となく善治郎はそのまま、会に入る事に決まった。伊織から、見事な話のまとめ方であった、いっそ己も書けと言われ、善治郎は目を丸くしている。

（ああ、こうして皆、戯作にはまってゆく）

種彦は、早くもまた書きたい気持ちに包まれ……命が助かったばかりだというのに、己は阿呆だと、苦笑を浮かべる。

ほっとして横を見れば、本を愛おしむ仲間達は、またとりとめもない話を始めている。それは直ぐ、新たな物語のことへ移っていった。

戯作の終　これにて終わりまするど、ご挨拶《あいさつ》申し上げ

お江戸に生まれた、柳亭種彦《りゅうていたねひこ》なる作家は、文化三年（つまりは、どこかの暦の1806年）、『近世怪談霜夜星《きんせいかいだんしもよのほし》』序文を書き、物書きとしてその名を記す事になった。

その本の画は、葛飾北斎《かつしかほくさい》だったとか。もっとも本として出たのは、文化四年の『阿波之鳴門《あわのなると》』が先で、彦さん、この辺りでも色々あって、苦労してたんだろうなぁと思ったりする。

彦さんはその後、読本《よみほん》から絵入り娯楽本へ移って、合巻《ごうかん》の草双紙《くさぞうし》ってぇものを専《もっぱ》ら書くようになった。

こいつが、彦さんにはそりゃ合っていたとみえ、人気を得ていったとな。

そして。

やがて彦さんは、お江戸でもその名を知られた大べすとせらー、『修紫田舎源氏《にせむらさきいなかげんじ》』を書くことになったんだ。

文政十二年（1829年）から、十四年間、ずーっと売れ続けていたっていう、

もの凄《すご》いヒット作。後の世の、どこかの東京という町の、十分の一ほどしか人のいなかったお江戸で、彦さんの『修紫田舎源氏』は、再版分も合わせ、一編につき一万数千部も売れたというんだ。

東京なる地でも、これだけ売れれば、あちこちの版元から、ぜひうちでもお願いしますと、声がかかる多さだ。

いやこの数字は、江戸じゃ見た目よりも、もっと凄いものだった。前にも書いたよね。お江戸じゃ、多くの人達は、本を借りて読んでたのさ。だから実際には、売れた数の何倍、何十倍の人達が、彦さんの本を読んでた。そいつは、江戸の町が沸く程だったっていうのさ。

やがて『修紫田舎源氏』はぶーむを起こし、本当に誰もが知っている、話となっていった。色々なものに、『修紫田舎源氏』の源氏絵が使われたらしい。それは何と、彦さんの死後まで続いたというのだ。

余りの人気の凄さに、彦さん、後年筆禍《ひっか》事件に巻きこまれ、病重くなり世を去ったと言われている。享年《きょうねん》六十だったとか。

確かに、幸運ばかりじゃなかった。己《おのれ》よりも先に子を失い、辛いこともあった人生だったろう。だけど……彦さんは多くの、本当に多くの読み手を得られた

『けさくしゃ』だった。

本が出るのを待ち焦《こ》がれている読み手が、お江戸に溢《あふ》れていたのだ。書くという事に、とっ捕まったのが『けさくしゃ』なら、彦さんは幸せ者であったろうと、思わずにはいられない。

(完)

解説

新井見枝香

「あっ東雲《しののめ》先生、お世話になっております。三省堂書店の新井と申します」

「……」

ちょんまげ頭の男は、不思議そうにその四角い紙を見つめる。

会社に属していない作家が名刺を持っていないことには、驚かない。しかもこれがお江戸なら、なおさらである。

私は交換できなかった名刺をそっと畳の上に置き、もう一度口頭で自己紹介をした。

「えっ？　さん、せい、どう？」

どうやら、三省堂の屋号はご存知のようだ。創業130年を超える老舗《しにせ》の書店だもの。あれ、でも130年前って、もう江戸の時代終わってたっけ……？

その男は、柳亭種彦《りゅうていたねひこ》といい、旗本のトノサマだ。結婚はしているが子供はおらず、まだ若くって、なかなかいけてる見た目ではある。

ただ、作家としての深みとか、野心とかは一切感じられない、イマドキの若者のような覇気のなさ。江戸時代にも、こういう草食系男子はいたのだなぁ。

「今日は先生にサイン本を作っていただけると伺って、はるばる平成の世から参りました」

夏乃《なつの》東雲【恋不思議江戸紫】と横っ腹にマジックで書かれた段ボールを30箱、クロネコヤマトの時空便であらかじめ送りつけておいた。

私が生きる現代では、空前の東雲ブームで、書店にはお客様からの注文が殺到している。直筆原稿や初版本は、オークションで目玉が飛び出るほどの値が付いていた。ここにある１０００冊がサイン本なんかになったら、途端に完売してしまうであろう。

彼の小説は、事実を元にしつつも読者をぐいぐいと引き込むストーリーが魅力で、かつ情緒豊か、そして登場人物に対する優しい愛情が感じられた。だからこそ、平成の時代まで読み継がれ、今なお舞台や映画の原作になり、読者を増やし続けているのである。

「あ、三省堂書店さん！　どうもどうも、山青堂の山崎でございますよっ」

これはまるで狸《たぬき》。悪い人物ではなさそうだが、調子がよく、いまいち信用ができない。

彼は今で言う、【版元】つまり【出版社】であるが、同業の【書店】でもある。

ただ現代に【書店】としての「山青堂」は残っておらず、東雲先生の小説や学習参考書などを扱う【出版社】としてのみ、存在している。この業界では最古参であろう。

人間としてはアレだが、創業者としては優れていたと、認めざるを得ない。

「サイン本を作ってもらえると聞いて平成から参りました」

「あぁ、はいはい。こちらにご準備しておりますよっ」

狸が嬉《うれ》しそうに手を揉《も》んでいるのは、東雲先生のサイン本が平成の三省堂書店で売れると、平成の山青堂が儲《もう》かるからだ。そうでなければ、せっせと墨をすったりはしないだろう。

あ、そうか。筆ペンじゃないのか。

「さぁ彦さん、ここに座って、本にちゃちゃちゃーっと名前を書いてくださいな」

「面倒くさいなぁ」

「何を言ってるんですか！　これも本が売れるためです。読者がサイン本を欲しがってくれるうちが花ですよ！　さぁ、三省堂書店さんもお忙しいんだから、早く早く」

その膨大な数に目を剝《む》いた東雲先生だったが、本が売れる本が売れまく〜る……と狸に囁《ささや》かれ続けると、風船に空気が入るように、むくむくとやる気を出した。よっぽど売れたいらしい。それはいつの世も、作家にとって最大の願いなのだなぁ。

ひたすら筆でサラサラと名前を書き続ける東雲先生に、私はインタビューを始めた。しめしめ。うまくまとめて小冊子にしたら、読者に喜ばれる特典になるだろう。普通ならICレコーダーを回しても良いか伺うところだが、録音とは何ぞやから説明するのはかなり面倒くさいので、そっとボタンを押し、袂《たもと》に仕舞《しま》った。一応仕事だから、江戸ルックで来ているのである。ちょっとしたコスプレ気分だ。（さすがに経費では落ちない）

「東雲先生の小説は、数百年後の日本でも売れています。映画化も決まっているんですよ」

「えいがとはなんぞ」

「うーんと、舞台をあちこちで再演しまくるみたいな感じでしょうか」

「ふうん、大変そうだなぁ」

「まぁそうですね、お金はかかります。でもその影響で、重版も決まりましたよ！

ほら、帯に祝・重版って！」

「じゅ、重版だと!!?」

突然大声をあげた彼は、まだ墨もかわかぬサイン本を蹴散《けち》らし、私が手に持っている本から帯だけをむしり取る。

「なにゆえ、重版を祝っておるのだ!! 貴様は阿呆《あほう》なのか!!」

出来立ての帯をビリビリに引き裂かれた私は、カチーンときて、その禿《は》げ頭を叩《たた》いてやろうかと手を上げた。しかしハッと『けさくしゃ』を思い出した私は、すんでのところで止まることができた。

そうか、私たちの言う重版は、売れに売れたから増刷という意味だが、江戸で重版と言ったら、海賊版のこと。海賊版が出回ったことを怒るどころか祝っちゃうって、まったく阿呆みたいである！ お殿様の言う通り！

あぁ畠中恵先生、ありがとうございます。

『けさくしゃ』は、殿が小説を書いたり書かなかったり書かされたり書けなかったり書いて後悔したり書いて楽しかったり書いて解決しちゃったりする小説で、時に畠中先生自身の作家としてのシンパシーを織り込んであったりするのだろうところなんかが最高におもしろいのですが、江戸と平成の出版業界の違いも学べるため、出版社や書店が時空を越えたビジネスを当たり前に行う今、バイブルとしても読んでおくことが望ましいですね。

私は興奮する東雲先生と狸の首根っこを捕まえて、現代でいう重版は、江戸でいう「再版」のことであり、大変喜ばしいことなのだ、と教えた。

絶版になることもなく、版を重ねることができるということが、どれほど喜ばしいことかを理解させ、「重版ありがとうございます。たくさんの方にお読みいただいたことを、感謝いたします。読者の方には足を向けて寝られません（笑）」というコメントまで引き出した。これは歴史的快挙である。

それから数時間かけて1000冊の本にサインをした東雲先生は、同じ文字ばかり書いたら腕が痛くなって目が回ったと甘ったれたことを言いだして、布団《ふとん》にころんと横たわった。なんと情けない。

お茶とお菓子を持ってきてくれた美人妻、勝子さんが、彼の腕をやさしくマッサージしてあげているのを見ると、彼女がいなかったら彼は小説を書けなかったし、平成の世で映画化されることもなかったし、私がここに来ることもなかったのだな、と思った。勝子さん、ありがとう。でも、ちょっと甘やかしすぎでは。

「彦さん、客人の前でいつまでもそんなとろけるようなまぬけづらを晒《さら》していないで、起きてお話を書いてくださいよ」

「うーん、腕が痛くて無理。物語を書くより、自分の名前ばっかり書くほうが疲れるなぁ」

「申し訳ございません。調子に乗ってたくさんお持ちしてしまって。でも、東雲先生が思うよりずっと、平成の世には先生のファンがたくさんいるのです……」

申し訳なさそうに頭をさげる私の肩を叩いて、顔を上げさせた勝子さんがこんな提案をした。

「ねぇ、それならいっそのこと、新井さんの時代で新作を発表できないかしら」

それから東雲先生は、私と狸と勝子さんに囲まれ、過去最高のスピードで一本の小説を書き上げた。事実を元にストーリーを膨らませることを得意とする彼だけに、お江戸の作家が書いた小説を平成の世で新刊として出版してしまうという、まったく新しいタイムスリップ時代モノを完成させたのだ。

江戸の世ではまずいことも、何の遠慮もなく書いてよい。何しろ、出版されるのは平成だ。どんなにお上の悪口を書いたところで、晒し首になる心配はない。

狸にとっても、長い長ーい目で見れば、自分の会社の利益につながる。ちなみに現在の社長も、狸そっくりの見た目をした、狸の子孫である。

そして何より、平成の読者が、とっくのとうにお亡《な》くなりになったお江戸の作家の、まさかの書き下ろし新刊が読めるのだ。

こんなにすばらしいことってあるだろうか!!——


と、ここまではすべて『けさくしゃ』を読んだ後の私の妄想なのだが、妄想の暴走が止まらないほど、身近感が半端《はんぱ》なかった。これぞ畠中マジーーーック!と、結局これが言いたかったのですね。

時代小説を読む若い人が少なくなっている今、あれっ、お江戸の人って俺らと大して変わんないじゃん!と彼らの心を摑《つか》み、さらにこういった最先端技術でもって書店員を江戸に送り、文学界に革命を起こさせるきっかけを作ったとして、ノーベル賞を受賞することも十分ありえる作家なのだ。あ! また妄想が混じった。

真面目《まじめ》な話、ひとりのけさくしゃがウンウンうなって生み出し、売れろ売れろと願った小説が、ずっとずぅーっと読まれ続ければ、想像も及ばない未来の人々を、コロッと笑顔にしてしまうこともありえるのだ。もしその未来にハイテクノロジーがあれば、けさくしゃにサインをもらいに来ることだって、ないとは言えないだろう。

そう思うと、「けさくしゃって、なんて素敵な職業なんだろう」と、書く力が湧《わ》いてきませんか！　東雲先生、畠中先生！

さぁ、書いて書いて、書きまくってくだされーっっ！

（平成二十七年三月、三省堂書店有楽町店文芸書担当）

この作品は二〇一二年一一月新潮社より刊行された。

畠中恵著

しゃばけ

日本ファンタジーノベル大賞優秀賞受賞

大店の若だんな一太郎は、めっぽう体が弱い。なのに猟奇事件に巻き込まれ、仲間の妖怪と解決に乗り出すことに。大江戸人情捕物帖。

畠中恵著

ぬしさまへ

毒饅頭に泣く布団。おまけに手代の仁吉に恋人だって？　病弱若だんな一太郎の周りは妖怪がいっぱい。ついでに難事件もめいっぱい。

畠中恵著

ねこのばば

あの一太郎が、お代わりだって?!　福の神のお陰か、それとも…。病弱若だんなと妖怪たちの「しゃばけ」シリーズ第三弾、全五篇。

畠中恵著

おまけのこ

孤独な妖怪の哀しみ（「こわい」）、滑稽な厚化粧をやめられない娘心（「畳紙」）……。シリーズ第4弾は〝じっくりしみじみ〟全5編。

畠中恵著

うそうそ

え、あの病弱な若だんなが旅に出た!?　だが案の定、行く先々で不思議な災難に巻き込まれてしまい――。大人気シリーズ待望の長編。

畠中恵著

ちんぷんかん

長崎屋の火事で煙を吸った若だんな。気づけばそこは三途の川!?　兄・松之助の縁談や若き日の母の恋など、脇役も大活躍の全五編。

畠中恵
柴田ゆう、著

しゃばけ読本

物語や登場人物解説から畠中・柴田コンビの創作秘話まで。シリーズのすべてがわかるファンブック。絵本『みぃつけた』も特別収録。

畠中恵著

ちょちょら

江戸留守居役、間野新之介の毎日は大忙し。接待や金策、情報戦……藩のために奮闘する若き侍を描く、花のお江戸の痛快お仕事小説。

畠中恵著

アコギなのかリッパなのか
―佐倉聖の事件簿―

政治家事務所に持ち込まれる陳情や難題を解決するは、腕っ節が強く頭が切れる大学生！「しゃばけ」の著者が贈るユーモア・ミステリ。

畠中恵著

つくも神さん、お茶ください

「しゃばけ」シリーズの生みの親ってどんな人？ デビュー秘話から、意外な趣味のこと、創作の苦労話などなど。貴重な初エッセイ集。

杉浦日向子著

江戸アルキ帖

日曜の昼下がり、のんびり江戸の町を歩いてみませんか――カラー・イラスト一二七点とエッセイで案内する決定版江戸ガイドブック。

杉浦日向子著

一日江戸人

遊び友だちに持つなら江戸人がサイコー。試しに「一日江戸人」になってみようというヒナコ流江戸指南。著者自筆イラストも満載。

杉浦日向子著

風流江戸雀

どこか懐かしい江戸庶民の情緒と人情を、「柳多留」などの古川柳を題材にして、現代の浮世絵師・杉浦日向子が愛情を込めて描く。

杉浦日向子著

百物語

江戸の時代に生きた魑魅魍魎たちと人間の、滑稽でいとおしい姿。懐かしき恐怖を怪異譚集の形をかりて漫画で描いたあやかしの物語。

杉浦日向子監修

お江戸でござる

お茶の間に江戸を運んだNHKの人気番組・名物コーナーの文庫化。幽霊と生き、娯楽を愛す、かかあ天下の世界都市・お江戸が満載。

杉浦日向子著

ごくらくちんみ

とっておきのちんみと酒を入り口に、女と男の機微を描いた超短編集。江戸の達人が現代人に贈る、粋な物語。全編自筆イラスト付き。

宮部みゆき著

本所深川ふしぎ草紙

吉川英治文学新人賞受賞

深川七不思議を題材に、下町の人情の機微とささやかな日々の哀歓をミステリー仕立てで描く七編。宮部みゆきワールド時代小説篇。

宮部みゆき著

かまいたち

夜な夜な出没して江戸を恐怖に陥れる辻斬り〝かまいたち〟の正体に迫る町娘。サスペンス満点の表題作はじめ四編収録の時代短編集。

宮部みゆき著
幻色江戸ごよみ
江戸の市井を生きる人びとの哀歓と、巷の怪異を四季の移り変わりと共にたどる。〝時代小説作家〟宮部みゆきが新境地を開いた12編。

宮部みゆき著
初ものがたり
鰹、白魚、柿、桜……。江戸の四季を彩る「初もの」がらみの謎また謎。さあ事件だ、われらが茂七親分——。連作時代ミステリー。

宮部みゆき著
平成お徒歩《かち》日記
あるときは、赤穂浪士のたどった道。またあるときは箱根越え、お伊勢参りに引廻し、島流し。さあ、ミヤベと一緒にお江戸を歩こう！

宮部みゆき著
堪忍箱
蓋を開けると災いが降りかかるという箱に、心ざわめかせ、呑み込まれていく人々——。人生の苦さ、切なさが沁みる時代小説八篇。

宮部みゆき著
あかんべえ（上・下）
深川の「ふね屋」で起きた怪異騒動。なぜか娘のおりんにしか、亡者の姿は見えなかった。少女と亡者の交流に心温まる感動の時代長編。

宮部みゆき著
孤宿の人（上・下）
藩内で毒死や凶事が相次ぎ、流罪となった幕府要人の祟りと噂された。お家騒動を背景に無垢な少女の魂の成長を描く感動の時代長編。

池波正太郎著

男（おとこぶり）振

主君の嗣子に奇病を侮蔑された源太郎は乱暴を働くが、別人の小太郎として生きることを許される。数奇な運命をユーモラスに描く。

池波正太郎著

上意討ち

殿様の尻拭いのため敵討ちを命じられ、何度も相手に出会いながら斬ることができない武士の姿を描いた表題作など、十一人の人生。

池波正太郎著

闇は知っている

金で殺しを請け負う男が情にほだされて失敗した時、その頭に残忍な悪魔が棲みつく。江戸の暗黒街にうごめく男たちの凄絶な世界。

池波正太郎著

忍びの旗

亡父の敵とは知らず、その娘を愛した甲賀忍者・上田源五郎。人間の熱い血と忍びの苛酷な使命とを溶け合わせた男の流転の生涯。

池波正太郎著

人斬り半次郎（幕末編・賊将編）

「今に見ちょれ」。薩摩の貧乏郷士、中村半次郎は、西郷と運命的に出遇った。激動の時代を己れの剣を頼りに駆け抜けた一快男児の半生。

池波正太郎著

江戸切絵図散歩

切絵図とは現在の東京区分地図。浅草生まれの著者が、切絵図から浮かぶ江戸の名残を練達の文と得意の絵筆で伝えるユニークな本。

宇江佐真理著

春風ぞ吹く
―代書屋五郎太参る―

25歳、無役。目標・学問吟味突破、御番入り――。いまいち野心に欠けるが、いい奴な五郎太の恋と学問の行方。情味溢れ、爽やかな連作集。

宇江佐真理著

無事、これ名馬

「頭、拙者を男にして下さい」臆病が悩みの武家の息子が、火消しの頭に弟子入り志願するが……。少年の成長を描く傑作時代小説。

宇江佐真理著

深川にゃんにゃん横丁

長屋が並ぶ、お江戸深川にゃんにゃん横丁で繰り広げられる出会いと別れ。下町の人情と愛らしい猫が魅力の心温まる時代小説。

宇江佐真理著

古手屋喜十 為事覚え

浅草のはずれで古着屋を営む喜十。嫌々ながら北町奉行所同心の手助けをする破目に――人情捕物帳の新シリーズ、ついにスタート！

北原亞以子著

傷 慶次郎縁側日記

空き巣のつもりが強盗に――お尋ね者になった男の運命は？ 元同心の隠居・森口慶次郎の周りで起こる、江戸庶民の悲喜こもごも。

北原亞以子著

再会 慶次郎縁側日記

幕開けは、昔の女とのほろ苦い〝再会〟。窮地に陥った辰吉を救うは、むろん我らが慶次郎。円熟の筆致が冴えるシリーズ第二弾！

佐伯泰英著
死闘
古着屋総兵衛影始末 第一巻
表向きは古着問屋、裏の顔は徳川の危難に立ち向かう影の旗本大黒屋総兵衛。何者かが大黒屋殲滅に動き出した。傑作時代長編第一巻。

佐伯泰英著
血に非ず
新・古着屋総兵衛 第一巻
享和二年、九代目総兵衛は死の床にあった。後継問題に難渋する大黒屋を一人の若者が訪ね来た。満を持して放つ新シリーズ第一巻。

柴田錬三郎著
眠狂四郎無頼控（一〜六）
封建の世に、転びばてれんと武士の娘との間に生れ、不幸な運命を背負う混血児眠狂四郎。時代小説に新しいヒーローを生み出した傑作。

子母沢寛著
勝海舟（一〜六）
新日本生誕のために身命を捧げた維新の若き志士達の中で、幕府と新政府に仕えながら卓抜した時代洞察で活躍した海舟の生涯を描く。

司馬遼太郎著
燃えよ剣（上・下）
組織作りの異才によって、新選組を最強の集団へ作りあげてゆく〝バラガキのトシ〟――剣に生き剣に死んだ新選組副長土方歳三の生涯。

司馬遼太郎著
城塞（上・中・下）
秀頼、淀殿を挑発して開戦を迫る家康。大坂冬ノ陣、夏ノ陣を最後に陥落してゆく巨城の運命に託して豊臣家滅亡の人間悲劇を描く。

藤沢周平著

用心棒日月抄

故あって人を斬り脱藩、刺客に追われながらの用心棒稼業。が、巷間を騒がす赤穂浪人の動きが又八郎の請負う仕事にも深い影を……。

藤沢周平著

消えた女

—彫師伊之助捕物覚え—

親分の娘おようの行方をさぐる元岡っ引の前で次々と起る怪事件。その裏には材木商と役人の黒いつながりが……。シリーズ第一作。

藤沢周平著

竹光始末

糊口をしのぐために刀を売り、竹光を腰に仕官の条件である上意討へと向う豪気な男。表題作の他、武士の宿命を描いた傑作小説5編。

藤沢周平著

時雨のあと

兄の立ち直りを心の支えに苦界に身を沈める妹みゆき。表題作の他、江戸の市井に咲く小哀話を、繊麗に人情味豊かに描く傑作短編集。

藤沢周平著

冤（えんざい）罪

勘定方相良彦兵衛は、藩金横領の罪で詰め腹を切らされ、その日から娘の明乃も失踪した……。表題作はじめ、士道小説9編を収録。

藤沢周平著

橋ものがたり

様々な人間が日毎行き交う江戸の橋を舞台に演じられる、出会いと別れ。男女の喜怒哀楽の表情を瑞々しい筆致に描く傑作時代小説。

山本周五郎著

赤ひげ診療譚

小石川養生所の〝赤ひげ〟と呼ばれる医師と、見習い医師との魂のふれ合いを中心に、貧しさと病苦の中でも逞しい江戸庶民の姿を描く。

山本周五郎著

大《おお》炊《いの》介《すけ》始末

自分の出生の秘密を知った大炊介が、狂態を装って父に憎まれようとする姿を描く「大炊介始末」のほか、「よじょう」等、全10編を収録。

山本周五郎著

さぶ

ぐずでお人好しのさぶ、生一本な性格ゆえに不幸な境遇に落ちた栄二。二人の心温まる友情を描いて〝人間の真実とは何か〟を探る。

山本周五郎著

深川安楽亭

抜け荷の拠点、深川安楽亭に屯する無頼者たちが、恋人の身請金を盗み出した奉公人に示す命がけの善意——表題作など12編を収録。

山本周五郎著

ちいさこべ

江戸の大火ですべてを失いながら、みなしご達の面倒まで引き受けて再建に奮闘する大工の若棟梁の心意気を描いた表題作など4編。

山本周五郎著

町奉行日記

一度も奉行所に出仕せずに、奇抜な方法で難事件を解決してゆく町奉行の活躍を描く表題作ほか、「寒橋」など傑作短編10編を収録する。

けさくしゃ

新潮文庫 は－37－72

平成二十七年五月一日発行

著者 畠《はたけ》中《なか》恵《めぐみ》

発行者 佐藤隆信

発行所 株式会社 新潮社

郵便番号 一六二―八七一一
東京都新宿区矢来町七一
電話 編集部(〇三)三二六六―五四四〇
読者係(〇三)三二六六―五一一一
http://www.shinchosha.co.jp

価格はカバーに表示してあります。

乱丁・落丁本は、ご面倒ですが小社読者係宛ご送付ください。送料小社負担にてお取替えいたします。

印刷・大日本印刷株式会社 製本・憲専堂製本株式会社

ISBN978-4-10-146192-2 C0193